耳をすませば

チョ・ナムジュ

訳 小山内園子

筑摩書房

目次

This book is published under the support of
Literature Translation Institute of Korea (LTI Korea).

本書は、韓国文学翻訳院の助成を受けて刊行されました。

装丁　葛西恵

＊一ウォンは約〇・一一円です（二〇二三年十二月現在）。
＊年齢は、原文通り数え年で表記しています。
＊「イカサマ」については「訳者あとがき」（三一三頁）をご参照ください。
＊〔　〕内の割註は訳註です。

耳をすませば

チョ・ナムジュ

1

ばか、と呼ばれている子どもがいた。クラスメイト、先生、家の前のスーパーのおばさんや近所の子どもたちはもちろん、父親までもが「ばか」と呼んだ。子どもを「ばか」と呼ばないのは、母親のオ・ヨンミだけだった。はっきり「ばか」とは、呼ばなかった。

「この、ばかじみた子がっ！」

わが子への最低限の信頼や期待、あるいは母性愛のためではなかった。単なる口癖だった。オ・ヨンミは、人様の人生を食いちぎるモグラじみてる、すみずみまでしつこくこびりついたカビじみてる、脇が破れてだらだら漏れるゴミ袋じみてる、などの多彩で斬新な呼称を、ことごとく息子に使っていた。だが、ばかじみた子、と言うことが一番多かった。そもそもの名前が「ばか・じみた子」だったかのように、口にべったり貼りついていた。もちろん、子どもには「キム・イル」という、よくあるわけではないが目立つほどでもない、何より、ちゃんとした名前が別にあった。

小学校に入学後、キム・イルは学校と地域社会公認のばかになった。学校の子どもたちに比べれば、近所の子どもたちはまだ心が広いほうだった。キム・イルがかくれんぼの途中でいきなりおもらしをしたり、わざわざ袖ではなく肩口で鼻水を拭いて鼻の穴を広げたりしていても、近所の子どもたちはただ、お前何やってんだよ、で片づけた。おませな女子たちは、キム・イルを家まで連れて行ったり、自分の袖口で鼻を拭いてやったりもした。仲間うちだけで、キム・イルってちょっとおかしい、キム・イル、またあんなことしてる、とこそこそ囁いてはいたものの、それだけのことだった。非難したり、からかったりもしなかった。キム・イルと家族は何の問題もないと思っていたし、そう信じて暮らしていた。

初めてキム・イルが「ばか」と呼ばれたのは、七歳の時だった。キム・イルをばかと呼んだのは誘拐犯だった。彼に誘拐の意志があったかは定かではない。単なるいかれたホームレスと思われるが、オ・ヨンミは、あえて彼を誘拐犯と呼んだ。相手が頭の回らないホームレスであるよりは誘拐犯のほうが、それでもまだプライドが傷つかなかったからだ。

夏の終わり、子どもたちは駅前の広場で遊んでいた。脳天にべったり貼りついていた太陽がだんだんに遠ざかって、日差しが弱くなりはじめると、町の子どもたちは広場へと集まった。町内に子どもにふさわしい遊び場はなかった。広場と言っても、隅にぽつんと立っている桜の木が一本と、排気ガスのせいでだらりと萎《しお》れたケイトウの鉢植えが五個、夜になればホームレスの寝床に変わるベンチ二つがすべてだった。広場の前の閑散とした四車線道路では車が狂ったように疾走していたし、広場裏手の線路では、電車がのろのろと転がっていった。広場にはいつも、見えない埃まじりの風が竜巻を作っていた。十分立っていただけでも目がヒリヒリして、くしゃみが出た。子どもたちはそこで、一時間でも二時間でも遊んだ。

夏だから日が長かった。まだ太陽はあったが、あきらかに夕方の時間帯だった。母親の鏡台からくすねたマニキュアを塗っていた女子や、袋菓子に入ったマンガのキャラクターカードを交換していた男子の大半が夕飯を食べに家に帰った。まだ広場に残っていた子どもたちは、広場を去った子どもたちの話をした。子どもの世界にも噂は存在した。誰々が友達のカードを盗み回っているという話、別の誰々の家は、お父さんとお母さんが毎日喧嘩をしているという話、誰と誰が好き同士という話。ほとんどがよくない噂だったし、当事者に確認できないデリケートな問題だった。

子どもたちが根も葉もない噂を拡大再生産しているあいだ、キム・イルは地面に絵を描いていた。なにげなくポケットに手を突っ込んだら、いつ入れたのか記憶のない白いクレパスがあった。黒くザラザラした地面に、花と、星と、月と、雲と、魚と、リンゴを描いた。一生懸命空いた場所を探して描いているうちに、みんなから遠ざかっていた。子どもたちは母親たちに手を引かれ、一人、二人と家に帰っていった。キム・イルは何も気づかずに、絵を描くことばかりに熱中した。すぐにクレパスは半分くらいになった。クレパスの残りが少ないことに気づいて、キム・イルはしばらく考えこみ、指であらかじめ練習してから慎重に絵を描いた。片隅に一人ぽつんといるキム・イルをかわいそうに思ったのか、同じ幼稚園に通っている女子がひとり、キム・イルに近づいていった。キム・イルがズボンにおもらしをしたとき、カバンで隠してやった子だ。その子の母親は、お友達と仲良くして、大人に礼儀正しく挨拶して、困っている人は助けるようにと教えており、子どもはよく従っていた。

「ひとりでここで、なにしてるの？」

「絵、かいてる」

女子は膝を曲げてしゃがみ、首をかしげて地面の絵をしばらく眺めた。人に似ている気がした。鼻と目が尖っていて、頭の上に角が生えていた。不気味な感じの絵だった。

「これ、なに？　モンスター？」

キム・イルが黄ばんだ歯を上下八本ずつ、十六本をむき出しにして、大きく笑った。

「ううん、おまえだよ。おまえ、ぼく好きでしょ」

女子の顔がヒクヒクした。一度も見せたことのない表情だった。すっかり顔を歪ませ、軽蔑のまなざしでキム・イルを見ながら立ち上がった。

「最低っ」

女子は振り返りもせずに走り去った。タッタッタッタッタッタッタッ。軽快な足音が遠ざかっていった。目尻が吊り上がるくらいきつく結ばれたポニーテールが、時計の振り子のように左右に揺れた。キム・イルは、ぼんやりとその子の後ろ姿を眺めながらつぶやいた。

「大きい目、ツンとした鼻、馬のしっぽの頭。おまえとおんなじなのに、なんで？　ぼくも、おまえ好き」

キム・イルはまた一人になった。絵を見ながら、友達がなぜどうして怒り出したのかを考えた。スニーカーを脱ぎ、踵《かかと》で目の部分をスーッ、スーッと消して、さらに大きくした。頭に大きなリボンを足して、口を笑っているようなかたちに描き直した。絵はますます気味が悪くなった。その時、絵の上に黒い影がさした。

「何してんだ？」

今度は聞き覚えのない声だった。見上げると、知らない男が立っていた。男からは変なにおいがした。不愉快だが親しみのあるにおいだった。外で思いきり遊んでから、家に戻って靴下を脱いでいると、母親はいつも言った。

「家に帰ったら、ちゃんとシャワー浴びなさい。このドブじみた子はもう」

どぶ、がどんなものかよくわからないが、言葉の語感だけでも悪臭が漂ってきそうだった。キム・イルは足をつかむと鼻に当て、においを嗅いだ。くさいことはくさいけれど、自分の足はどぶ、ほどではなさそうだと思った。まさに、そのにおいだった。ドブまではいかないけれど、断じて我慢できないにおい。男は上下十本ずつ、二十本の黄ばんだ歯をむき出しにして大きく笑った。そのにおいと表情が、心細かったキム・イルの心を脆《もろ》くした。男はキム・イルに手を差し出した。

「俺が、おめえのオヤジだよ」

取り憑かれたように、キム・イルが彼の手を取った。じっとり、べとべとしていた。男は、キム・イルの手を握ってゆっくりと広場を横切った。二人の姿はあまりに自然だった。見つめ合って歩く様子は愛情深い父と子のようでもあったし、男のぼさぼさの髭《ひげ》と、夏の日差しに焼けた古いジャンバーのせいで、修行者とその幼い弟子のようでもあった。知らない人の目には、まったく怪しいところがなさそうに映った。もちろん、知っている人の目には怪しい風景だったから、キム・イルを知る子どもたちは二人を不思議に思って眺めていた。

最初の目撃者は、大きな目にツンとした鼻、馬のしっぽ頭の女子だった。ずっと日なたで遊んでいて疲れた子どもたちは、狭い木陰の下に集まっていた。そこにセミが一匹、木から落ちてきた。ものすごいめっけものだ。退屈していたところに、まさに天からプレゼントが落ちて来たのだ。辛抱強く木にしがみついていられなかったセミは、子どもたちの手のひらの上であちらこちらを這いずり回って、かさこそと翅をこすり合わせた。想像したよりも音は大きくなかった。鳴いているというよりは震えているようだった。子どもたちみんながセミに気を取られているとき、たまたま顔をあげたあの女子が、キム・イルと男を発見した。心底キム・イルを最低だと思っていたので知らんふりをしたかったが、どうにも不穏だった。

「あれ、キム・イルじゃない？」

他の子どもたちも顔をあげた。

「だけど、隣のおじさん誰だろう？　イルのパパかな？」

「パパじゃないよ。あの人こじきだよ。でも、なんでキム・イルがこじきと一緒に行くんだろう」

そうしているあいだも、キム・イルはどんどん遠くなっていった。まだ分別のない子どもの頭でも、そのままにしておいてはいけない気がした。ガキ大将を任ずる男子が、勇ましく声を張り上げながら駆け寄った。

「おい！　キム・イル。おまえ、どこ行くんだよ？」

他の子どもたちも男子の後を追った。キム・イルがいいな、と思っている女子も、一番後ろで関心なさそうに後ろ手を組みながらやってきた。子どもたちに追いかけられて男の足が止まった。手を放そうとしたが、当のキム・イルが、男の手をぎゅっとつかんだままだった。子どもたちが二人を取り囲んだ。

「イル、このおじさん誰？」

「うちの父さん」

「なに言ってんだよ？　お前んちのお父さんじゃないじゃんか。おじさん！　おじさんってイルのお父さんなんですか？」

男は答えなかった。勢いづいた子どもたちが男にくってかかり、大騒ぎを始めた。ちょうど、幼稚園で誘拐予防教育があった日だった。知らない人にはついていきません！　ダメです、嫌です、ハッキリ言います！　大きな声で、大人に助けを求めます！　つい数時間前に習ったばかりだった。

「おじさん、ゆうかいはん、でしょ？」

「こじきのおじさんが、ぼくの友達を、ゆうかいしようとしています。助けてーっ」

「この手、放してください！　おじさん、イルのお父さんじゃないでしょ！　イルの手を放してください！」

男がキム・イルの手を振り切った。

「俺が連れてきたんじゃない。コイツがついてくるんだよ」

キム・イルは、実の父親から捨てられでもしたかのように、目に涙をいっぱいためて男を見上げた。

「おじさん、ぼくの父さんだって言ったでしょ」

男がキム・イルをじっと見つめると言った。

「ばーか」

男は回れ右して広場の反対側へと横切っていき、まもなく駅舎の中に消えた。子どもたちがキム・イルを責めはじめた。

「おまえ、誰にでもついていってどうすんだよ」

「先生が、知らない人について行っちゃだめって言ってたでしょ」

「ママが言ってたけど、こじきって子どもをつかまえて、中国に食べ物として売り飛ばすんだって」

「中国に、なんで?」

「中国の人たちって、子どもの肝臓を取って食べるんだって。そうすると、病気にもならないし長生きするんだって」

いきなり、昨今の人身売買の傾向や、中国人の怪しい食性という根も葉もない噂話になった。

「上の町内で子どもがいなくなったんだけど、何日かしたら、おなかにナイフのきずあとをつけてもどってきたんだって。肝臓だけ取って、また針で縫って、帰されたんだって」

「肝臓って、なくても生きられるの?」

「そうだよ!　ウサギとカメの話、知らないの?〔韓国の民話では、海に暮らす龍王の病気を治すため、病気によく効くとされるウサギの肝を取りに、カメが陸へつかわされる〕」

「それは昔ばなしだよ。うそだー。どうやって、肝臓取っちゃって生きられるのさ」

「うちのママの友達が、本当に見たんだって」

本当に見た、というのにはかなわなかった。言葉につまると、みんなそう言いつくろった。本当に見たんだって。うちのママがそう言ってた。テレビに出てた。肝が冷える話を、何でもないことのように子どもたちが夢中になって話しているあいだ、ある女子がキム・イルを送ってやろうと名乗りを上げた。キム・イルがおもらしをしたときに一度送っていたから、ちゃんと家がわかっていた。キム・イルは今度も、女子のすべすべした白い手に引かれていった。


一部始終を聞かされたオ・ヨンミは、呆気にとられて言葉を失った。むしろ冷静なのは女子のほうだった。

「そのおじさんは逃げていきました。もう心配しなくても大丈夫です」

オ・ヨンミは、なぜ知らない人についていくのかとキム・イルを責め立てた。いったいどうしてそんなマネを、どうしてそんなマネをとずっと質問攻めにしていたが、キム・イルは一言も話さなかった。だまって母子を見守っていた女子が、代わりに答えた。

「父さんだって……自分の父さんだって言って、ついていったんです」

「父さん？　その男を、父さんだって？」

「はい」

「その男は、イルのことを、自分の息子だって？」

「いえ、ばーかって……」

「えっ？」

「息子じゃなくて、ばかって言ってました」

女子は両目を輝かせ、はきはきと答えた。オ・ヨンミは、利口なその子とつい比べてしまい、ますます劣って見えるわが息子が恥ずかしくなった。その子に礼を言いもせず、追い払うように送り出した。女子は、及び腰で後ずさりしながら、重たげに閉まる鉄製の玄関ドアに向かって「さようなら」と挨拶をしていった。ドアがバンッと音を立てて閉まった後で、オ・ヨンミは、自分がどれほど情けないマネをしたかに気がついた。冷たい水の一杯でも出すとか、帰りにお菓子でも買って食べて、と小銭ぐらいはあげるべきだった。

前のめりな性分と短気な性格が、いつも問題だった。オ・ヨンミは過ぎたことを後悔しては、しばしばやりきれない思いに襲われた。どんなに道を教えても呑み込みが悪いおばあさんに焦《じ》れて、目的地の半分まで連れて行きながら置きざりにしたことがある。二十分以上歩くうちに、自分のほうが約束の時間に遅刻していることに気づいて引き返したのだ。なのに、年寄りを道に捨てて逃げてくる女、と陰口を叩かれた。一度、通りで子どもが撃ったおもちゃの銃に当たって、おでこに真っ青なアザができたことがあった。一瞬カッとなって拳を振り上げかけたが、一緒にいた隣家のおばさんに腕を取られて止められた。悪ガキは、おばさんのくせになんで汚い言葉使うんだよう、と言いながら、身動きが取れないオ・ヨンミのふくらはぎをキックして逃げていった。がんばって子どもを追いかけようとしたが、途中でまた隣のおばさんに捕まった。

「どうしてそう子どもみたいなのよ？　奥さんがそうやってカッとするから、あの子がますます面白がってやるんじゃないさ」

　あの時だってずいぶんと恥ずかしかった。オ・ヨンミは、子どもじみた自分も恥ずかしかったし、ばかじみた息子も恥ずかしかった。キム・イルの頭を小突きながらオ・ヨンミが言った。ばか！　そんなふうに自分の羞恥心をなだめようとして、必ずや押さえておくべき事実を確認することができなかった。キム・イルが何を思って、とんでもない男のことを父さんと呼んだのかだ。オ・ヨンミの関心は、息子の心ではなく頭にあった。あたしの息子は、大切な三代続きの一人息子〔漢字では「三代独子」。他に男きょうだいがいない、大事な跡取りの意〕は、ばかじみているのではなくて本当のばかなんだ。少し遅かったが、みんなと同じようにハイハイをして、歩いて、話して、トイレもできた。お使いもちゃんとした。歌を聴けばマネして歌い、犬脚ダンス〔ロカビリーダンスのように両膝をガクガクさせて踊るダンス。七〇～八〇年代にお笑い番組で流行した〕も上手だった。ハングルは読めなかったが数字の覚えはよかったし、家の住所と電話番号もきちんと暗記していた。その程度なら、問題がないと思っていた。

学校に通い始めて、問題は歴然とした。キム・イルは勉強ができなかった。本当に、深刻にできなかった。三年生になるまでハングルが読めなかったし、当然、書きとりは常に0点だった。基本的な計算もできなかった。掛け算、割り算はもちろん、足し算、引き算もダメだった。九九も覚えられなかった。時計も読めなかった。勉強ができないと全校中の噂になった。保護者会で初めて顔を合わせた同じクラスの母親たちが、小学生で勉強ができたから何だ、できないといったってたかが知れているじゃないか、と突然オ・ヨンミに慰めの言葉をかけてきた。当の自分の子どもは、英語、数学、テコンドーにピアノ、論述塾まで通わせている母親たちだった。

ひとまず、ハングルを覚えることが急務だった。慌てて家の中の物に「時計」「冷蔵庫」「イス」「テレビ」と書いて貼り付けた。子どもを抱っこして座って字を教え、一生懸命読み聞かせをした。だが、母親の授業はいつも、キム・イルが叱られ、泣き出しておしまいになった。オ・ヨンミも心が休まらなかった。キム・イルを小突きに小突いて、ついには自分の頭を小突く事態になった。直接教えるのはあきらめて、ハングルを叩き込んでくれるという学習誌の先生を頼んだ〔学習誌を購入すると、定期的に講師が訪問して学習誌を用いた指導を行う〕。前後の事情を説明してレベルテストを受けた。翌週、その先生が持ってきたのは、満二歳から三歳向けの教材だった。絶望した。十年、心血注いで育てた子どもが、実は二歳の水準だとは。子どもは魂の八〇％を道端に垂れ流してしまっていた。眠れず、食べられず、服も着れず、子どもの望みを聞く以外に何もできなかったオ・ヨンミの時間も、八年ぶん蒸発してしまった。とてもじゃないが受け入れられなかった。学習誌はやめて、再び子どもを抱っこして座った。毎日毎日子どもに手を上げ、毎日毎日自分を虐待する地獄のような生活に終止符を打ってくれたのは、子どもの担任の先生だった。

担任の先生は、病院での精密検査を勧めた。結果、キム・イルの知能は、正常をほんの少し下回っていた。残念ながら、本当に一握りの差だった。いったい誰が、何点から何点までを正常と決めたのだろう。その範囲を、もう少しだけ寛大に決めていてくれたなら……オ・ヨンミは残念だった。一方で、妙に安堵する気持ちもあった。あたしが悪いんじゃない。あたしの努力が足りなかったんじゃない。穴が大きかろうが小さかろうが、底が抜けた甕《かめ》を、最終的に水でいっぱいにすることはできないんだから。

数日後、キム・イルはばか、という噂が学校に広まった。公式のばかとして太鼓判を押されたのだ。辞書上、「ばか」という単語は知能が劣る人を指す言葉だから、間違いではない。間違いでないどころか反論の余地のない、的確な表現だ。クラスメイトはいかにも純真な子どもらしく、キム・イルのことを、ばか、とからかった。キム・イルは、自分をからかう子どもを片っ端から殴り倒し、オ・ヨンミは毎日のように学校に呼び出された。その度にオ・ヨンミは、ばかじみたヤツがばかじみたマネばっかりして、とキム・イルの頭を小突いた。やがてキム・イルは黙り込むようになった。いくら子どもたちにばかとからかわれても、言い返さなくなった。殴られても、されるままになった。授業時間に先生を見ることも、クラスメイトと目を合わせることもなくなった。キム・イルは、本当にばかになっていった。学年が上がるたびに成績は下がり続け、検査をするたびに知能はさらに低くなっていった。

2

「ギソプオッパ〔「オッパ」は女性が実兄や親しい年上の男性に使う呼称〕？」

女が、市場《いちば》に入ろうとするチョン・ギソプを呼び止めた。チョン・ギソプはすばやく手を差し出して握手しながら、うれしげに挨拶の言葉をかけた。

「おおっ、そうだよ！　いやあ、久しぶりだなあ。元気だった？」

実は、口ではそう言ったものの、チョン・ギソプは女が誰かわからなかった。明らかにどこかで会った気がする顔だが、はっきり思い出せないから、必死で頭を回転させた。うれしそうな挨拶は、反射的な行動だった。「オッパ」という単語に、体が先に反応していた。齢《よわい》すでに四十二歳。セオ干物店社長でありセオ市場《いちば》の商人会総務、十歳と八歳の二人の娘の父親で、一人息子のチョン・ギソプに「オッパ」と呼びかけてくれる者は、この十年ただの一人もいなかった。十年前、最後に彼を「オッパ」と呼んだ女も、初めて見る顔だった。へべれけに酔って、アスファルトを膝で這うようにして進んでいたチョン・ギソプを起こして、その女は言った。オッパ、遊んでってよ。女の頭上に、成人ナイトクラブの看板が後光のようにキラキラしていた。チョン・ギソプは、腕にしがみつく女を振りきりながら言った。

「おばさんには、こっちが今、遊んでく気力があるように見えるんですか？」

女がカッとした。

「あたし、おばさんじゃないけど？　マジでムカつく」

チョン・ギソプは、さらに一時間三十分這ったりへばったりを繰り返しながら家に到着した。翌日見ると、ズボンの左膝に小指の爪くらいの穴が二つ開いていた。もちろん、それ以降も「オッパ、元気？」「オッパ、連絡ちょうだい」「オッパ、画像送ったわ」みたいなメールはしつこく来ていた。四六時中ピーピー鳴るのも気に障るし、迷惑メールなことは百も承知のくせに、ひょっとしたら、と思う自分も情けなく、「オッパ」を迷惑ワードに設定していた。どうせ、自分のことを「オッパ」と呼んでくる人もいなかったし。

「オッパ、本当にお久しぶりです。まさか、こんなところで会うなんて。本当に不思議だわあ。でしょ？　だけどオッパ、全然変わらないですねー。オッパって、年も取らないんだなあ」

「変わらないだなんて。すっかりオッサンさ。そっちこそ、昔のまんまだね。ところでここへはどうしたの？　家がこの辺？」

「隣に住んでたママ友が、あの、通りの向こうのマンションに引っ越ししたの。遊びにきてって言われて、途中で果物でも買っていこうかなって立ち寄ったんですよ」

平凡な顔立ちだった。美しくなかったが、とはいえ話し方はずいぶんと上品に感じられた。タメ口と丁寧語が適度に混ざった口ぶり、ちっとも変わらないというお世辞、オッパという呼称までも。

「そうだ、オッパとくっついて歩いてた、あのオッパ、誰だっけ？　そう、チャンフンオッパ。チャンフンオッパもお元気ですか？」

チャンフン？　チョン・ギソプはようやく思い出した。コイツ、同じ科の、三学年下の後輩だな。

ジンスクだったか、ヨンスクだったか。しかし、誰に対してもオッパかよ。チョン・ギソプは、チャンフンオッパは勤めていた会社が（自分の勤めていた会社同様）倒産後、どうにか論述塾の講師になって、（うらやましいことに）売れっ子講師として名が知られ、勢いに乗ってギャラが上がり、ついでに大《テ》峙《チ》洞《ドン》〔学習塾がひしめき、韓国の学歴至上主義の象徴ともいわれるソウル市江南区の地域〕に論述塾を構えたにもかかわらず、（ずいぶん無理をしていると思ってたら）大学入試の政策が変更になって、今では論述の人気はかつてほどではなく、飢えない程度でなんとか暮らしている（だろうと思われる）、という話を伝えた。ジンスクだかヨンスクだかはうなずいた。チョン・ギソプが他人の暮らしぶりをこまごまと説明しているあいだに、何人かがチョン・ギソプに軽く目で挨拶をして通り過ぎて行った。商人会メンバー、精肉店のパク社長は、あとで事務所でいいんだよな？　と声をかけてきたりもした。

「そうなんだー。で、オッパはここにお勤めなんですか？」

「ん？」

チョン・ギソプはすぐに返事をかえせなかった。市場の人から、なぜ立派な大学を出ているのに商売をやっているのかとずいぶん言われた。遊んでいるよりはマシさ。決して、商いが恥ずかしい仕事だとは思っていなかった。だが大学の後輩、それも、自分のことをオッパと呼ぶ女子の後輩に、ここで干物を売っているとは言いたくなかった。チョン・ギソプが目を泳がせて戸惑っていると、ジンスクだかヨンスクだかのほうが、むしろ気を回した。

「違うの、あたしは……みんながオッパと知り合いみたいだったから」

チョン・ギソプはつかえながら言った。

「だからさ、この市場のコンサルティングをして、マーケティングとか事業計画とかも練って、管理もして。ま、そんなことしてるわけ」

「わあ、かっこいい。コンサルティング会社にお勤めなんですか？　それとも、オッパが社長さん？」

「オレ一人でやってるんじゃなくて共同事業ね。デパートとかファッションビル、電気街みたいなところも管理してて」

「さっきのあの人が、オッパと一緒に事業をしてる社長さんなのね？」

「ん？　う、うん」

チョン・ギソプは、どうせまた会うこともないだろうし、なるようになれと果敢に嘘をつきまくった。どさくさまぎれで精肉店のパクさんがコンサルティング会社社長になった。なあに、今だって社長は社長なんだから。ジンスクだかヨンスクだかは、携帯電話をちょっと貸して、と言うと、チョン・ギソプの携帯で自分の番号に電話をかけた。

「オッパ、これ、私の番号。私たち、これからは連絡とりあいましょ。じゃあ、お先にね」

ジンスクあるいはヨンスクは、背を向けて歩き出した。パーマがすっかり取れかかった髪は毛先がボサボサで、脇腹から腰にかけて、むっちりと肉がついていた。膝のかなり下までくるスカートは、みっともないくらい皺くちゃだった。チョン・ギソプは虚しくなった。カミさんとさして変わらないフツーのおばちゃんに、オッパと呼ばれたくらいで、こうして浮かれているとは。その時、スカートの裾からのぞくジンスクあるいはヨンスクの細い足首が目に入った。再び何の脈絡もなくときめいた。チョン・ジソプは、携帯電話をのぞきこんでしばらく悩んだ末に、「スク」という名前で番号を保存した。いやまずいだろ、と思って、また「ソク」と入れ直した（「スク」は女性、「ソク」は男性の名前につくことが多い〕。設定済みの迷惑ワードから「オッパ」を探して消去した。まさかと思ったが数日後、「ソク」から電話がかかってきた。

チョン・ギソプは、父親に続く二代目としてセオ市場で干物を売っていた。ソウルの名のある大学で経営学を専攻した彼は、名のある大学の卒業生らしく、かなり大規模な自動車部品会社に就職したが、入ったすぐその年にＩＭＦ危機が起き〔一九九七年のアジア通貨危機をさす。韓国は国家財政の主権をＩＭＦ（国際通貨基金）に譲り渡した。結果、大規模なリストラが進み、大量の失業者が生まれた〕、会社は倒産した。以降、パッとしない会社を転々としたものの、どこにも落ち着き先を見つけることができなかった。ぶらぶらしているよりはと父親の干物店を手伝っていたが、突然父親が心臓麻痺で亡くなったため、なんとなく店を引き継いだ。商売にも、干物にも、さらには干物を売る商売にも、煮干しほどの関心もなかったが、それでも勤め先がないよりはあるほうがマシとの思いから、セオ干物店に籍を置いている。

ほんの数年前まで、セオ市場は看板もない町の路地裏の市場だった。名前こそ市場だが、露天商と変わらなかった。伝統市場として認定を受けようという話〔一定の要件を満たして自治体の長に認定された場合に、「伝統市場」を名乗ることができる。代表的な伝統市場に南大門市場、広蔵市場など〕は数かぎりなく出たものの、誰一人本気で取り組む人間はいなかった。店舗数、土地面積などの要件は申し分なかった。だが、あれこれ集めなければならない同意書も多かったし、用意しなければならない書類も少なくなかった。何より問題だったのが、消防道路の確保だった。店の前の通路まで広く商品を並べて売る在来市場〔小商人が集まって物品を直接販売する伝統的な構造の市場〕の特性上、消防道路どころか人が通る道もなかった。

「こんなんでどうやって消防車が入ってこられる？　伝統市場の登録がすっかりおじゃんだよ。陳列台をきれいさっぱりなくすとかしなくちゃ、まったく」

　誰もが口ではそう言いながら、ひょっとしたら客を奪われるかと思って、我先にと陳列台を前へ前へ押し出した。当時商人会会長を務めていた青果店の陳列台が、一番大きくてごちゃごちゃしていた。

　結局、この陳列台のせいで喧嘩になった。向かい合わせの惣菜屋と餅屋の社長の喧嘩だった。去年の秋夕《チュソク》〔日本のお盆にあたる韓国の節句。親戚一同が故郷に集まって先祖の墓参りをし、秋夕の伝統料理を食べる〕に、惣菜店がソンピョン〔秋夕の時に食べる習わしの餅〕を販売したことをきっかけにして、二人は敵《かたき》同士になった。事あるごとに文句をつけ、互いに陳列台を広げるうちに、通路にまで座板がせり出した。二店の前の通りは特に狭く、人出が多い週末となるとボトルネック〔流れが妨げられ、渋滞が起きる箇所〕になった。そんななか、ベビーカーを押した母親が、道が狭くて通れないといって、餅屋に座板を少し下げてほしいと頼んだ。餅屋の社長は聞こえよがしに大きな声で拒絶した。道を塞いでいるのは惣菜屋なんだから惣菜屋に言え、というのだった。母親は、今度は惣菜屋に頼んだ。惣菜屋の社長も拒否した。惣菜がこぼれるかもしれないから、座板は動かせないと言った。聞いていた餅屋の社長が、店の外に出て来て突っ込みを入れた。

「そっちの店の惣菜だけこぼれて、うちの餅はそうならないっていうの？　うちの餅は、ボンドかなんかでできてるっていうのかい？」

「ねちょねちょしててコシもないし、ボンド製っぽいよねえ」

　餅屋の社長は、餅を一つ放り込んだ口を動かしながら、惣菜屋に詰めよった。

「こんなにもちもちしてんのに、どこがコシがないんだよ？　すーっと溶けてなくなりそうだね。そっちの古くなった惣菜でも片付けな。あんた、こんなの売ってて良心が咎めないのか？　うっわ、ひどいニオイ」

　興奮して大きな身振りであてこすっている途中で、手が陳列台の上の青唐辛子の醬油漬けの容器にぶつかった。それでなくても水気の多い床に、醬油と青唐辛子がダーッとこぼれた。ぶちまけられた青唐辛子の醬油漬けを見るなり、惣菜店の社長が目を三角にして餅屋の社長に飛びついた。餅屋の社長が醬油の水たまりの上にあおむけに倒れると、惣菜屋の社長はその上に馬乗りになって、餅屋の社長の顔めがけ青唐辛子を投げつけ始めた。餅屋の社長は目元を隠し、殺されるう、と大声を張り上げた。周りにいた商人が駆けつけて二人を引きはがしたものの、渦中で喉に餅が詰まりでもしたのか、餅屋の社長がどんどん胸を叩きながら、また床を転がり回った。誰かは背中を叩き、誰かは水を探し、誰かは救急車を呼ぼうと電話をかけた。人々が突然押し寄せてきたせいで、まだ脱出できないでいたベビーカーの赤ちゃんがフガァ、フガァ、と泣き出した。あっという間に、市場はまさにしっちゃかめっちゃかになった。

　幸い、母親が赤ちゃんを抱きあげて泣きやませ、餅屋の社長は無事餅を吐き出した。騒ぎが収まるなり、惣菜屋の社長が、今度は赤ちゃんの母親に矛先を向けた。

「だから、なんでこんな狭い市場に、ベビーカーを押して出かけてくるんだよ?」

　赤ちゃんをあやしていた母親が怒り出した。

「子どものいる母親は、市場で買い物もできないんですか?　子どもがいたら、ご飯も食べちゃいけないんですか?　おばさんは子育てしたことがないんですか?」

　商人たちが駆けつけて、今度は母親と惣菜屋の社長を止めた。おでん屋のおばあさんが母親をなだめて帰らせているあいだに、チョン・ギソプが店にあったスプレーペイントを持ってやってきた。

「餅屋さんと惣菜屋さんは、なんでいつもこうなんですか。二軒が一番深刻ですよ。僕がちゃんと線を引きますから、これからはこの線を越えないでください」

チョン・ギソプは隣の商店の陳列台に合わせて二つの店の陳列台と座板を押し戻し、床にスプレーをパーッと振りかけて線を引いた。

「この線を越えたら、全部僕のもんです。いいですね？」

見ていた商人たちがゲラゲラ笑った。よくやった！　スッキリしたよ！　とにかくチョン・ギソプは賢いヤツだ！　チョン・ギソプも一緒になって笑い飛ばしていたが、ふと、すべての陳列台をこうして整理したらよさそうだと思った。

チョン・ギソプは、陳列台の制限ラインを設けようと商人会に提案した。通路も広くなるし、消防道路も確保できる名案だった。商人たちは快諾し、面倒に思った商人会は、ことをチョン・ギソプに任せた。チョン・ギソプは車線を引く業者を呼んで、市場が休みの日に店の前にラインを引いた。大通りあたりで見かけるような黄色いラインが通路に沿って両側にまっすぐ引かれているから、市場はよりすっきり広く見えた。

この出来事をきっかけにして、チョン・ギソプは伝統市場認定事業を担当することになった。商人や建物の持ち主を訪ね回って同意書を取り、夜を徹して「セオ市場機能遂行報告書」を作成した。肝心の自分の商売はほっぽりだして、半年かかりきりになった。市場誕生から四十年あまり、セオ市場は、ついに伝統市場に認定された。

工事費が支給されると、すぐにアーケードを設置した。照明をもっと明るくて目が疲れないものに交換した。市場の入り口に「セオ市場」の看板も出した。商人たちはもう無許可の露天商ではなかった。銀行でローンが組みやすくなり、いつショベルカーに追い出しを食らうかわからないという不安もなくなった。商人たちは、これを機にチョン・ギソプが商人会会長になることを望んだ。だがチョン・ギソプは、自分はあまりに若輩だからと強く固辞した。かわりに、セオ市場で長く商売をしてきて市場のことにも関心が高い、なんでも屋のユン社長を会長にかついで、自分は総務に収まった。さらに、伝統市場の認定登録の過程でかなりの貢献をした三人の商人も加え、いわゆる第二期商人会が発足した。

伝統市場に認定された後も、セオ市場は毎日毎日ピンチに襲われた。節句になれば祭祀用品の原産地の取り締まり、夏になれば夏バテ防止の補養食の原産地の取り締まり、時には衛生取り締まり班が、これみよがしにテレビカメラまで引き連れてやってきた。全部の店がそうだというわけでもないのに、ニュースでは、在来市場がひどく不衛生な中国産のニセモノばかり売っているという取り上げられ方だった。しばらくは目立って客足が遠のいた。商人たちは黙々と品物を売り、料理を作り、声も割れんばかりに呼び込みをした。商人会は地面の舗装工事を行い、雨漏りがしていた屋根をテントで覆った。何かというとすぐに詰まって悪臭がぷんぷんしていた旧式の排水口も修理した。駐車場を整備し、さして利用されないクーポンやショッピングカートを用意し、美大の大学院生を呼んできて安い料金で壁画を描かせた。セオ市場の換骨奪胎を、地上波のすべてのメインニュースが取り上げた。主婦向けの朝の情報番組にもたびたび登場した。再び客が増え始めた。

やがて、セオ市場最大の危機が訪れた。近所に大型スーパーが出店するという噂が立ったのだ。チョン・ギソプは、バスを二度ほど乗り次いでスーパーの本社オフィスを訪ねた。噂が事実かと詰め寄った。スーパー側は、まだ確定ではないから帰ってほしいと言った。セオ市場の前に出店することにしたわけではないが、支店を拡大している状況であり、いい商圏ならどこであれ候補地として検討することになるので、セオ市場の前だからといって候補地から外すことはないが、まだ決まっていることは何もない、と回りくどい説明をした。チョン・ギソプがまた訊いた。

「セオ市場の前に絶対、ゼッタイに大型スーパーはこないって、約束できますか？」

広報室長は、困惑した表情でしばらく考えてから言った。

「それは、無理です」

チョン・ギソプは心を固めた。

「わかりました」

チョン・ギソプは毎日のように所管の部署に陳情書を提出し、市長との面談を求め、署名運動をやり、地元紙にインタビューを持ちかけた。市場の入り口に大きく「心のふるさと、セオ市場をよみがえらせましょう！」というプラカードを掲げた。セオ市場再生運動は全国紙の記事にもなった。チョン・ギソプは市庁舎の前で剃髪式を行い、一人デモも始めた。デモをしているからといって、食事がとれず眠れないというわけではなかった。しかし、結構風が冷たくなりだした頃で、鼻先が冷え、尻は痺れた。一日中冷たい地面に座っているから痔にもなった。とはいえ、デモ中の人間がふかふかの座布団を敷いて座っているわけにもいかなかった。丸一日、おならを我慢している人のように、尻を左右にもじもじさせていた。

デモは軽く一週間を越え、きっかり十日目を迎えた日のことだった。職員があふれ出す昼休みにはその場に座っていなければいけないから、チョン・ギソプは十一時を少し過ぎたあたりで早めのランチをとることにした。近所においしいキムチチゲの店があると聞き、探しているうちに道に迷った。まだ十二時にもなっていないのに、店はすでに客であふれかえっていた。仕方なく、知らない人と相席で食事をした。メニューはキムチチゲ一つきりだった。注文する必要もなく、イスに座るなり鍋とご飯が出てきた。知らない人と目が合わないよう、首をすくめて、ぐらぐら煮立ったチゲをあたふたとかき込んだ。立ち上がりつつ最後の一口をすすり、冷水器の水を飲みながら会計をすませて、大急ぎで市庁舎に走った。腹の中でチゲと冷水が混ざりあってちゃぷんちゃぷんしていた。胃が、熱くて冷たかった。

市庁舎の前の横断歩道に立つと、プラカードでしっかり押さえてあったはずのアルミシートの隅が風にはためいていた。チョン・ギソプは信号が変わるとすぐに横断歩道を全力疾走して、何事もなかったようにアルミシートに腰を下ろし、プラカードを手に取り、目をつむった。急いでかき込んだせいか、しょっちゅうゲップが込み上げてきた。周りの目を気にしながら咳払いのフリで何度かゲップをしたが、胃は楽にはならなかった。大きい深呼吸をして、何度も胸を叩いた。サイダーを一口飲めばすっきりするだろうに、と切実に思ったが、席を外すわけにはいかなかった。ついには下っ腹までちくちくしてきた。どうやら腹を下したらしかった。トイレに行きたくても、涼しい顔をして市役所の職員に混じってトイレに入る自信がとりあえずなかった。昼休みがすっかり終わって、人が少なくなったらトイレに行こうと我慢しているあいだにも、下っ腹の痛みはだんだんとひどくなってきた。脂汗が流れて、視野は狭くなったり広くなったり、また狭くなったりを繰り返した。一瞬気を失った。ゴツン、という音と同時に、頬骨がズキッとした。

「ここに人が倒れてますよ！」

「ちょっと、大丈夫ですか？」

「救急車呼んで、１１９！」

チョン・ギソプの視野は相変わらず真っ暗で、聞き覚えのない声ばかりが聞こえた。大型スーパーなんかのせいで人がつぶされる、とも話していたし、ひとまずおぶって走ろうとも言っていた。誰かがチョン・ギソプの脇腹に手を回して、抱き起こそうとがんばっているようだった。見た目はすらっと細めだが、意外にチョン・ギソプは骨太なので、簡単には起こせなかった。何人かに手足をつかまれ、あちらこちらへひっくり返されているとき、若い女性が１１９と話している声が聞こえた。チョン・ギソプはハッと我に返った。救急車で大失敗をしでかすところだった。彼に必要なのは１１９ではなく、落ち着いて用を足せるトイレの個室だった。死力を尽くして目を開き、手を伸ばして、女性の手首をつかんで止めた。

「大丈夫です。大丈夫なんです。救急車を呼ぶまでもありません。ただちょっと、トイレに行ってくればいいので」

人々は戸惑ったふうだったが、とりあえずはチョン・ギソプの脇を支えた。我慢に我慢を重ねた便意に突き上げられて気絶までしたと知ったら、この人たちはどんなにあざ笑うだろうか。チョン・ギソプは、吐き気がするかのように手で口を塞ぎ、ウッ、ウッ、と声を出した。支えていた人々は心配した。

「気持ち悪いですか？　寒いのに地面でああしてて、具合が悪くもなりますよね。ご飯もちゃんと食べてないのに」

「吐き気がするのは脳震盪《のうしんとう》の症状だけどな。地面に頭をぶつけたんじゃないですか？　クラクラしません?」

チョン・ギソプは、大丈夫と言いながらさらに何度か吐くマネをした。一番隅にある個室に入ってドアの鍵をかけた。急いでズボンを下ろして気持ちよく用を足しつつ、口ではずっと吐くような声を出し、手ではずっと水を流していた。ちくしょう、クソ一回まともにするのも一苦労だよ。

手を洗いながら鏡をのぞきこむと顔が青ざめていた。地面にぶつけた頬骨には、この間《かん》に紫のアザができていた。課長はチョン・ギソプの手をぎゅっと握って、自分が責任をもって問題を解決するから、どうかデモはやめてくれと頼んできた。吐いてきたか排便してきたかわからない人間の濡れた手をむんずと握るところをみると、一抹の誠意はこもっている感じがした。仕方なく、市役所の職員に支えられて市場に戻った。頬骨の青みがかったアザが勲章のようだった。

大型スーパーはやってこなかった。チョン・ギソプは、理由はともかく、自分が気絶までしてデモをしたおかげだと考えた。ちょうど、大統領が経済人との会合で「相生《あいおい》」を強調する演説をしていた。大企業と中小企業が共に成長し、労使が和合し、大型スーパーと地域商圏が共に生き残る方法に頭を悩ませてほしい、と、直接「大型スーパーと地域商圏」に言及した。そのせいか、大型スーパーの規模拡大は足踏み状態になった。スーパー側は、セオ市場前に新たな店舗を出店する計画はないと、正式に文書をよこした。はじめからセオ市場付近は候補地ではなかったという話だったが、商人会の五人は信じていなかった。今になって後退したことへの言い訳だとせせら笑いながら、一晩中祝杯をあげた。

チョン・ギソプの最初の記憶は、セオ市場だ。真夏だった。おばあさんが寝入ったチョン・ギソプを胸に抱き、店の入り口に置かれたイスに斜めに座っている。人通りがあってうるさいはずなのによく寝るねえ、本当にいい子だねえ、と声をかけてくれた。実の祖母ではなかった。チョン・ギソプをずっと手であおぎながら、歌をうたってくれた。二、三歳の頃だと思うが、不思議なくらい鮮明だった。うとうとしながらふと目にした赤いテント、柔らかなおばあさんの胸と、悲しげな歌声。その時の五感をリアルに記憶していた。誰かから聞いた話なのかもしれないと思った。そこにチョン・ギソプの想像がさらに重なったらしい。確かなのは、チョン・ギソプが市場の人たちの手を次々に借りながら成長したことだ。

両親が商いに忙しく、幼いチョン・ギソプは、一日中市場でひとり遊んでいた。市場の人たちは、チョン・ギソプを自分の甥や孫のようによく預かってくれた。こちらの家、あちらの家と回りながら、菓子や餅をもらって口に入れ、靴下や下着をもらって身に着けた。大人たちがくれるリンゴやジャガイモ、豆腐、カワハギの干物なんかを手に遊んでいた。名実ともにセオ市場の息子であるチョン・ギソプが、長じてセオ市場をよみがえらせたことは、どんな建国神話よりも感動的でドラマティックな物語だった。

3

パク・サンウンは、出前の海苔巻きの本数を数えていた。ＰＤ〔プログラム・ディレクターの略。テレビ番組の企画、制作を担当する〕と放送作家たちが台本や資料、小道具を準備しているあいだに、パク・サンウンは海苔巻きを運んだ。ＡＤ〔アシスタント・ディレクター〕の一人が近づいてきて、海苔巻きの袋を取り上げた。

「なんで社長がこんなもの持ってるんですか。僕が持っていきますよ」

視聴率がイマイチで切られ、雀の涙ほどの制作費で赤字続きになって撤退し、改編で番組がなくなり、「ネオプロダクション」の番組は、もはやただ一つだった。残った番組だけでも守らなければならないから、パク・サンウンは腕まくりした。自分が直接出向いて収録現場に顔を出し、会議にも参加するつもりだと言うと、担当ＰＤのチェ・ギョンモが、話の流れで海苔巻きのことを持ち出した。

「ウチも、海苔巻きを用意したらどうでしょう？　実は、台本の読み合わせのとき、結構わびしい感じで」

早い時間の収録だから、みんな朝食を抜いて来るというのだ。初回の収録を終えたチェ・ギョンモは、よその外注制作会社はみんなそうしている、海苔巻きとコーヒーを準備しようと言った。パク・サンウンが怒り出した。

「いい番組を作るために頭を使わなきゃならないのに、どうしてそんなどうでもいいことにエネルギーを無駄に遣うんだ？　お前はＰＤか、それともコック長か？」

「食べ物があると、やっぱり雰囲気が和むんですよ。それに、腹が満たされれば、進行だってもっとスムーズにやってくれるんじゃないですかね？」

「あいつらはみんなプロなんだ。腹が減ってるからって、コメントができないはずがない。どうして頼んでもない雑用に手を出そうとする？　自分の仕事をうまくやるのも大事だが、自分の仕事じゃないことに手を出さないってのも大事なんだよ。それが、同じポジションにいる同僚への礼儀ってもんだ。そういうのは俺らの仕事じゃない、気にするな」

そうだったはずのパク・サンウンが、結局は海苔巻きの袋を提げて会議に出ることになった。


放送局に到着したＡＤたちは、機械のようにてきぱきと動いた。会議に参加する人数分のイスを残して、他は廊下に出した。席ごとに台本と構成シート案、資料を一部ずつ置き、海苔巻き一本とコーヒーを添えた。司会とゲストの表情が明るくなった。海苔巻きがうれしかったのだ。

まもなく、本社所属の統括ＰＤであるキム・サンホが会議室へやってきた。キム・サンホはパク・サンウンを見るなりひどく驚いて、ぺこりと頭を下げた。

「これはこれは先輩。どうしてここに？」

「うん、これからは俺も会議に参加しようと思ってね。一緒に制作に入るよ」

キム・サンホとパク・サンウンのただならぬ雰囲気に、ゲストたちは戸惑った。ネオプロダクションのＡＤと放送作家は、うちの社長って、マジでキム・サンホの先輩なんだ、と誇らしげな表情になった。キム・サンホは、司会者とゲストにパク・サンウンを紹介した。

「僕の、初めての直属の先輩なんです。五年前に退社されて、今はネオプロダクションの社長さんですよ」

司会者とゲストたちは、海苔巻きをもぐもぐ食べながら挨拶した。

「あんまりお若いから、社長さんとは思いもしませんでした」

「じゃあうちの先輩か。私が入社する前に退社されてたから、気づかなかったんですね」

和気あいあいとした雰囲気の中、会議が始まった。ところがキム・サンホは、担当の放送作家が取材内容を一生懸命説明していてもどこ吹く風、箸で海苔巻きをつまんで、しげしげと眺めていた。次に海苔巻きをまた下ろして箸を一本ずつ両手に持つと、海苔をはがし、ごはんを崩し、中の具材をほぐした。たくあんとハム、卵焼きをつまんで口に入れ、ごはんも口に入れた。そして別の海苔巻き一本を横にして、また一心不乱に海苔をはがし、ごはんを崩し、具材をほぐした。今度も、具材のいくつかをつまんで口に入れ、ごはんを口に入れた。パク・サンウンは、アイツ何やってんだと思いながらぼんやり彼を見ていた。司会者とゲストたちも会議に集中できないでいた。キム・サンホが三本目の海苔巻きを解体し始めた。指がすべって海苔巻きがごろりと飛び、パク・サンウンの前に着地した。キム・サンホは、苛立ったように箸をバンッと置いた。ずっと顔を顰《しか》めたままで、内容については一言もなかった。会議が終わると、女性の司会者が低い声で訊いてきた。

「キムPDがニンジン嫌いなの、ご存じなかったんですか?」

知らなかった。当然、知らなかった。ニンジンを食べないか、たくあんを食べないか知ってたら何だってんだ。それに、ニンジンは食わなくたってかまわないだろう。これはニンジンジュースでもなければニンジンサラダでもないんだ。ニンジンが入っているといったって、たかが知れてるだろうが。そんなに嫌だったら、そもそも食わないとかさ。会議をしてるのに、わざわざ海苔巻きを全部解体してニンジンを取り除く必要があるか？　パク・サンウンは呆れてハンッと笑いを漏らした。すると、今度はキム・サンホが直接訊いてきた。

「よそのチームは、僕のはニンジンなしで買ってくるんですよ。ご存じありませんでしたか？」

当然知らねーよ！　知ってたって知るか、この野郎！　その鼻の穴にニンジン突っ込んでくたばれこの野郎！　パク・サンウンは、罵倒しそうになるのをこらえるために奥歯をぎゅっと嚙みしめると、慈愛に満ちた調子で言った。

「そうだったのかあ。でも、バランスよく食べたほうがいいのになあ」

そして、本当にプライドが傷ついたが、グッとこらえてもう一言、付け加えた。

「これからは、ニンジンなしで買ってくるからさ」

空《から》の会議室で煙草を吸ってから、パク・サンウンは最後に部屋を出た。スタジオに向かおうとエレベーターを待っていると、キム・サンホが近づいてきた。今日初めて顔を合わせたかのように、また丁寧に挨拶をよこした。この礼儀正しい後輩が、さっきニンジンのことでいちゃもんをつけてきたクソ野郎と本当に同一人物だっていうのか。パク・サンウンは、キム・サンホが明らかに二重人格だと思った。次の瞬間、キム・サンホが周囲を一度ぐるりと見渡して、声をひそめて言った。

「そうだ、先輩。次の改編で、外注の制作会社を一社、交代させる予定なんです。で、ネオは成績がちょっとかんばしくないんですよね。せめて残りの期間ぐらいはがんばってもらわないと」

「うちは視聴率も悪くなかったのに、なんでだ？」

「視聴率なんか、みんなどっこいどっこいですから。本社の評価点数が低いんです。まだ誰も知りません。先輩にだけ、こっそりお伝えしておきますね」

本社の評価点数が低いというのは、キム・サンホが低い点数をつけているという意味だ。それを、施しでもするかのように自分の口から言うとは。キム・サンホは本当にずいぶん偉くなったな。パク・サンウンは初めて、会社を辞めたことを後悔した。


キム・サンホは、パク・サンウンが退社する直前に担当した報道告発ドキュメンタリーのＡＤだった。追撮をさせても、資料映像を探しに行かせても、粗編集を任せても、何一つまともにできなかった。カメラをどう構えていたのか、インタビュアーの頭が途中で見切れた映像を撮影してくるし、国会議長の資料映像を探してこいと言ったのに、前議長の資料映像を見つけてきた。嫌味も言い、罵倒もし、編集室でテープを投げつけてもみたが、マシにはならなかった。入社したてで初めての番組という点を考慮しても、許しがたかった。仕事をしている感覚も薄いし、社会人としての気働きもなかった。パク・サンウンはキム・サンホと顔を合わせるたび、額の真ん中を人差し指でつんつん突きながら、愚鈍野郎、と呼んだ。

パク・サンウンが光州事件〔一九八〇年、韓国南部の光州で、戒厳令解除を求める市民を、全斗煥（チョン・ドゥファン）を中心とした新軍部が武力で鎮圧し多数の死傷者を出した事件〕に関連する番組を制作した時も、キム・サンホがＡＤでついた。光州事件に関わる人々を再訪するという企画だった。長期で取材を進めて出演交渉にあたった。生存者と犠牲者の遺族、外国人記者、光州事件記念財団関係者、関連する作品を残した詩人、小説家、画家、映画監督や俳優と会った。当時の戒厳軍だった人の内部告発も聞き出すことができた。だが、最も重要な一人の出演交渉は、うまくいかなかった。パク・サンウンは、気が触れたフリで延禧洞《ヨンヒドン》のその人物の自宅前に数日間張り込んだ。子どもが運営する会社や教授をしている大学も訪ねて行き、孫たちの学校もつきとめたものの、ただの一人も会ってくれなかった。最初から可能性がないだろうとは思っていたが、あきらめたくなかった。放送日が近づいて山ほどすることはあるのに、パク・サンウンは最後まで未練を捨てきれなかった。

「おい、愚鈍。お前が一度交渉してみろ」

「はい？」

「この出演交渉がうまくいったら、お前のことを認めてやる。愚鈍とも呼ばない。なに、顔出しでなくていいんだ。電話の録音あたりとってみろ」

「電話番号は、何番なんですか？」

「それを俺に訊いてどうするよ？　114〔韓国の電話番号案内〕にでも訊くとかさ」

キム・サンホはもじもじしていた。やがて、机の上にあった電話の受話器を持ち上げた。本当に、114を押した。

「お待たせいたしました、お客様」

「あの……チョン、ドゥ、ファン、お願いします」

「住所はどちらになりますか？」

「西大門《ソデムン》区の延禧洞です」

「西大門区、延禧洞の、チョン、ドゥ、ファン様ですね？」

「ええ、ええ」

受話器越しにキーボードを叩く音がした。

「申し訳ありません、お客様。そちらのお名前での登録はありませんでした」

キム・サンホは、見えるか見えないかくらいに手を震わせながら受話器を置いた。

「番号の登録は、ないそうですけど」

まさかと思いながら見ていたパク・サンウンは言葉を失った。以来、出前の注文やコーヒーを買ってくるお使い以外、業務に関連したどんなことも、キム・サンホには頼まなかった。信じられないからではなく、嫌がらせをするためだった。実際、キム・サンホはかなりつらい思いをした。


教養局全体での忘年会があった日のことだった。近所で一番大きな焼き肉屋を貸し切りにしていたが、思いのほか参加者は集まらなかった。みんな、目前に迫った放送予定に追われていたし、若手の立場からすれば、次長、部長、局長まで全員揃った席は気が重かった。幸い、察しのいいお偉いさんたちはまとまって一つのテーブルを囲み、すぐ隣の席には新入社員と若手AD、下っぱの放送作家たちが押し込まれていた。ロケを終えて、編集を終えて、台本を書いて、あえてゆっくりやってきた中堅どころのPDや放送作家は、かなり離れた場所に陣取った。

パク・サンウンも、早めに着けば局長の隣、定刻に着いてチーム長の隣に座ることになるという不文律を十分承知していたから、わざと一時間遅刻した。一番隅に集まって座っているお偉いさんたちは、すでに顔が赤かった。チラッと聞き耳を立てると、若い頃の武勇伝をあれこれ話していた。大雪の撮影に出かけて雪崩に巻き込まれ死にそうになった話、隠しカメラを持って人身売買犯のワゴンに乗りこみ、本当にエビ漁船に売り飛ばされそうになった話、ADも放送作家もなしに一人でロケをし、編集をし、台本まで書いたという話。パク・サンウンも、これまでさんざん聞かされていた。軟弱でやる気のない後輩を覚醒させるためのレパートリーだと思っていたが、自分たちだけでもそんな話をしていた。かれらを支える力は、カネでも地位でも年齢でもなくて、若く熾烈だった頃の記憶なのだ。

すぐ横に座っていたADと下っぱの作家たちは、しゃにむに肉ばかり食べていた。忙しいのに楽しくもない席に引っ張ってこられたんだから、肉ぐらい思う存分食べてやる、という様子だった。いつの日か、かれらも隣のお偉いさんたちのように、この時期のことを話すのだろう。一番下っぱが、忙しいからって飲み会をパスするだ？　飲み会も仕事のうちなんだよ。食って、戻って、徹夜するんだ。自分たちの時は、基本一週間は家に帰れなかったよな。

キム・サンホも、同期と一緒にチーム長の隣のテーブルに座って、肉を食べていた。酒が入っているせいか、さかんに調子づいているように見えた。彼が話をすると周囲はみんな笑った。意外にもキム・サンホは、盃を回し、冗談を言って雰囲気をリードしていた。パク・サンウンは、キム・サンホがこれほど大きな声で話すのを初めて聞いた。

まだ仕事が残っているからとパク・サンウンがオフィスでぐずぐずしていると、キム・サンホも空気をうかがいながら席に残っていた。早く行け、行ってこいと言っても聞かなかった。結局、パク・サンウンが本音を打ち明けた。

「早く行けよ、この野郎。俺は、飲み会が嫌でこうしてるんだよ」

「僕も、行きたくなくてこうしてるんです、先輩」

「俺たち二人ともそうしてたら目立つだろうが。お前は行けって。あ〜、この愚鈍が」

パク・サンウンが罵っても、キム・サンホはだまってその悪態を耳から耳へ聞き流していた。これまで、あまりにしょっちゅう悪く言い過ぎていた。どんな悪態も、キム・サンホを覚醒させることはできなかった。パク・サンウンはキム・サンホをうまく言いくるめることにした。食事をまともにとるのだって大変なんだから、行って思う存分肉を食ってこい、久しぶりに同期と会って、胸にたまっているものをぶちまければいい、よく遊ぶヤツは仕事もデキるヤツだ、自分もすぐ行くからと、追い出すようにして送り出した。すると、本当に思う存分肉を食いながら、同期に胸にたまったものをぶちまけて、よく遊んでいた。パク・サンウンは、それを見るのがむしょうに不快だった。

酒の席が長くなると、櫛の歯が抜けるようにぽつん、ぽつんと空席ができた。不思議なことに、飲み会が終わる頃にはみんな外に出て電話をし、煙草を吸い、やたらとトイレを行ったり来たりした。酔っ払った数人が酒瓶とグラスを手に歩き回り、周囲に酒を勧めた。他の何人かは空いた席に移動して一足遅れで挨拶をし、言葉を交わしていた。そんなふうに席がさんざん入り乱れた。炭を取り出された鉄板はすぐに冷たくなった。肉から切り離された脂身と、ジリジリ熱くなっていた脂が白く固まった。ウィーンウィーンとうるさく回っていた扇風機も止まった。誰かは壁にもたれて居眠りをし、誰かは一人でグラスを傾けていた。けだるい日曜の午後のごとく、時間もゆっくり流れているようだった。

パク・サンウンが席を立とうとすると、キム・サンホがグラスを手にやってきて隣に腰を下ろした。足取りはしっかりしていたものの、座りながら体がふらついていた。グラスをテーブルにドンッと置くと、パク・サンウンを見てヒヒヒ、と笑った。

「先輩、すいません。僕があまりに仕事ができなくて。でもですよ、先輩。もともとできなかったものが、先輩にできない、できないって言われるもんだから、ますますできなくなった気がするんですよね。あっ、だからって先輩のことを恨んでるわけじゃありません。つまり、僕ががんばらないとなんです。そういう意味で、僕が先輩に、一杯お注ぎします。これまで、本当に、申し訳ありませんれしたああ」

パク・サンウンは思わずグラスを受け取った。キム・サンホが持ってきたグラスには、脂がべっとりついていた。少なくとも三色の口紅の跡がぐるりと鮮やかに残っていて、ところどころ赤唐辛子の粉も貼りついていた。キム・サンホはそのグラスに澄んだ焼酎を注いだ。あっという間に酒は外へあふれ出し、パク・サンウンの手の甲をだらだらと伝った。

「あらぁ、すいません。僕、酔っぱらったみたいですね」

キム・サンホは急いでテーブルにあったおしぼりを取り、パク・サンウンの手を拭いた。パク・サンウンが口をぬぐい、手を拭き、テーブルにはねた脂や辛味噌を拭いていたおしぼりだった。パク・サンウンはおしぼりを奪って放り投げ、手をぶんぶん振った。焼酎が蒸発して手の甲がすーすーした。人差し指でキム・サンホの額をつんつん突きながら言った。

「愚鈍め、愚鈍。酒癖も愚鈍なんだよ」

パク・サンウンに押されるまま前後に揺れていたキム・サンホが、突如パク・サンウンの人差し指を握った。

「でもですよ、先輩。若い人間に、やたらなことしちゃダメですよ。まだ若くて、若いから経験もなくて、お金もなくて、地位も低いんです。今はそうですけどね、時間は黙ってないじゃないですか。時間が経てば、その情けない若いやつらだって、年を重ねて、経験も積んで、お金もできて、地位も上がります。じゃあ、それまで絶好調だった人間はどうなるか？　年を取って、力をなくすんですよね。その時は形勢逆転ですって。だから、若い人間にやたらなことしちゃダメです。若いっていうのは、だから怖いんです。今が絶好調だからじゃなくて、絶好調になる可能性があるから」

パク・サンウンは真剣にとりあわなかった。

「お前と俺が、いくつ違うと思って言ってんだ？　時間が経って、お前が絶好調になったら、その時俺は、完璧な絶好調になってるから心配すんな」

キム・サンホの言葉通り、時間は恐ろしかった。五年で状況は逆転し、パク・サンウンはまだ老いてはいなかったものの、力は確実に失われていた。

4

暮らしにもう少し余裕があったなら、どうにかして子どもを治そうとしただろう。よりによってその時に事が起きた。オ・ヨンミの夫で、キム・イルの父親であるキム・ミングが解雇されたのだ。単に一家の大黒柱が職場を失い、家計の収入源が断たれるという生活の問題ではなかった。実は、キム・ミングは正規の職員ではなかったのだ。十年以上夫に騙されていたという思いに、オ・ヨンミは茫然自失となり、十年以上自分は契約書一枚書かないまま仕事をしていたという事実に、キム・ミングは啞然茫然となった。ばかみたいな話だが、キム・ミングも、自分が正規の職員でないことを本当に知らなかった。だからといって正規の職員だと承知していたわけでもなく、正規の職員か、契約職か、期間雇用かと考えること自体、そもそもしてみたことがなかった。父子が仲良くばかなマネをして暮らしているあいだ、オ・ヨンミはそのばかじみた息子を育て、ばかじみた夫を世話していたのだ。オ・ヨンミこそ、本物のばかということになった。

恋愛時代、オ・ヨンミは、高校職員のキム・ミングを公務員だと思っていた。結婚後、キム・ミングの勤めている学校が私立だと知った時はあっちゃーと思った。だが、毎日出勤して、きちんきちんと月給が出て、職場の医療保険にだって加入していた。会社がつぶれることはあっても、学校がつぶれることがあるかというキム・ミングの言葉を信じていた。事実だった。学校はつぶれなかったが、キム・ミングは解雇された。

期末試験を控えた六月の末だった。裏山にはナデシコやペチュニア、バラが花弁もあらわに咲き誇っていた。女子学生たちは、ウツボグサを摘んで細く白い花に唇をあて、甘い蜜を味わっていた。ちょうど前日が雨で、芝生はしっとりと濡れていた。清らかだった。キム・ミングは、学校で働くというのはどれほど幸せなことだろうと思った。そんなすてきな日に、学校で最も見晴らしのいい校長室で、大きな窓越しに校舎の全景を見下ろしながら、解雇通知を受け取った。

「もう契約職の人をこんなに長くは置けなくなったそうでね。仕事に明るい人が長く勤めてくれれば学校としてもうれしいが、法律がこうなんだから仕方ない。他の仕事を探しなさい」

仕事に明るい契約職を長く置ける方法がないわけではなかった。正規職員として採用すればよかった。二年以上勤めた非正規職を正規職に転換しなければならないという法案が、翌月には施行されるという話だった。施行の前に、学校は大慌てでキム・ミングと事務室の別の職員一人を解雇した。別の職員は、出産予定日を一か月後に控えた臨月の妊婦だった。彼女は事務室に五年勤めていた。並んで一枚ずつ紙を受け取り、校長室を後にした。がらんとした廊下に、二人がスリッパを引きずる音がペタペタペタと響いた。

「子どもを産んで産休を取っているあいだ、誰が自分の仕事をすることになるだろうって心配してたんです。なんでそんな心配したんだか、わかんないですよね」

キム・ミングは彼女を慰めようとして、自分が他人の心配をしていられる立場でないことに気がついた。

「無事の出産を祈ってます」

半月後、キム・ミングは安産だったという携帯メールを受け取った。退職してから胎児がちゃんと成長せず、半月ほど早く生まれたという。おかげで赤ちゃんが小さかったから楽なお産だったとのことだった。よかったですね、と打っては消し、おめでとうございます、と打っては消し、体調に気を付けて、と返事を送った。気力を失った。こうしていてはいけないと思いながらも、とてもじゃないが意欲というものが湧いてこなかった。キム・ミングは新生児のように横になってばかりいた。気の短いオ・ヨンミが乗り出した。何日もインターネットを検索し、近所の図書館でさんざん調べて不当解雇救済申立書を作成すると、キム・ミングに差し出した。

「読んでみて。合ってるかな」

「これ、何？」

「労働委員会に出すの。うまくいけば、パパは復職できるかも」

申立書は一編の大河ドラマだった。面接を受けた日、学校に骨を埋めるつもりだと言うキム・ミングに、財団の理事長が「骨を埋めてくれる人を探していた」と答えたこと。コピー室でボヤが出た時、一番はじめに黒煙をかき分けて中に入り、火を消し止めたこと。二度ほど優秀職員に選ばれたこと。感動的なエピソードは、財団が予算不足を口実に、十年以上誠実に仕事をしてきた職員を不当解雇しようとしているという話で悲しく締めくくられていた。財団がどれほど安定した財政状況にあるかを示す関連資料も添付されていた。

「うわ、本当に俺が書いたみたいだ」

「あたしの目には、パパの心の中が全部見えんのよ」

「財団の財政状況の資料はどうやって手に入れたの？」

「このくらい、インターネットで全部出てくるって。今どきはそういう時代でしょ。とにかく、間違ってるところ、ないよね？　じゃあ、行って提出してきて。自分のことなんだから、そのくらいはしなさいよ」

救済申立は受け入れられた。数か月後、キム・ミングは復職したが、まもなく学校から告訴された。公金を横領したというのだ。もう何年も前のことだった。納付業務をしていた女性職員がハミガキをしに行っているあいだ、キム・ミングがある学生の授業料を代わりに受け取ったことがあった。何も考えずに机の上に置いていたが、そのお金が、跡形もなく消え去った。仕方なく、四十万ウォン〔約四万四千円〕近い額を埋め合わせた。その件でオ・ヨンミに一年ねちねちといびられたし、オ・ヨンミ以外は誰も問題視していなかった。ところが、今になって公金横領だというのだ。ミスだった、だから弁償したし、何の問題もないことはみんな知っていると抗弁したが無意味だった。みんな、口をつぐんでいた。

勝てないだろうとわかっていながらも、途中で放り出せなかった。希望でも正義でもなかった。ただタイミングを逸しただけだ。戦意もなく退くこともできない、孤独な時間を過ごした。一人で食べる食事も、挨拶を返してくれない上司や目を合わせようとしない同僚も、堂々と交わされる陰口もつらかった。いくら年をとって世の中の酷な面をさんざん見ていたとしても、つらいものはつらいのだ。結局、弁償した金額よりさらに多くのお金を罰金として払い、罰金刑を根拠に懲戒解雇された。キム・ミングはむしろすっきりした。荷物をまとめて出てきた日も夏だった。横なぐりの雨が降っていた。傘をさしても、肩とふくらはぎがすっかり濡れそぼった。キム・ミングは季節外れの風邪を引いてしばらく患い、オ・ヨンミは火病〔怒りをおさえすぎて心身が不調になる、韓国特有の病名〕を患った。

「大の男がそんなに弱っちくなっちゃったわけ？　生きてく方法を、積極的に探さなくちゃでしょ。学校にまた戻るんなら最後まで闘うし、でなけりゃ別の職を探しなさいよ」

「少し、休ませてくれよ」

「今までパパはずいぶん休んでたの。地団太を踏んで四方八方、気でも触れたみたいに駆けずり回ってたのはあたしなんだから。何にもしないで、脳も内臓もぜーんぶない、腑抜けの抜け殻みたいにボーッと席だけ守ってた人が、どこがつらくてまた休むのよ」

「俺だって何かしたかったよ。何もさせてもらえずに、席だけ守ってるのだってつらいんだ。そっちのほうがずっとつらいんだよ！」

　解雇と復職と公金横領と法廷闘争と罰金刑、そして再びの解雇。一年のあいだに、あまりに多くの出来事が起きた。実際につらかったのか、それでなくても痩せ気味のキム・ミングは体重が十二キロほど減り、目立って老けこんだ。体調もかなり悪くなった。片頭痛と胸やけ、繰り返される便秘と下痢、手足の痺れと膝の痛みで大学病院をぐるぐる回り、頭のてっぺんからつま先まで、検査という検査をすべて受けた。何の異常もなかった。だが、キム・ミングは本当に体調が悪かった。最後に訪れた精神科で、悪いところがなくても体調は悪くなるという事実を知った。

　人と目を合わせられず、誰かに挨拶でもされようものなら手をぶるぶると震わせ、言葉につまるキム・ミングを受け入れてくれる会社はなかった。たまたまなんとか仕事にありついても、一週間持ちこたえられずに飛び出した。チョンセ〔韓国独自の賃貸システム。毎月の家賃「ウォルセ」の代わりに、保証金としてまとまった額のお金を家主に預ける。家を引き払うとき保証金は全額返金される〕の保証金を使い果たすのは、箱の中の煙草が減っていくのと同じくらいあっという間だった。一度に二、三本咥《くわ》えてスパスパやるわけでもないのに、一本、また一本と引き抜いているうちに、すぐ最後の一本が寂しそうに箱の中で転がることになる。ついに米がなくなって、食事を抜く事態になった。より狭くて暗い家へ引っ越しをした。オ・ヨンミは、社員を募集している会社すべてにキム・ミングの履歴書を送った。宅配会社の配達員にも応募したし、ウェブデザイナーにも応募したし、自動車販売員にも応募したし、塾講師にも応募した。キム・ミングは、オ・ヨンミの行動に心配を募らせるばかりだった。

「俺、そんな仕事できないよ。ウェブデザイナーが何かもわかんないのに、どうやって仕事するのさ?」

「うるさい! できるかできないかはパパが判断するんじゃなくて、会社が判断するの。会社から呼ばれたら、その仕事はできるってことなんだから。がたがた言ってないで何でもする! パパは家長なんだよ」

キム・ミングを一人前にするために、キム・イルのほうが放っておかれた。無関心な時間は青春を老いさせ、病気を悪化させ、子どもを干からびさせた。そんなふうにしてキム・イルは、わずかなりともばかでなくなる機会を逃した。オ・ヨンミとキム・ミングが苦しい時間をなすすべもないまま耐え、どうにか正気を取り戻した頃には、何もかも取り返しがつかなくなっていた。

5

寝坊して起きると、家はホラー映画の冒頭シーンのように暗く静まり返っていた。シンクの蛇口がちゃんと締まっていないのか、水滴が落ちる音だけが、ポタッ、ポタッ、ポタッと聞こえた。チョン・ギソプは子どもたちの名前を一回ずつ呼んだ。返事はなかった。今度は妻の名前を呼んだ。やはり返事はなかった。いつの頃からか、妻はチョン・ギソプを起こさずに一人で店に出ていた。ドレッサーに置かれた卓上時計は倒れていて、時間が確認できなかった。横になったまま腕を伸ばし、カーテンをそっと持ち上げた。窓の外は明るかった。斜めに目線を上げると、窓ガラスのあちこちに子どもたちの小さな手形が残っていた。ずいぶんと高いところまで見えた。いつのまにこんなに大きくなったんだろうと思った。チョン・ギソプが家に帰ってくると子どもたちは寝ていたし、朝起きるとすでに学校に行った後だった。そんなふうに、子どもたちの顔もまともに見られない生活になって数年が経つが、稼ぎはかばかしくなかった。商売ではなく商人会の仕事で忙しかったからだ。実際、商人会の人と一緒に酒を飲むのに忙しかった。

ある日、妻がお金の管理を別々にしようと言い出した。

「同じ店で一緒に商売してるのに、どうやってカネの管理を別々にするんだ？」

「パパが売ってお客さんからもらったお金はパパの収入、私が売ってもらったお金は私の収入よ。

品物の代金と店の維持費みたいなのは、半分ずつ折半して」

「好きにすればいいさ」

チョン・ギソプは大したことではないと思っていた。商売は後回しで商人会の仕事ばかりに一生懸命なことへの抗議くらいに考えていた。そんなことがうまくいくか。ままごとでもあるまいし。だが、うまくいった。妻の収入は、そっくりそのまま妻の通帳へ入った。店に居つかず、客が来てもきょとんとして見当違いなことばかりしているチョン・ギソプは、ほとんど無収入だった。妻が品物代と公共料金の名目でお金を引き出すと、チョン・ギソプの通帳はいつもマイナスになった。妻は一人で一生懸命働き、そうやって稼いだお金で子どもたちを育て、家計をやりくりしていた。商人会の仕事は辞めろとか、心を入れ替えて商売をきちんとやれとかいった小言めいたことは言わなかった。その代わり、お金が底をついたチョン・ギソプが、ちょっと小遣いをくれとか、カードを使わせてくれとか言うと聞こえないフリをした。

チョン・ギソプは、再び布団を頭の上まで引っ張り上げて横になった。なーに、商売はカミさんがうまくやってるって。カミさんのカネだろうが俺のカネだろうが、とにかくこの家ん中に入ってくるカネなんだから。あと十分だけ寝たら、商人会の事務所に行ってジャージャー麺でも出前で頼もうと思いながら、布団に顔をうずめた。柔軟剤のいいにおいがした。体から力が抜けてうとうとしかけたところで、布団の中のどこかからピピッという音がした。メールだ！　チョン・ギソプは飛び起きると布団をぱんぱん払った。携帯電話がゴチッという音とともに床へ転がり落ちた。案の定、ソクからのメッセージだった。オッパ、今日近くに行くんだけど、一緒にお茶しない？　チョン・ギソプは了解と返信して、あたふたとシャワーを浴びた。

市場で偶然会って以来、ソクとはよく携帯メールでやりとりをしていた。そして、さらに三回会った。一回は会ってカルグクス〔うどんに似た麺料理〕を食べ、一回はコーヒーを飲み、一回はソクの夫の車でドライブをした。ソクがマンションの入り口まで迎えに来た。駐停車を取り締まる監視カメラが、七分ごとにこまめに画像を撮っている場所だった。無駄に写真なんか撮られて過料告知書が舞い込んでは大変だと思って、チョン・ギソプは二十分も前に出て来て待っていた。遠くに白いアバンテ〔韓国で最も庶民的な小型乗用車〕が見えたので、車道に近づいて右手を振った。アバンテはスピードを落としたかと思うと再び加速し、さっさと走り去った。しばらくして、ＳＵＶが一台チョン・ギソプの前に止まり、窓が下がった。ソクだった。

「オッパ、乗って」

初めて見る車だった。大きくて高そうだった。しょうもない質問だと思いながらも、あまりに気になって尋ねた。

「これって、国産車じゃないよな?」

「うん。日本のかな。私もよくわかんないの。うちの人のだし」

ソクの口は重かった。それまでソクのことを、なんだかんだ言っても食うに困らない月給取りの妻、ぐらいに思っていた。うぶな顔で、わあ、オッパすてきです、かっこいいです~と言っているから、世間知らずのおばさんなんだろうと考えていた。車に乗った瞬間、ガラリと見方が変わった。ソクは信号を無視し、制限速度も無視し、アクセルをグッと踏みこんで乱暴に車を運転した。外車の横柄さでしかなかったが、ソクの意外な姿は魅力的でもあった。何も話さずに音楽だけに耳を傾けながら、国道を道なりに一時間ほど走った。

ソクの車でもない、ソクの夫の車に乗っていると、なぜだか不倫をしているような気分になった。しかし、二人の間には何事もなかった。ソクはそうやって走っていてUターンすると、再びマンションの入り口に引き返してチョン・ギソプを下ろした。車からは一歩も降りなかった。そんなんだったら一人で行けばいいのに、なんで俺を乗せていったんだろうか。人のことを、ダッシュボードに座らせた、太陽光で踊るおもちゃかなんかだと思ってんのかな。チョン・ギソプはわけもなくうなずきながら家に帰った。とはいえその日以降、ソクを思う時間は増えていった。

商売に身が入らず、もっぱら商人会にばかり関心を向けている一因にはソクのこともあった。ソクと会っただけで、するすると嘘が口をついて出た。二〇〇四年に在来市場活性化のための特別法が施行されて以来、在来市場のコンサルティング業は未来産業として脚光を浴びているとか、自分は在来市場を優良株とにらんでいるとか、セオ市場は自分の最も代表的な作品になるだろうとか、とんでもない大風呂敷を広げている自分の姿を眺めていて気がついた。俺は、実は商売が嫌いなんだな。ソクが好きなのではなかった。好奇心あふれる目でうなずくソクに偉そうなフリをするのが楽しかったし、本当にコンサルティング会社の社長になった気がして楽しかったのだ。

今度も、大胆にもセオ市場付近のコーヒー専門店でソクと会った。ソクは、越してきたママ友の家にまた遊びに来たと言った。

「オッパとも会いたかったから、ついでに来たの」

日曜の午後、門を叩きながら、オッパー、うちのかあさんに、お餅を届けてきなさいって言われて来たよー、と叫ぶ隣の家の幼稚園児みたいな表情。こんな無垢な表情で、「会いたかった」という言葉を口にするなんて。それも、四十代既婚の男に。子を持つ母親が。この女の意図は一体何なのか。チョン・ギソプは、ソクの古ぼけたデニムや毛玉のついたカーディガン、縫い目がほつれたバッグを注意深く眺めた。パッと見たところ古ぼけていただけで、よく見たら数百万ウォンのブランドものじゃないか。この女の正体は、いったい。

「あたし、もう行かなきゃ。ランチの約束してるんです」

ソクが席から立ち上がった。チョン・ギソプは、ゆっくりランチもして、映画の一本でも見るつもりだった。やはり無駄足だったか。空っぽの心でガラスのドアを押して外へ出ると、ソクが近づいてきて腕を絡めた。チョン・ギソプはひいっ、と驚いた。こ、こ、この女、一体何を考えてるんだ。めんくらったまま横断歩道まで腕を組んで歩いた。信号が変わるとすぐにソクは、電話するね、と言い残して、振り返りもせずに横断歩道を渡っていった。

市場の人に夕飯をおごってもらって、結構遅くに帰宅した。子どもたちはとっくに寝ており、どういうわけか妻がもう帰って食卓に座っていた。

「早かったんだな？　子どもたちは寝た？」

妻は返事のかわりに訊き返してきた。

「今日一日、何してたの？」

「寝坊して、商人会の事務室に顔を出して、パクさんにメシおごってもらった」

「他には何してた？」

チョン・ギソプは一瞬ソクのことを考えてギクッとしたが、平静を装ってテレビのリモコンを探しながら言った。

「俺が他に、何かすることあると思うか。毎日商人会の事務所でだらだらするのが仕事だもの」

「ここに来て座って」

チョン・ギソプは急いで妻の前に座った。

「あたしが、稼いできてって責めたこと、ある？」

「ない」

「くだらない商人会の仕事は辞めろって言ったことは？」

「ない」

「そこまでしてもらってたら、しょうもないマネして歩いてちゃ、ダメなんじゃないの」

「俺が、何を……」

「この上、浮気までするわけ？」

チョン・ギソプは跳びあがった。

「浮気だって？　俺が、いつ浮気したよ。誰がそんなとんでもないこと言ってんだ？」

妻はすべて知っていた。市場で女と会って、しばらく鼻の下をのばして話をしていたことも、女が高い外車を運転してマンションまで訪ねてきたことも、その女と腕を組んで市場を歩いていたことも。チョン・ギソプは間違いだとシラを切った。誰がそんなこと言ったんだ、見間違いだ、高い外車を運転している女が、どうして俺とつきあうんだ、俺が怖いもの知らずで市場によその女と行くと思うのか。そういえば俺にそっくりのヤツを見かけたことがある、そいつだろうと言い張りまでした。妻は鼻息さえ立てなかった。

「しょっちゅう携帯メールをよこすソクって後輩、男じゃないでしょ？　女でしょ？」

チョン・ギソプは精一杯平然とした笑顔を作ると、男だ、気になるなら直接話せばいいと、血の気の引いた真っ白な唇で言って携帯電話を差し出した。妻は今度はせせら笑った。

「違うって、どこが違うのよ？　本当の名前はソクじゃないでしょ？　スクかなんかだよね、きっと」

女の直感がどれほど恐ろしいものか、チョン・ギソプは鳥肌が立つくらい実感した。動揺してしゃっくりまで出たが、むしろ大きく声を張り上げた。

「お前は、夫がそんなに信じられないのか？　その程度の女なのか？　相手を病的に疑うのだって離婚理由になるんだ。俺は、潔白だよ！　よその女と腕を組むどころか、目も合わせたことがない。天に誓う！　それでも信じられないっていうなら、俺だってお前みたいな女とは暮らしていけない。離婚届にハンコ押すんだな！」

妻は目を伏せて何も言わなかった。チョン・ギソプが四番目の指から結婚指輪を外した。カタッ、と音を立てて食卓に置きながら、してはいけない幼稚な挑発に踏みこんだ。

「お前、俺に稼ぎがないと思ってそういう態度なんだよな。いいさ、俺が出ていくよ。出てきゃいいんだろ。お前が買ってよこしたもの、全部持っていきやがれ」

妻がフッと笑った。ポケットから携帯電話を取り出してボタンをいくつか押すと、チョン・ギソプによこした。画面に、チョン・ギソプとソクが腕を組んでいる写真が見えた。少し離れたところから撮られてはいたが、誰かはっきり見分けがついた。動揺して凍りつくチョン・ギソプに、妻は笑いを引っ込めて言った。

「出てって」

「お前」

「出てけ」

口ではそう言っていても、本当に出て行ったら引き留めるはず。チョン・ギソプはすごすごと席から立ち上がった。一歩ずつ足を運んでいると、案の定、妻がチョン・ギソプに声をかけた。

「あたしが買ってあげたもの、全部持ってけって言ったよね。置いてから出てって」

何の話だろうと思って立ち止まったチョン・ギソプに、妻が指輪を見せながら言った。

「あたしが買ってやったのが、この指輪だけだと思う？　脱いでよ」

「ん？」

「そのカーディガン。あたしが去年の誕生日に買ってあげたものでしょ。脱ぎな」

本当に腹の底の底まで見せつけてくれるな。チョン・ギソプも頭にきた。カーディガンを乱暴に脱ぐと、床にかなぐり捨てた。

「満足だろ？」

「Tシャツも脱いで。それも、あたしが稼いだお金で買ったでしょ」

あっ、しまった。チョン・ギソプはその瞬間、自分がまとっているすべての服の出どころを大急ぎで思い返した。ズボンも妻が買ってくれた。パンツも、テレビショッピングで売っている十枚セットを妻が注文したものだ。もちろん、支払いも妻のカードだった。まさかパンツまで脱がせるか。チョン・ギソプは精一杯淡々とした表情でTシャツを脱いだ。妻が、今度はズボンをさした指を左右に振った。チョン・ギソプはがくんとうなだれてズボンを脱ぎながら、心の中でつぶやいた。頼むから、次は言わないでくれ。頼むから。頼む。

「何してんの？　もう一つ残ってるでしょ？」

「お前、本当に……」

「自分で言ったんでしょうが。あたしが買ってやったもの、持ってけって。早く脱いでよ。ソクだかスクだかいう女の家をメチャメチャにしちゃう前にさ！」

チョン・ギソプは結局、パンツまで脱いだ。妻が食卓のイスから立ち上がると、ゆっくりチョン・ギソプに歩み寄った。床に落ちたズボンを拾い上げてベルトを抜いた。

「これはあたしが買ってあげたものじゃないから、持ってって」

そして、ガリガリに痩せたチョン・ギソプの裸のウエストに、牛革のベルトを巻いた。チョン・ギソプは、ベルトに靴下だけのみじめな姿で立ちつくしていた。世の中のどんな乞食でも、これほど無様な恰好はしていないだろう。チョン・ギソプはようやく土下座して謝った。

「俺が悪かった。悪かったよ。二度としないから。お前が思ってるようなことはなかったんだ。本当に、コーヒーだけ飲んで、ドライブだけしたんだよ。本当だって。本当に信じてくれ」

チョン・ギソプは覚書を書いた。二度と女性関係の問題を起こさない。皿洗い、掃除、洗濯を専門に担当する。朝は先に家を出て店を開ける。商人会の業務など特別なことがなければ、店じまいは一緒にする。二年以内に店の売り上げを二倍にする。これを破った場合、靴下とベルトだけを身に着けて家を出る。チョン・ギソプは、妻に言われるままに大声で覚書を読み上げてサインをした。妻との屈辱的な合意を終え、身を隠すようにトイレに駆け込んだ。ソクの番号を受信拒否に設定し、迷惑ワードに「オッパ」を設定し直した。チョン・ギソプは、低い声で「オッパ」と口に出してみた。トイレだからか、本物のソクの声のように低く細く響いて消えた。ソクはそんなふうにチョン・ギソプの心をかき乱して、蜃気楼のように消えた。

何日か自分で商売をしてみて、チョン・ギソプはやっと事態の深刻さに気がついた。売り上げが、最初に店を引き継いだときの半分のレベルだった。妻がどうやってこの金額で店を維持し、家計を回し、子どもたちを学校と英語塾にまで通わせているのか、信じがたかった。商人会の定期会合に出て話すと、みんな似たような反応だった。伝統市場に認定され、登録した直後はパーッと売り上げが上がった気がしたが、再び、じりじり落ちているというのだ。

チョン・ギソプは、セオ市場全体の売り上げの推移と、商人たちの業務満足度、危機意識調査のためにアンケート用紙を作った。商いには身を入れず、またアンケート用紙を配って歩くチョン・ギソプを見て、妻は、ベルトだけ締めた恰好で追い出されたくなければちゃんとしろと警告した。チョン・ギソプは、売り上げが減っているのは単にセオ干物店だけのことではない、俺たちが煮干しを買ってってとここで大声を張り上げたからといって解決する問題ではない、今、セオ市場は全体が危機局面に差しかかっており、セオ市場の危機を解決してこそ、セオ干物店も再生の糸口が見つけられる、と妻を説得した。内心、商売をさぼる言い訳ができてホクホクしてもいた。妻はあきらめた。

「パパは、そんなふうにふらふらしてないと生きられない人間みたいだね。いいよ、そのままやって。浮気よりはそっちのほうがマシでしょ。市場を盛り立てるのは悪いことじゃないし」

調査結果は予想以上に深刻だった。売り上げは伝統市場登録以前よりむしろ悪化していて、減少の推移を見ると一年以内に収益はマイナスを記録するはずだった。誰もが、セオ市場の未来に悲観的だった。商人会は結果をめぐって混乱に陥った。実のところ一緒に飲み歩く以外、しばらく何もしていなかった。大型スーパー事件が解決してからは親睦会に転落していたことを自ら認め、反省した。毎晩、非常対策会議が開催された。

このままじゃダメだ！　問題意識にはみな同意したが、見当がつかなかった。具体的な課題がなかったからだ。伝統市場への登録、立ち遅れていた施設の現代化、大型スーパーの出店阻止。することがある時は、それをしていればよかった。今回は少し違う問題だった。

得るもののない会議を終えて、商人会の五人は市場の豚足店で、豚足とマッコルリを囲んで車座になった。黙って店の棚のテレビで放映中のドラマを眺めていた。初恋の男女が、幼い頃に女の交通事故で離ればなれになる、女は事故の後に記憶喪失になって通りすがりの金持ちの老夫婦に育てられ、男は女が死んだとばかり思いこんでいたが、大人になって偶然出会い、再び恋に落ちる、という内容だった。二人がお互いに気づくことができたのは、幼い頃持っていたペアの指輪のおかげだった。女は、記憶はないながらも運命のようにその指輪を大切にしており、女を忘れられない男も指輪を捨てずにいた。女は男の指輪を発見した瞬間、現代医学もあざ笑って奇跡のごとく、過去十数年の記憶を一気に取り戻した。

精肉店のパク社長が一番嫌っているドラマだった。小学生があんなに大人じみた恋をすることも、ケガをした子どもを通報もせずに連れ帰って育てた老夫婦も、十年以上指だけ成長しなかったのか、同じ指輪をずっとしていることも理解できないが、一番理解しがたいのは、きれいでもない高いばかりの指輪を買ってくれとねだる中学生の娘だと漏らした。

「クラスの子どもが、みーんなあの指輪をしてるんだとよ。とにかく、今どきの子どもはすっかりませてるな」

「子どもの問題か？　ああいうのを作って売る大人が悪いんだよ」

「子どもは子どもだからしょうがないとして。うちのカミさんは、テレビで言ってることは何でもマネするんだよ。有名な医者が言ってたからって毎日生ニンニクは齧るわ、涙をダラダラ流しながら玉ねぎの皮を剝いて部屋に置いておくわ、こないだなんて、家に帰ったら顔に真っ黒なもの載せてて、どんだけ驚いたか。なんかの皮のパックだって言ってたが、思い出せないな。とにかく、テレビでやってれば、クソだってガツガツ食う女さ」

聞くともなしにドラマばかり見ていたチョン・ギソプが、突然テーブルをダンダンダンッと叩いて言った。

「ドラマにロケ地の協力をするんですよ！　ドラマさえ当たれば、バッチリでしょ。あと知ってます？　韓流とかなんとか言って、外国人の観光客の名所になるかも」

セオ市場にも、テレビで見たと人々が押しかけて来た頃があった。ニュースや朝の情報番組にチラッと出ただけなのに、黒くて大きなカメラを持った若い連中が集団でやってきて、壁画の前でよく写真を撮っていった。三分の放送でそれほどの影響力なのだから、人気ドラマにずっと登場したら、セオ市場は間違いなく有名になるはずだ。

あの時は、カメラを向けられただけで逃げまどう商人たちのせいで、チョン・ギソプが苦労した。まだ若いＰＤがチョン・ギソプに市場の人や客のインタビューの交渉をさせ、人気の店でのロケ隊のスタンバイもさせ、とっくにすべて終わっていた壁画作業や駐車場と床の工事を、もう一度やるように言った。仕方なく、商人会の面々がペンキを手に絵を描くフリをし、壊れてもいない床にいたずらにセメントを流し込んだ。インタビューはチョン・ギソプが一手に引き受けた。とにかく、放送に出るのはいいことはいいが、そのぶん手間でもあった。以降、取材の依頼が来ると、あれこれ言い訳を並べて断った。やがて依頼の電話もこなくなり、放送にも出なくなって、放送を見て来たという見物客の足も途絶えた。やっと少し楽になったと思った。その時は楽だった。あの時基盤をきちんと整えていたら。もう少し放送局に知り合いを作っていたら。今になって、チョン・ギソプは惜しくなった。


　放送局の代表番号に電話をかけて要件を伝え、撮影チームと話をするまでに六分ほど、待って、回されて、という時間が必要だった。やっと、あるミニシリーズ〔八週間、全十六話放送が基本の長編ドラマ〕の制作スタッフと話せたものの、ロケハンの担当者は席を外しているということだった。携帯電話の番号も教えてもらえなかった。疲れた声の電話口の男は、担当者に伝えておくと言ってこちらの電話番号や名前を訊いたが、メモをしている気配はなかった。

「もしかして、在来市場での撮影の予定ってありませんかね？」

「うちのドラマでは、ありませんね」

「じゃあ他のドラマはどうです？　週末ドラマもあるし、朝の連続ドラマもあったと思うけど。でなきゃ放送予定のドラマの中には？」

「よそのチームがどう動いているかは、よくわかりませんので」

「同じ会社なのに、知らないんですか？」

「忙しいんですよ。最近は外部制作が増えて、ロケハンの担当者もみんな違います。こうしてないで、一度代理店を調べてみたらどうですか」

すぐに調べてみた。チョン・ギソプは、ドラマや芸能番組に登場する場所、小道具、衣装などを放送局に仲介する会社もあるという事実を初めて知った。

代理店のオフィスで会った課長は親切だった。放送システムや協賛についてよく知らないチョン・ギソプのために、プレゼン資料を広げ、実際の放送を例にとってわかりやすく説明した。ドラマによって違うが、大雑把に言って、商品ロゴが十数秒出る場合は一千万ウォンから二千万ウォン、ドラマのメイン素材として使われて、放送されているあいだじゅう露出する場合は、最低で億単位と思えばいいという。昨年大ヒットしたあるドラマで、メインの舞台に使われた製菓会社の場合は十億近くになったと耳打ちした。

「オフィス、工場、研究室に加えて、その会社のお菓子もほぼすべて登場しましたからね」

チョン・ギソプは温和な笑顔を作って遠慮した。

「うちは、お金を頂戴するつもりはありませんので。ただ、無料で場所を提供するって意味なんです。市場の商品をちょっと使ってもらうのも構いませんよ。商売の大きな妨げにさえならなければね。ハハハ」

「お金を差し上げるんじゃなくて、お金を払っていただかなきゃならないんですよ」

「え？　うちが場所を提供するのに、なんでうちがお金を払うんですか？」

「広告なさりたいんですよね。だったら、広告費を払っていただかないと。番組に出たらどのくらいの効果があるか、おわかりでしょ。おわかりだから来たんでしょうし」

親切だった課長の表情が、驚くほど一瞬で変わった。それ以上説明をしようともしなかった。分厚いファイルをもう一つ持っていたが、開かなかった。考えた上でご連絡を、と言いながら、茫然と座っているチョン・ギソプを残して席を立った。

一度傾いた思考の軸は、なかなか元に戻らなかった。チョン・ギソプは、セオ市場が放送に出る以外に手はないと考えた。親切な課長が例に挙げていたドラマも見た。ドラマに登場したお菓子を買って食べもした。恵まれない幼少時代を送った主人公がお菓子メーカーに入社し、ライバルの謀略と陰謀に打ち勝って開発した、月のおかし、星のおかしのコンビの月のほうだった。幼い頃、母親がゴリゴリとこそげてくれたおこげをモチーフに、発酵とねかしと熟成がどうのこうのと作り出されたお菓子で、ドラマに出てくるものと同じ名前、形、パッケージが実際に販売されていた。結構おいしかったが、量にしては値段がかなり高く、にもかかわらず飛ぶように売れているという話だった。十億を注ぎ込む価値があるということだ。しかし、セオ市場にはそれだけのカネがなかった。娘が歌っていた歌が、チョン・ギソプの頭の中でぐるぐる回った。テレビにわたしが出られたら、本当にうれしいな。本当にうれしいな〔韓国で実際に童謡として歌われている歌〕。

もう一度、朝の番組やニュースを攻略しようという意見が出た。

「それほどの大金がかかるなら、ドラマに出るというのは難しいんだろうし。前に出た朝の番組とかニュースから順に始めるってのはどうだ？」

「こっちが面倒だって嫌がっただけで、放送局からはしばらく連絡が来てたじゃないか」

「そうだよ、そういう小さいことから始めれば、後でドラマにもコネができるしね」

黙って聞いていた精肉店のパク社長が皮肉った。

「放送に出演するってのは、コツコツやってどうにかなるもんなのか？　最初に三分出て、次に十分、二十分、そのうち十六回のミニシリーズ、五十回の大河ドラマか？　セオ市場は、新人タレントかなんかか？　いつか演技力がついて、顔も直して主演をはるのか？　今日明日暮らしていくカネを稼がなきゃなんないのによう。違うか、チョン・ギソプ？」

もどかしいのはチョン・ギソプも同じだった。商人会の人たち、特に精肉店のパク社長は、何かうまくいかないと、決まってチョン・ギソプを責めたてた。チョン・ギソプはいつも、一番一生懸命やっているという理由で、すっかり責任まで背負わされた。それを十分承知していながら、何か事が起きるとまた先頭に立とうとする出しゃばり加減に、自分でもうんざりした。とはいえ、平時の世に生きていてラッキーだったと思った。植民地時代に生まれていたら、日本の手先になっていたかもしれない。そうしたら、カネの心配はしなくてすんだんだろうけどな。

6

キム・ミングは、中華料理店に配達員として就職した。電柱の張り紙を見たオ・ヨンミに背を押されて始めた仕事だった。意外にうまくやっていた。人が怖いと言って何の仕事もできなかったのに、ジャージャー麺を配達して回る仕事はそつなくこなした。モーターがあるという以外に三輪車よりマシな点が見つかりづらい八年物のスクーターを運転して、堂々と、肩で風を切って道路を駆け抜けた。ジャージャー麺を頼む人たちは、形式的な挨拶もなしでとっとと皿を差し出し、お金だけ受け取って背を向けるキム・ミングを歓迎した。

キム・イルは六年生の時からその父親の仕事を手伝っていた。厳密にいえばついて回っていた。勉強もしないし塾にも行っていないから、授業が終わるとすることがなかった。友達もいないので用事もなく、父親のスクーターに一緒に乗って配達に出ていたのだ。遊びもせずにチラシ貼りもした。それがけなげに見えたのか、中華料理屋の主人が、小遣いだと言ってキム・イルにもわずかなお金をくれ、そのお金はそっくりそのままオ・ヨンミのポケットに入った。

中学校に入学して初めての中間考査の日、キム・イルは、試験期間で早く終わったと、十一時にもならないうちに中華料理店にやってきた。キム・ミングは息子の頭を小突こうとしたが、人目が多かったので我慢した。昼時で、オフィスへの配達が続いた。オフィスの出前は団体の注文が多いから、しょっちゅう鉄のオカモチを複数運ばなければならなかった。キム・ミングは、重いからちょうどよかったとキム・イルにもオカモチを持たせた。おかげで忙しいランチの配達が順調に終わり、皿もすっかり回収した後で、父と子は向かい合ってジャージャー麺の遅い昼食を取った。半分も食べないうちに、ジャージャー麺一つ配達の注文が入った。キム・ミングは急いで麺を片方の箸でかき集めて口に押し込み、席を立ちつつ袖口で口元をごしごしこすった。様子をうかがっていたキム・イルも一緒に来た。

「もっと食ってろって、何しについてくるんだよ？」

決して叱る気はなかった。できるだけやさしく言ったつもりなのに、キム・イルは目を伏せてその場に凍り付いた。学校を退職し、家で病いをこじらせているあいだに、キム・ミングにはよくない癖がついていた。しじゅう大声で怒鳴って、キム・イルを徹底的にとっちめるようになったのだ。手を上げることも少なくなかった。キム・ミングがそうできる対象は、キム・イル以外いなかった。いけないと思いつつもやめられなかった。歴とした犯罪だが、単なる癖だと自分を正当化していた。

「全部食い終わったんなら、乗れ」

キム・イルはスクーターにまたがるとキム・ミングの腰に抱きついた。小さい子どものようにキム・ミングの背中に顔を埋めて、鼻をすすった。

「男が、なんでこのくらいのことで泣く？」

「泣いてないけど。鼻水が出ました」

キム・ミングは、今すぐスクーターから降り、父親のTシャツで平然と鼻水をぬぐった息子の頭を小突きたい気持ちをグッとこらえた。代わりに、いきなりエンジンをかけて急発車した。キム・

イルがふらついた。

エレベーターを挟んで二つの部屋が向かい合う構造のマンションだった。一階エントランスでキム・ミングがインターフォンを押そうとすると、キム・イルが暗証番号を押してガラスの出入口を開けた。

「暗証番号、どうして知ってるんだ？」

「ここ、前にも配達にきました。その時聞こえました」

キム・ミングは、誰かが話すのを聞いたんだろうと思いながら、気にも留めずに通路へ進んだ。二人は並んでエレベーターを待った。エレベーターは二十七階からゆっくりと下がってきていた。ジャージャー麵一つを注文した家は四〇一号室だった。キム・ミングは階段で行こうか迷ったが、のびたジャージャー麵を一度食ってみればいいと思い、どっしり構えてエレベーターを待った。その時、エントランスで暗証番号がピピッと鳴る音がして、制服姿の男子生徒が一人入ってきた。キム・イルと同じ制服だった。

「おっ？　おまえ、キム・イルじゃん？」

「誰ですか？」

「ポンコツめ！　同じクラスなのに知らねえの？」

「……」

「ポンコツが！　おまえ、試験中なのに勉強もしないで、ここで何してんだよ？　おまえもここに住んでんの？」

「ううん、ジャージャー麺の配達に来た」

「おまえ、ジャージャー麺を配達してんの？」

「父さん？」

「父さんの仕事を手伝ってる」

「ここ……」

キム・イルが左手でキム・ミングを指した。男子生徒は動揺し、やや後ずさりしながら、首をすくめるかすくめないかの挨拶をした。ちょうどエレベーターが到着して、三人は一緒に乗り込んだ。男子生徒が四階を押した。キム・ミングは、ジャージャー麺を頼んだのはこいつの母親だな、と思った。

「お母さんが、ジャージャー麺を注文したみたいだね」

「違います。うちの母さん、毎日会社から帰るのが遅いんです。四〇一号室のおばさんだと思います。あのおばさん、昼間に一人でチキンも頼んで食べてるし、ピザも注文してます」

「一人で家にいるのは退屈だろ？」

「普段はまっすぐ塾に行くんですけど、家に本を忘れて、ちょっと取りに戻ったんです」

エレベーターのドアが開くと、待ってましたとばかりに男子生徒はぺこりと頭を下げて飛び出していった。男子生徒の姿が四〇二号室に消えるやいなや、キム・ミングはキム・イルの頭を小突いた。

「コイツッ！　試験中なのに勉強もしないで」

殴られたところが痛いのか、キム・イルは頭をごしごしこすった。ジャージャー麺一つを注文したのは、四〇一号室に住む中年女性だった。大きなイヤリングをした女性は、五百ウォン玉でジャージャー麺の支払いをした。玄関ドアが閉まると、キム・ミングが低い声で悪態を吐《つ》いた。

「こんないい家に住んでるくせして、ジャージャー麺一つって何だよ？　もうちょっと値の張るものを頼めるだろうが」

　キム・ミングとキム・イルが再びエレベーターを待っていると、男子生徒が出てきた。男子生徒は顔をぐっと伏せて階段を駆け下りた。すると、キム・イルが四〇二号室の前に近づいて、玄関についているデジタルドアロックをいじった。何度かピッ、ピッ、と鳴ったかと思うと、ティリリン、という軽快なメロディとともにカチャッとドアが開く音がした。そのタイミングでエレベーターのドアが開き、キム・ミングはキム・イルの手を引っ張ってエレベーターに乗った。幸い中には誰もいなかった。キム・ミングはキム・イルの頭を割れんばかりに拳で殴りつけた。

「この野郎、お前、何のマネだ？」

「ななさんいちにろくはち」

「なにっ？」

「ななさんいちにろくはち、です」

　キム・ミングはその瞬間、こいつ本物のばかなんだな、と実感した。

「何わけのわかんないことを、この野郎」

「ティッ、ティィッ、ティー、ディ、ティッ、ティッ。これは、なな、さん、いち、に、ろく、はち、です」

「玄関ドアのことか？　四〇二号室の暗証番号？」

「はい」

「それを、どうしてお前が知ってるんだ？」

「さっき、聞こえました」

数時間後、キム・ミングは一人で空いた皿の回収にきた。マンションを見上げると、四〇一号室にはリビングの灯りがついていたが、四〇二号室は真っ暗だった。エレベーターに乗って四階まで上がり、四〇一号室の前に置かれたジャージャー麵の皿と、その中の八重歯の跡がくっきり残ったたくあんの切れ端、半分にぽきんと折られた割り箸、無造作に丸められたティッシュをブツブツ言ってまとめてから、四〇二号室の前に立った。まさかと思いつつ、ゆっくりと番号を押した。7、3、1、2、6、8。ティリリン、カチャッ。バカな、そんなはずないと考えながら玄関ノブを回した。ずっしり重たい玄関ドアが開いた。キム・ミングは振り返りもせずに大急ぎで階段へ逃げ込んだ。玄関ドアは再び、ティリリン、カチャッという音とともに施錠された。


その日の夜、オ・ヨンミは横になってうんうん呻いていた。久しぶりに大掃除をしたら肩を痛め、べたべたと四枚ほど湿布を貼っていた。断られるのを承知でそれとなくキム・ミングに、肩を揉んでちょうだい、と言った。昼間の出来事に気が行っていたキム・ミングは、心ここにあらずでオ・ヨンミの肩を揉んだ。いざやさしく肩を揉まれると、オ・ヨンミの肩から首を伝って頭のてっぺんまでゾワリと鳥肌が立った。オ・ヨンミが驚いて振り返っても、キム・ミングは考え込んでいた。

「さっきさ。イルと配達に行ったんだよ」

噓みたいにオ・ヨンミの鳥肌がスーッと引いた。

「えっ？　あのろくでもない息子は、試験なのに勉強もせずにそっちに行ってたわけ？　それをまた連れて歩いて配達してたわけ？　まったく、なんて人よ！」

「ちょっと、最後まで話を聞けって。でさ、イルが妙なマネをするんだよね」

「あの子が妙なマネするのなんて、一度や二度できくと思う？　いまさら何よ」

「このクソかあちゃんはまったく。最後までちょっと聞けって！　あの、下の交差点の所にマンションがあるよね？　あそこに行ったんだ。ちょうど向かいの家に、子どもが一人入っていって。で、イルと同じクラスらしいそのガキが、何かっていうとイルに、ポンコツ、ポンコツって言うんだよなあ。イルの野郎、学校でどんなふうなんだか。とにかく、大事なのはそっちじゃなくて。そのガキが出て行ったら、イルがその家の番号キーをいじって、そのうちドアを開けたんだよ」

「それ、どういうこと？」

「その子が番号を押して家に入ったじゃないか。その、ボタンを押してる時の音を聞いて、イルが、なな、さん、いち、に、ろく、はち、って」

「ただ適当に言ったんでしょ」

「俺だってそう思ったさ。まさかと思って、皿を回収しに行ったとき、改めて押してみたんだ。そしたら、本当にドアが開いたんだって」

「えっ？　それで入ったの？」

「何言ってんだよ。人様の家になんで入るの？　開くことだけ確認して、大急ぎで飛び出してきたよ」

「……」

「……」

「妙だわね」

並んで横になったキム・ミングとオ・ヨンミは、遅くまで寝付けなかった。キム・ミングは、開いた玄関ドアの隙間からチラッとのぞいていた陶磁器が本物だろうかと考え、オ・ヨンミは、キム・ミングが万が一その家に入っていたらどうなっていたろうかと考えていた。オ・ヨンミが寝返りを打った。

「パパ、寝た？」

「ううん」

「突然思い出したんだけどね。イルが小学校三年生の時の担任の先生、いるでしょ。イルを病院に連れて行ってみろって言った。あの先生が、変な話してたのよね」

「どんな話？」

「イルに、ピアノを習わせてみろって。イルは、ピアノがとても上手だって言うの」

「ピアノ？　イル、ピアノを習ったことあったっけ？」

「ないよ。なのに、楽譜も読めない子が、一度聞いたらそのまま弾くんだっていうのよ。それと、電話の音、休み時間のチャイムの音、スピーカーの機械の音、犬とか猫の鳴き声なんかも、呆れるくらいちゃんとピアノで弾くんだって。イルが、耳で聞いた音を当てる才能がすごいって、言ってたのよね」

「へえ。で、ピアノは習わせなかったのか」

「あの頃、うちにピアノを習わせる余裕があったと思う？　パパは腑抜けになってとっちらかっちやってたし。あたしは生きてくのに必死で飛び回ってたもの」

「それで？」

「ただ、そうだった、って。それで終わり。あたしもすっかり忘れてたんだけど、さっきのパパの話を聞いたら思い出して」

「いまさらピアノ習わせてなんか変わるか？　それに、俺らにピアノを習わせる能力もないじゃないか」

「違うの、ピアノを習わせようって言うんじゃなくて……」

暗い天井ばかり見つめていたキム・ミングが、オ・ヨンミのほうに寝返りを打った。

「さっきのあの家なんだけどさ。イルの友達の家。すごかったんだよ。ドアの間からチラッと見たんだけど、白磁みたいなのがあって。本物かな？」

「交差点のところの、ゴールデンビルだかゴールデンヒルだかってとこ？　あそこ、本物の金持ちが住んでるって噂だったでしょ。家の値段がシャレにならないもの。おそらくニセモノじゃないわよ」

「そういう家なら、カネもたくさんあるし、貴金属もわんさかだろうな？　暗証番号も知ってるし、こっそりもぐりこんでくるか？」

「気でも触れた？」

「冗談だよ、冗談」

寝付けない夜だった。不眠の夜は、それ以降もかなり長く続いた。数日間同じことを悩んで決意を固め、先に話を切り出したのはオ・ヨンミだった。キム・ミングも同意した。あっという間に人生落ちるところまで落ちたのだから、できないことなどなかった。キム・ミングはあいかわらず人が怖く、世の中には人相手でない仕事はないからろくな職場が見つからなかった。誰もいない無人の家など、むしろ好都合だった。

キム・イルは、あらかじめカバンに中華料理店のチラシを入れて通学した。授業が終わると、トイレで服を着替えて近くのマンションを回った。エレベーターで最上階まで上がり、一階ずつ降りながら玄関にチラシを貼った。一階のエントランスで誰かと鉢合わせればついていった。小学生が帰宅する時間は、集中して子どもの後を追った。チラシを貼るフリで暗証番号を聞き取り、キム・ミングに伝える段取りだった。

だが収穫はなかった。キム・イルは確かにあの友達の家の暗証番号を言い当てた。なのに、どうして他の家の暗証番号は聞き取れないのだろう？　友達野郎の家の鍵がおかしかったのか？　キム・ミングは息子をマンションの外回りに出しておいて、自分は暇さえあれば鍵屋に立ち寄った。そうして、四番目に立ち寄った鍵屋で、最近のドアロックはほとんどが同じボタン音であることを知った。数字毎にボタン音が違うドアロックは、ヒラクドアというメーカーから二年前に出荷されたＹＬ10Ｄシリーズだけ、という話だった。枠が緑でボタンが銀色の、ボタンを押すたび上部についた赤い電球がピカピカするデジタルドアロックを探しているというキム・ミングの言葉に、鍵屋の主人は首を傾《かし》げた。

「もしかして、ヒラクドアの製品をお探しですか？　ピッピッっていう音が、ものすごく大きいやつ？　今はあれ、出回ってませんけどね。なんであの良くもないものを探してるんです？」

「前に住んでいた家にあれがついてまして。やっと使い方に慣れたのに、また別のやつのを覚えるのもなんなので」

「ゴールデンビルにお住まいだったの？　お宅のは故障しなかったみたいですね。あれは、何かっていうと故障して、ボタンを押してないのに一晩中ピッピッってロックがかかってたんですけどね。前におばさんが一人閉じ込められて、救急車を呼んだりもしたじゃないですか。ヒラクドアのくせに開きやしないんだ。とにかく、今は10Ｄシリーズは出回ってませんよ。ヒラクドアの製品はお見せできますけど、うちはお勧めしませんね」

二年前に入居が始まった交差点のゴールデンビルマンションは、ヒラクドアから玄関ドアの鍵の協賛を受け、半額でＹＬ10Ｄ―31Ｆモデルを設置することができた。裕福な人達だからか、安いドアロックに高いカネをかけて立派なセキュリティシステムを導入する家も多かったし、故障で交換した家も少なくなく、現在、ＹＬ10Ｄ―31Ｆのままの家は半分もなかった。ヒラクドアの製品は、安くて性能が悪いことで定評があった。今どきデジタルドアロックでない家はないが、ゴールデンビル以外でヒラクドアのドアロックを見つけるのは難しかった。中でもＹＬ10Ｄシリーズは、二年前に八か月ほど生産して製造中止になっていたから、ますますレアだった。キム・イルとキム・ミングは、開きも閉まりもしないヒラクドアの不良製品の鍵を探してさまよったものの、毎度無駄足に終わった。

残る手段は一つ。キム・イルは、しつこくゴールデンビルにチラシを貼り続けた。すると、ゴールデンビルの人たちがジャージャー麺を注文することが増え、キム・ミングはしょっちゅうゴールデンビルに配達に行くことになった。キム・ミングとオ・ヨンミは、誰にも言うなと息子を頭ごなしに怒鳴りつけたかと思えば、ご苦労だったといたわり、あるいはえらいと褒めまくることを繰り返した。キム・イルは、怖かったりうれしかったり怖かったりうれしかったりしているうちに、口数が少なくなっていった。

　キム・イルはチラシを貼る以外にマンションの周辺をうろつかず、キム・ミングは監視カメラを避けるために二十七階を自分の足で上り下りした。多くて月に一、二回。それだって、いくらも残っていないＹＬ10Ｄが故障して外され、高性能のニューモデルに切り替わってしまえばおしまいだった。期限付きという事実が、がっかりな一方で幸いでもあった。逸脱には加速度がつきがちなもので、制御不能になった瞬間に墜落するからだ。キム・ミングとオ・ヨンミは、それまでさんざん苦労した対価、一時的なボーナスくらいに思うことにしようと話し合った。「こっちは、人を傷つけたり、生活にダメージを与えたりはしてないでしょ？」

　キム・ミングは次第に大胆になった。現金数万ウォンと豚の貯金箱あたりから始まったのが、すぐに金製品に手を出すようになり、最後のほうではブランド物のバッグや服、ノートパソコンやゲーム機といった電子製品まで持ち出した。オ・ヨンミも同じだった。最初のうちはぶるぶる震えながら鍾路《チョンノ》〔数千軒の貴金属店が集まる商店街がある〕の貴金属通りまで出かけて行って、夫の事業がダメになって結納品を手放すとか、子どもの一歳記念の指輪を手放すとか、姑から譲り受けたネックレスを手放すとか、訊かれてもいないことを並べたてていたが、後のほうになると近所の金銀製品の加工店に行き、涼しい顔で金製品や金の錠前を売った。キム・ミングが持ってきたブランドバッグを提げて出かけもしたし、電子製品はインターネットの中古品販売サイトで売り払った。生活が一変することはなかったが、少なからず助けになった。何より、キム・ミングが大きく変わった。長いカウンセリングや薬物治療でもなかなか良くならなかったのに、外の世界に出るようになったのだ。表情が明るくなって、口数が増えて、自信が生まれた。オ・ヨンミは、いかにも賢い妻らしく、キム・ミングを激励した。

「あたしはパパを信じてる。パパはできるわよ。がんばってる」

キム・ミングは、何を？　と訊き返したい気持ちを抑え込んだ。

7

地上波の放送局にいるあいだだけをとってみても、パク・サンウンはかなりできるＰＤだった。広い背中の真ん中には、絶好調だった頃の証の、長くて深い傷が二本残っている。すべての始まりは、後輩との酒の席だった。親しい大学の後輩が、結婚式の日取りまで決まっていながら婚約破棄をした。慰めの言葉をかけたが、後輩は酒ばかりあおっていた。理由を訊いても答えなかった。パク・サンウンは、明らかに女性の浮気だろうと思った。だが、酔った後輩の口から出たのは意外な話だった。

「いっそ他に男ができてたら、こんなに苦しくはなかったと思いますよ。うちの親にも言えませんでした。あいつ、妙な宗教にハマったんです」

後輩は、いくら頑張っても女性を説得できなかったと言った。宗教活動を本格的にしたいと、先に破談を言い出したのも女性のほうだった。

「全部、僕のせいなんです。教師になりたくない、教員採用試験の勉強をするのもつらいってあいつはこぼしてたのに、僕がやれって、ずっと追いつめたんで。別に、それまで行ってた会社に通わせとけばよかったものを。ずいぶん孤独で、つらかったんだそうです。だから、とんでもないところに、あんなふうにずっぽりハマったんですよ」

宗教を持たないパク・サンウンの目には、実のところすべての宗教が若干いかがわしく見えた。エセだの異端だの迷信だのと、お互いけなしあっているのもよくわからなかった。結婚をひっくり返すくらいいかがわしい宗教とは、果たしてどんなものだろう。パク・サンウンは知りたくなった。その段階ではＰＤとしての職業意識ではなく、個人的な好奇心だった。後輩に訊いて、自分の足で訪ねて行った。再度結婚を説得できるかはわからないが、彼女のことは必ず救出すると約束した。

教団が入っているという商業ビルの近所をうろついていると、ちょうどタイミングよく若い女性が一人近づいてきて、パンフレットをよこした。修練院の広告誌だった。一枚になったパンフレットには、韓服〔韓国の民族服〕でもなく着物でもない、幅広のズボンをはいた若い女性が、両手を合わせて祈っている写真が大写しになっていた。女性はとても美しかった。パンフレットには、現代人の病《やまい》は体と心の方向性が一致していないことで生じているから、修練を通じて体と心のバランスを整えなければいけないと書かれていた。後輩の彼女がハマっているという、例の宗教だった。修練院はビルの四階にあった。パク・サンウンはパンフレットをくれた女性に尋ねた。

「ここに行けば、この女性がいるんですか？」

「はい？」

「写真の女性に、一目ぼれしちゃったんですよ。ここに行けば会えます？」

気分を害しそうなものなのに、女性は落ち着きはらった笑顔をみせた。

「修練院にいらっしゃる女性は、みなさんこの方のように、体と心が美しいんですよ。私がご案内しましょうか？」

とりあえず、あんたは違うけどな。パク・サンウンは、心はどうか知らないが体は明らかに美しくないと思いながら、女性の後についてエレベーターに乗った。

修練院は、かなり広い商業ビルの一フロアを丸ごと使っていた。優に百坪以上はありそうだった。女性から修練院の院長に挨拶をするよう言われたが、先に少し見て回りたいと断った。真ん中に大きな講堂のような空間があって、周りを小部屋が取り囲んでいる様子がカラオケルームを連想させた。部屋は生活空間らしいが、どういうわけかドアがなかった。服はどこで着替えるんだ？　なんとなく淫《みだ》らに見えた。

白い大理石の床に、白い壁。特別なインテリアもなく、写真や絵、シンボルのようなものもなかった。男性であれ女性であれ、写真で見たゴムウエストの白いズボンをはいているというぐらいしか目につくところはなかった。どこかから鐘の音がした。部屋にいた人々がのろのろと出て来て、列を作って講堂に腰を下ろした。一番後ろで見ていると、巨大な繭が並んでいるようだった。その時、パク・サンウンを案内していた女性がやってきて、全体修練は基礎の理論の学習と個人修練を終えてから参加可能だと言い、パク・サンウンを追い返した。いったいあれからどんなことが繰り広げられるのか。気になってしょうがなかった。後輩に電話を入れた。後輩は、パク・サンウンが本当に出向いたことに驚いたようだった。

「先輩、本当に行ったんですか？」

「ああ、だけど、全体修練の時って何をするんだ？」

「院長の説教から始まります。それで深呼吸をして、体操みたいなこともして、歌も歌って、そのあと……」

「そのあと？」

後輩はしばらくためらっていた。

「服を脱ぐんです」

「何っ？　服を脱ぐ？」

「ええ」

「お前も脱いだのか？」

「……ええ。それが、あの雰囲気の中だと脱いでも平気になるんですよ。服を脱いでからもっと恐ろしいこともたくさんあるんですけど、それはとても口では言えません。とにかく、もうあそこに行かないでください。妙に引きつけられるところがありますから。あそこで嗅いだお香みたいなのに、幻覚成分が入っているようです。だから先輩、本当に、あそこには行かないでください。ね？あいつとは結婚しなくったっていいんですよ」

　服を脱ぎやすいように、ゆったりしたゴムウエストのズボンをはいていたんだな。パク・サンウンは翌日から、暇を見つけては修練院を訪ねた。みんなで一緒に体操をして、歌を歌って、服を脱いで、何かをする場面が気になっていた。何かってなんだろうか？　パク・サンウンは妙な期待に包まれた。だから理論の学習もしたし、個人修練もした。個人修練は若い女性が専門で担当してくれたため、マッサージを受けている気分にもなってよかった。どうやら、男性に若い女性をあてるのは作戦らしかった。パク・サンウンは、姿勢を矯正してあげると自分の両手を取って立っている女性に質問した。

「恋人はいるんですか？」

　女性はにっこり笑って受け流した。

「体がすごく前のめりになってますね。心をもっと育てなくてはいけません。息を深く吸ってください ね」

的を射ている言葉だから、まったくのエセ宗教ではないんだな、そう思いながら素直に女性に従った。修練費を払えと言われて多少のカネもつぎこんだ。そんなふうに二か月ほど個人修練をしたあとで、ついに、知りたかった場面を目撃することになった。

服を脱いだ後には、叩き合いになった。下着まですべて取った状態で踊りを踊り、歌を歌い、最後には、悪い気を追い払うという木の枝で、体にみるみる赤い線が浮かぶくらいお互いを叩き合った。その姿が、奇怪を通り越して恐ろしかった。雰囲気が盛り上がるにつれて、不思議なことに殴打の対象は一人に絞られ、どういうわけか隅でぼんやり立っていたパク・サンウンがその対象になった。院長だか教主だかは、手にする木の枝も一番太かった。太くてよくしなる木の枝は、体にべチッと貼りついた。自然に悪態が漏れた。

「ああ、この野郎、クソ痛えんだよ！」

院長は両目を丸くすると、さらに力いっぱい木の枝を振り下ろした。パク・サンウンの背中から血が流れて、床にぽたぽた落ちた。すべてはこの二発から始まった。魂を清めるという院長の儀式は、眠っていたパク・サンウンのＰＤジャーナリズムに火をつけた。パク・サンウンはすべてを暴こうと決心した。一年以上、出退勤でもするみたいに教団に顔を出し、幹部の座についた。修練院や祈禱院、瞑想センターあたりを装って、この怪しい宗教団体が全国の至る所に潜んでいる事実を突き止めた。機密資料を入手できるほど信任が厚くなった頃、宗教儀式でカムフラージュされた院長の性暴力と、集団リンチの現場を隠しカメラで撮影した。リアルな映像は全国民を驚愕させた。

パク・サンウンは後輩の恋人を救出することはできなかったが、その月のPD賞とスクープ賞、優秀番組賞を受賞し、賞金で後輩に韓国牛をおごってやった。

教団からの復讐を避けるために休職すると、パク・サンウンは山里深くに位置する、とある障害者施設にもぐりこんだ。視聴者からの情報提供掲示板に、園生が虐待を受けているという書き込みがあった場所だった。社会福祉を専攻したパク・サンウンは、専攻を生かして福祉士として就職し、施設の寄宿舎に寝泊まりして六か月間働いた。修練院の取材で隠しカメラでの撮影に自信がついていたから、果敢にカメラを回した。園生が殴られたり虐待されたりする場面、強制労働の場面、園長が園生にセクハラをする場面を押さえた百本あまりのテープと補助金流用の資料を抱えて、真夜中に脱走した。スプーンもなく素手で食事をし、仕事中にケガをした足指を治療してもらえずに足首まで切断し、園長に挨拶のようにズボンの中に手を入れられても、園生たちは淡々とした表情だった。

赤裸々な番組を見て、ほとんどの人が泣いた。単にすすり泣くというレベルではなく、胸を叩いて嗚咽した。ナレーションを担当した女性の声優があまりに泣きすぎたせいで、収録は二日かかった。単純に悲しいとか、腹が立つとか、園生が可哀想だからではなかった。衝撃を受けたからだった。あまりに衝撃的な事件を目撃すると涙が出るという事実を、パク・サンウンも初めて知った。

二本の報道ドキュメンタリーで、パク・サンウンは結構な有名人になった。賞もたくさんもらったし、あちこちに講演にも出かけたし、雑誌にコラムも連載したし、ジャーナリスティックな番組の進行役も務めた。しかし、顔が知られるにつれ、前のようにこっそり潜入しての撮影は不可能になった。すると、今度はナショナルジオグラフィックに載った一枚の写真だけをたよりに、事前交渉もなし、通訳もなし、カメラマンもなしで、六ミリカメラを一台担ぎ、ひょいと旅に出るようになった。どうやって言葉も通じない女性たちを説得したのか、数百年のあいだ、女性だけで暮らしてきた中国の女人族の村を撮影してきたし、たまたま落雷事故に遭ってからその感覚が忘れられず、雷が落ちる所ばかりを訪ね回っている別名「雷マン」が、ニューヨークのど真ん中でジジジッと雷に当たる場面を運よくカメラに収めたりもした。そんなふうに何度かヒットを飛ばすと、どんなにひどい番組を作っても、みんな寛大になった。

しかし、パク・サンウンは息がつまりそうだった。パク・サンウンは過大評価されていた。自分がものすごく正しい人間でもなければ自由な魂の持ち主でもないことを、よくわかっていた。単に運が良かっただけだ。それまでしてきたことを振り返って背筋が寒くなった。遅まきながら分別がつき、世の中に目が開かれたのだ。

三十五歳のパク・サンウンが放送局を辞めると言った時、意外なことに誰も驚かなかった。放送番組の制作も厳然たる大衆芸術だから、大部分の芸術家がそうであるように、自分が好きでやっている人が多く、中でも時事教養番組の制作者は、正義感、使命感、責任感といったものが強いほうで、勤務条件もそれなりに自由だったから、パク・サンウンのような若い社員が退職するケースはほとんどなかった。何より、針の穴と言われる放送局の採用試験をからくも通過して、年俸も相当高い安定企業に勤められるようになったのに、辞める理由がなかった。だが、パク・サンウンはそのいい勤め先を自分の足で飛び出した。

海外のドキュメンタリー専門チャンネルに移るとか、国内の有名ケーブルチャンネルのデスクにスカウトされたとかいう噂ばかりが飛び交った。いずれも事実ではなかった。誰も、パク・サンウンを呼び入れなかった。パク・サンウンは退社から四か月後にネオプロダクションを設立した。パク・サンウンの妻は積極的に夫を後押しした。手遅れになる前に自分も勉強したいと、勤めていた雑誌社を辞めて留学した。妻は空港のゲートをくぐりながらパク・サンウンの手をギュッと握りしめ、事業をうまくやって、学費と生活費をこまめに口座に入金するようにと念押しした。

スタートはまあまあだった。開始と同時に六本のレギュラー番組の制作を担当した。社員数は五人から始まって一か月ごとに二十四人、三十五人、四十七人とずんずん増えて行った。そこにフリーランスの放送作家や、照明、撮影などの外部スタッフまで合わせれば、いっぱしの放送局の教養番組部より大所帯になった。地上波の放送局の開局記念特別ドキュメンタリーを制作するくらいだから、もちろん対外的には共同制作と発表されていたものの、それなりの扱いといえた。だが、劣悪な装備と、足りない制作費と、キツキツの制作スケジュールでは限界があった。悪い番組ばかりではなかったが、特別いい番組も作れなかった。どうせ成果物が似たりよったりなら、放送局の立場としては、鼻っ柱の強いパク・サンウンに制作を任せる理由はなかった。

改編のたびに番組数は半減していった。そうやってずっと減り続けて、設立からちょうど五年でレギュラー番組はたったの一本になった。社員たちは空気を読みつつ、給料が遅れるしカットされるので、ビジョンがないので、と、自発的に会社を辞めていった。若いＡＤと放送作家が二人、海苔巻きとトッポッキを昼食にしている姿を見て、パク・サンウンは社長室に入るとドアにカギをかけ、静かに泣いた。男が泣くのは人生で三回と言われるが、パク・サンウンはすでにその三回すべてを使い果たしていた。小さい頃、飼っていた犬を父親が食べてしまった時、数年後に父親がその犬の子どもに噛まれて足を切断しなければならなくなった時、軍の訓練所で、最もつらいとされる生物・化学兵器の訓練をした時。ちくしょう、どうせ誰も見てやしないんだ。パク・サンウンはひとり四度目の涙を流した。

唯一残ったのは、月曜、火曜の午前十時に放送されている『アイ・マム』という子育て情報番組だった。非常に中途半端な時間帯だった。勤め人は既に出勤しているし、主婦は子どもを幼稚園なり学校なりに送り出して家事に追われている頃だ。当然、視聴率は伸びなかった。とはいえ、盛りを過ぎた芸能人が出てきて、旅行会社がスポンサーの旅行に出かけたり、インテリア会社がスポンサーの我が家のリフォームを自慢したり、世間で自分ほど苦労をした人間はいないと些細なことに泣きわめいたりする番組よりは見ごたえがあるのか、同時間帯では最高視聴率だった。もっとも五%は越えられなかった。放送開始から半年で打ち切り話が出たが、一病息災で、五年を超える長寿番組になっていた。

『アイ・マム』は一〇〇%外部制作の番組だった。本社のPDキム・サンホは、企画書を検討し、ネタを審査し、外注制作会社に関することを調整する役割だけをしていた。『アイ・マム』の放送は週二回だが、制作していたのは外部プロダクション三社だった。三チームが順番に制作する形式ではなく、視聴率で争うシステムだった。月、火の放送のうち、視聴率がより低いチームは、翌週の放送分を制作できないのだ。

放送ができなくなると、当然本社からの制作費は入らなかった。制作費は、番組を制作し、社員に給料を出し、作家に原稿料を支払い、会社まで回すにはまったくギリギリの金額だった。そんなギリギリのカネさえ定期的に入ってこないから、プロダクションとしては会社を維持するのも大変だった。一本ごとに原稿料や撮影料、出演料を受け取るフリーランスと外注スタッフも、生活は苦しかった。放送局がそう運営すると言っているのだから仕方がなかった。寺が嫌なら坊主が出ていくものだ〔韓国のことわざ。組織や体制に不満があるなら、自分が出て行け、の意〕。世の中にはプロダクションがありあまっているし、PDや作家、カメラマン、照明マン、リポーターとその志願者はますます多かった。放送局は、「それでもやりたい」という人間の中から、好みに合わせて選んで使えば済むことだ。資本主義の原則であり、市場競争の原則だった。だが、寺は理解していなかった。そのせいで、次第に坊主の質が落ちていくことを。坊主たちの寺に対する愛情は薄れ、責任感もなくなった。食わせて人間扱いしてくれるなら、教会だろうが聖堂だろうが出向きかねない状況だった。

　しかし、今パク・サンウンは、『アイ・マム』にでもしがみつかざるをえなかった。だから、ますます下品でせこくなったが、下品だ、せこいというのも、生き残ってこその話だった。パク・サンウンは、ネタの選定や取材、撮影、編集、進行状況をいちいちチェックした。放送前に下の人間が編集したバージョンを見て直接手を入れ、台本もあらかじめ確認した。持てるコネをすべて動員して、有名人に芸能人、アナウンサーの出演交渉にも乗り出した。キム・サンホと顔を合わせるのは死ぬほど嫌だったが、ニンジン抜きの海苔巻き持参で熱心に会議にも参加した。ネオプロダクションのPDと作家たちは、社長がそんなふうにいちいち口を出すのを負担にも感じ、幸いだとも思った。パク・サンウンが積極的に前に出ることを、本社の側は高く評価していたからだ。そこに運も加わった。ネオプロダクションが制作担当分の放送日に、他のチャンネルでは国会本会議や人事聴聞会が編成されたり、全国体育大会が中継されたりもした。歴代最高視聴率を記録した。

峠を越えたと思ったその時に、事故は起きた。出演者にやらせをさせ、虚偽の放送をしたという疑惑が持ち上がったのだ。子育てに難しさを感じる母親の悩みを解決するというコーナーだった。初回のロケに行ってきた担当PDのチェ・ギョンモが、開《あ》いた口が塞がらないといわんばかりの顔をしていた。五歳の子どもが、どこで覚えたのか卑猥な言葉まじりのひどい悪態をつき、母親を殴るのはもちろん、母親の顔に唾まで吐くというのだ。チェ・ギョンモは、恐ろしくて子どもが持てないと首を左右に振った。

「そうだ、社長。ところでこの母親、以前、買い物依存症でテレビに出たことがあるそうなんですよ」

「へえ？　いつ頃？」

「一年くらい経つみたいです。子どももそんな調子だし、実はダンナともうまくいってないらしいんですよ。うつ病があって、ネットショッピングでストレスを解消してたんだそうです。でも、それが結構深刻になって、番組に出てカウンセリングを受けたって話でした。ネタはネット中毒、本人の出演は一分だったかな、チラッとだったそうです。で、その時もモザイクをかけたって話でした」

「今回もモザイクかけてくれって？」

「ええ、子どもの顔は出てもいいけど、自分はモザイクをかけてほしいと」

「ふざけた母親だな。自分が恥ずかしければ、子どもだって恥ずかしいだろうが。子どもは顔出しでいいって言うのか？」

「子どもはまだ小さいから顔が変わるだろうってことで、大丈夫だそうです。僕が、親子どちらもモザイクだと放送できないって言ったので。子どものことで悩んでるのもそうですが、出演料目当ての部分もありそうです。先に、出演料はいくらかって訊いてきましたし」

「なるほどな。出演料を先に渡して、モザイクはちゃんとかけてやれ。そういう口数の多い人間にかぎって、後で誰々にバレたとか、どうするんだとかいって、頭の痛いマネをするもんだ」

パク・サンウンの言葉通り、出演料は前払いし、モザイクもちゃんとかけると約束してロケを進めた。母親は非常に協力的だった。小児精神科医と児童心理カウンセラーが投入されて母親のカウンセリングを行い、子どものしつけをした。なにせロケ期間が短いため、実際に大きな変化はなかった。かくかくしかじかでいい解決法が見つかった、というところで、放送は曖昧にまとめられた。母親は、自分の高圧的な子育ての方法が間違いだったことに気づき、子どもは悪い癖を治すと約束した。親子が仲睦まじく家の前の公園でかけっこをし、キスする場面でほのぼのと終了した。放送後の反省会での反応も良かった。

その日の夕方、ネオプロダクションは久しぶりに飲み会をした。無事一週、一週を生き残り、今日の放送もうまく出し終えて、改編時に切られることもなさそうだった。パク・サンウンは、安定の『アイ・マム』を足場にして、他の番組にも打って出る時が来たと考えた。会社に企画チームを立ち上げることを発表した。企画の公募にも応募するし、パク・サンウン自ら放送局を回って営業もすると伝えた。地上波、ケーブルテレビを問わないし、教養番組にもこだわらないと言った。これからがんばろう、ネオプロダクションも生き返る、俺らも生き抜くぞ、と大声で叫んでみんなで乾杯をした。ちょうどそのタイミングで、キム・サンホから電話がかかってきた。気分よく酔っ払っていたパク・サンウンは、現在の彼と自分の立ち位置を忘れて暴言を吐いた。

「よお、愚鈍！」

「先輩、今、正気ですか？　頭がおかしくなったんですか？」

「ずいぶんと偉くなったよなあ、コイツ。なんだ？　もう愚鈍って言われるのは嫌か？　はいよ、キムPD殿、何の御用でしょうか？」

「さっきのあの母親、どういうことです？　先輩が仕込んだんですか？　お金を渡したんですか？でなきゃもらったんですか？　あの子どもは、子役志望かなんかですか？」

「ん？　何の話だ？」

「あの母親、今、ホームベーカリーの達人としてテレビに出てるんですよ。息子と仲良くお菓子を食べながらね。今、サイトの掲示板は大変な騒ぎです。どういうことですか？　先輩、知ってたんですか、知らなかったんですか？」

パク・サンウンの額の中央で、ペチッと音がした。油断ならない五歳児が、しっかり狙って吐き出した唾のかたまりをまともに食らった気分だった。パク・サンウンが右手の人差し指でツンツン突いていた愚鈍の額の、まさにその場所だった。

飲み会はその場でお開きになった。参加していたすべてのスタッフが一緒にエレベーターに乗り込んでオフィスに行き、パソコンの前をぐるりと囲んだ。五百ウォンを払って、キム・サンホが言っていた番組の有料見逃し配信を見た。

家と、服装と、息子が同じだった。誰が見てもあの母親だった。が、今回は家でパンを焼き、クッキーを焼き、ケーキまで作る愛情あふれる母親だった。防腐剤や添加物ナシの手作りお菓子を食べた子どもはアトピー知らずで、一度も風邪をひいたことがないという。子どもは悪態もつかず、唾も吐かず、おいしそうに菓子をほおばっていた。親子で一緒に腕でハートを作り、「みなさんも、ホームベーカリーに挑戦してくださいね！」と叫んでいた。放送の通りなら、母親は、朝は悪態をついて殴ったり唾を吐いたりする我が子に泣きわめいていたのに、夕方になったらすっかり心が落ち着いて、クッキーやパンを焼いているということになる。

『アイ・マム』の視聴者掲示板はお祭り騒ぎだった。夕方の番組の掲示板も同じだった。ネットの住民たちはどうやって気づいたのか、女性が買い物依存症で出演した以前の番組まで見つけ出した。

パク・サンウンがチェ・ギョンモを怒鳴りつけた。

「いったい、こんなおばさんをどっから見つけて来たんだ？」

「カフェで、です」

「カフェ？」

「ええ。ネットの子育てコミュニティのカフェ〔情報交換や交流を目的にした会員制サイトのこと〕で、これまでもそこでずいぶん出演交渉してるんですよ。妙にそのカフェ、番組に出たがる母親が多いんで、交渉が上手くまとまるんです」

「いい話でもないのに出演交渉が順調で番組に出たがってたら、疑うべきだろうが。他にロケしてないか訊かなかったのか？」

「芸能人でもない一般人に、他のロケがあるとは思わなかったんですよ」

「とりあえず、その母親に電話して録音しろ。このままじゃうちが全部ひっかぶることになる」

チェ・ギョンモが電話機に録音機をつないでボタンを押した。

「お母さん、これ、どういうことですか？」

「何がです？」

「さっき、夕方の番組に出演したのはどういうことなんですか？」

「どういうことって、何がですか。私が、オーブンでパンやお菓子を作るのが好きで、それで出演したんです。PDさんだって、私の手作りのパン、召しあがりましたよね。おいしい、売り物になるって言ってたじゃないですか」

「朝、お子さんともめて泣いていた人が、夕方にはお子さんと仲良くお菓子を焼いて食べて。手作りお菓子で子どもは元気、風邪知らずって。そんなのありえますか？　僕らに嘘をついてたんですか？　ドンギュ君は演技してたってことですか？」

「演技ですって？　ドンギュはもともとそうなんです。悪い言葉遣いをするし、叩くし。お医者さんだって全部ご覧になってたじゃないですか。で、私はもともとお料理が好きなんです。言葉遣いの悪い子にお菓子を焼いて食べさせたらダメなんですか？　悪口を言う子は、健康じゃダメなんですか？　私、嘘はついてません」

「それでも、こうして同じ日にテレビに出ることは言っていただかないと」

「テレビに出たことがあるかばかり訊いて、撮影の予定は何かあるかって訊かなかったじゃないですか。去年出演した話は、正直に伝えましたよ」

チェ・ギョンモは啞然としつつ言葉を続けた。

「他に、何か撮影スケジュールは入ってるんですか？」

「来週の火曜に、龍山《ヨンサン》のレストランにお客での撮影が入ってます。その次の週の木曜はドンギュと、子どもミュージカルの観客としての撮影ですね」

パク・サンウンとチェ・ギョンモ、担当していた放送作家は、頭を寄せて事由書を作成した。ネタの選定方法と理由、出演交渉の過程、事前取材の内容、ロケ日程と撮影内容、出演料の金額と支払い方法について、具体的に書き連ねた。ネットコミュニティのカフェのメイン画面と紹介文、カフェに制作スタッフが投稿した出演者募集のお知らせをキャプチャーして、撮影映像原本の録画内容や通話の録音内容まで、こまごまと準備した。若い作家はずっと泣いていた。夜が明け始めるとチェ・ギョンモも泣いた。パク・サンウンは、大人の態度でかれらを慰めた。

「とにかく、俺たちが真っ当なルートで出演交渉をして、やらせをしたり騙したりしていないというのは確かなんだ。その部分については、本社だって問題提起しないだろう。だが、以前に出演歴がある出演者だってわかっていたわけだから、事実確認や出演者の管理が甘かったことも確かだ。おそらく、俺たちは切られる。ネオプロダクションは永久追放だ。なあに、放送局はここだけじゃないんだから。コネもないしラクじゃないだろうが、俺は別なところを探せばすむ。お前らは別な会社に行って、仮名を使うなり、ペンネームを使うなりして、別な番組をやるんだ」

早朝、本社で緊急会議が開かれた。パク・サンウンとチェ・ギョンモ、作家とADたちは先に出向き、首《こうべ》を深く垂れて並んで座っていた。まもなく、キム・サンホが会議室に到着し、チーム長と局長までやって来た。パク・サンウンは資料を示しながら丁寧に説明した。出演者にやらせを命じたり視聴者を騙したりはしてはおらず、自分たちもある程度は被害者である。もちろん、より細かく確認して管理できなかったという点では十分に過失を認めるし、いかなる処分も甘んじて受けるつもりだ。だが、あくまでミスであって、故意に行なったのではないと信じてほしいと訴えた。局長が舌打ちした。

「どうしてこんなことになるんだ？　天下のパク・サンウンが、どうしてこういうミスをする？　これはミスじゃなくて、不誠実、無責任だぞ。なんで、そんな無理のあるネタにしがみついた？　なんで、身元確認もできないネットのカフェで出演交渉をする？　なんで、事前に十分検討しないんだ？」

　クソッタレ、そこそこの話でもインパクトがないってオッケーを出さなかったじゃないか。精神科を通じて、カウンセリングルームを通じて正式に出演交渉をしようとしたら、金と時間がどれほどかかるか、わかってて言ってんのか？　こっちにそれだけの制作費と制作期間をよこしたか？　オッケー出すのだって遅いだろ。何かといえばネタが弱いってひっくり返しちまって、再撮影って言うだろうが。十分検討する時間がどこにある？　それでもこっちが徹夜して、しなくてもいい苦労をしてるから、事故もなくちゃんと放送ができてたんだよ。言いたいことは喉まで出かかったが、パク・サンウンは結局、心にもない言葉だけを口にした。

「面目ありません」

　局長とチーム長は、挨拶を返しもせずに会議室を出て行った。パク・サンウン以下ネオプロダクションの一同は、黙って頭を下げていた。キム・サンホは深い溜息をつくと、しばらくしてからイスを引いて立ち上がった。会議室を出るか出ないかのところで振り返って言った。

「先輩、あの母親、誰が出演交渉したんです？」

「ん？　はい？」

「あの母親、交渉したのは誰なんです？　ＰＤであれ、担当作家であれ、リサーチャーであれ、誰か出演交渉してるでしょ?」

パク・サンウンはまごついて答えられなかった。キム・サンホが畳みかけた。

「先輩がやったんですか?」

パク・サンウンが動揺し、大慌てで答えた。

「いやいや、うちの一番若い作家が」

キム・サンホは、その作家の顔を一度おもむろに見てから会議室を出て行った。下唇を噛んでいた作家は、会議室の机につっぷしてすすり泣いた。他の作家たちが肩を抱いて慰めた。メイン作家が会議室を出がけに、みんなに聞こえるように独り言を言った。

「それを訊くヤツも訊くヤツなら、答えるヤツも答えるヤツだよ」

パク・サンウンの心のこもった訴えは聞き入れられた。しかし、思ったより波紋は大きかった。ネオプロダクションが『アイ・マム』を切られるのではなく、そもそもの『アイ・マム』が打ち切りになったのだ。最年少作家はその時点で荷物をまとめて出て行き、することがなくなったPDと他の作家たちも、ほとんどがネオプロダクションを去っていった。

残ったネオプロダクションの社員は、全員が企画チームの所属となった。他に所属するチームはなかった。毎日企画会議をやって、日々企画書を書いて、パク・サンウンはその企画書を手に、ばたばたと放送局を回った。なかなかはかばかしい成果は出なかった。大学の先輩で、ケーブルテレビ「エンジョイ・チャンネル」の制作本部長であるチョン・ヨンジュンは、企画書を見て長い溜息をついた。

「正直に言う。とりあえず、あんまりグッとこないな」

パク・サンウンはがっくりきたが、言いつくろった。

「これを、このまま編成してくれって言ってるんじゃありませんよ。ちょっとアドバイスをいただきたくてお邪魔したんです。最近はどんな番組を企画中か、どう補強したらいいか、まあ、そんな感じのことを、です」

「企画意図、意義、タイミング。そうだな、全部バッチリだ。だが、意図もよくて意義もあって面白そうでタイミングもあるって企画書は、ゴマンとあるんだよ。なんかこう、パッと目を引くものがないとな。史上初、最高金額、トップスター誰々が司会に挑戦。なんか、そういうコピーがあるだろ。お前さんも、よくわかってるだろうけどな」

パク・サンウンもよくわかっている。わかっているのと実現可能ってのは、別の問題なんだって。それでも、ちゃんと心して聞いているという意を伝えるため、大きくうなずいた。チョン・ヨンジュンはパク・サンウンをチラッと見て言った。

「サバイバル番組を一つ、企画してみろよ。最近、それがキテるだろ」

テレビ番組にも流行があった。グルメ番組が一つヒットすると、名店を紹介してレシピを伝える、似たような番組が次々と登場した。インテリア番組が流行のときは、すべてのチャンネルで照明器具を取り換え、壁紙を張り替え、ペンキを塗っていた。合コン番組が流行すると、テレビは動物の王国のように一日中カップリングをした。芸能人が合コンをして、一般人が合コンをして、芸能人と一般人が合コンをして、おじいさんとおばあさんが合コンをして、バツイチが合コンをして、ついには幼稚園児も合コンをした。三対三もやったし、三対一もやったし、顔を隠してもやったし、条件を隠してもやったし、年齢を隠しもした。しかし、数か月も経たないうちに、合コン番組の人気もすたれた。番組に出ていた多くの人々はテレビの外で相手を見つけて恋愛をし、結婚した。

　今人気なのは、挑戦者たちを一人ずつ脱落させて最終の優勝者を選ぶサバイバル番組だった。優勝者には莫大な賞金が転がり込んだ。挑戦の分野もさまざまだった。踊りと歌はもちろん、料理、デザイン、ダイエット、クイズ、整形、事業、結婚でも優勝者が選ばれた。パク・サンウンは、競争するジャンルがまだ残っているだろうかと頭をめぐらせた。チョン・ヨンジュンが親指と人差し指でマルを作りながら付け加えた。

「これはちょっと気にしとけよ。実際の話、俺たちに一番大事なことはこれなんだ」

　それはパク・サンウンにだって重要だった。重要でない人間がいるだろうか。李健熙《イ・ゴンヒ》〔韓国の実業家でサムスン電子の元会長〕、ビル・ゲイツにだって重要だろうに。

「最近うちが企画書を審査するとき、何を最初に見ると思う？　スポンサーだよ。一番いいのは、太っ腹のスポンサー企業を捕まえてきて制作費は全部解決、本社まで恩恵にあずかれるって番組、次にいいのは、適当なスポンサーを捕まえてきて、本社の手を借りずに制作費を自分たちでまかなえる番組、まだ許せるのは、素朴なスポンサー企業を捕まえてきて、本社の負担を減らしてくれる番組。企画書の表紙にプロダクションの名前だけ書かれているより、企画、〇〇プロダクション、スポンサー、〇〇グループ、そう、でーんと書いてあるほうに目が行くんだって」

　パク・サンウンは、実は今企画中のサバイバル番組が一つある、まったく新しい分野で、スポンサーと調整中なもので今日は企画書を持ってこられなかったと、口から出まかせを言った。チョン・ヨンジュンが関心を示した。

「お前、企画書ができたら、一番先に俺に持ってこなきゃダメだからな！　今、うちでも毎晩徹夜で企画を練ってるところでさ。最近、ケーブルでも大ヒット番組が結構出てるだろ。ところがエンジョイ・チャンネルだけこれといった代表作がない。意義もへちまも関係ない、パッと当たりさえすればいいんだ。わかったな？」

意義もへちまも関係なくパッと当たるくらいイケてて、太っ腹のスポンサー企業が付くぐらいすごい番組。口で言うのは簡単なことだ。パク・サンウンはしきりに溜息が出て、満足に食事も喉を通らなかった。そうして運命のように、セオ市場の「イカサマ大会」の報道資料を手にしたのである。

8

チョン・ギソプは、二回もセオ市場に撮影に来たPDと久しぶりに会った。市場の年寄り相手に愛嬌をふりまいてタメ口まじりの言葉をかけ、気安く「おかあさん」「おとうさん」と呼んではよく抱きついていた人間だった。おしゃべりだし、要求事項も多いし、撮影も長くかかった。そのくせ、当の番組では五分も放送されなかった。だが、放送の前の晩にチョン・ギソプへ電話をよこして、放送尺と内容、誰のインタビューが放送されて誰がカットになったか、大体何時くらいに放送になるかを丁寧に説明してくれた。時間の都合上、撮影した内容すべてを放送できないことはわかってほしいと言われ、受け入れるしかなかった。数か月後、別の番組の担当になったといってまた市場にやってくると、似たような撮影をしていった。

「別の番組って言いながら同じようなことを撮影するんですね？　前にもやってたとか何とか言われたら、どうするんですか？」

「ええ、似たような番組なんですよ。前のは主婦が見る朝の番組で、今回はおじさんたちがよく見る深夜番組で。両方とも見ている人は、そんなにいませんから平気ですって。それに、うちだけが同じだと思います？　チャンネルをかえればどこだって同じ俳優、同じ歌手、同じお笑い芸人が出てるんだし」

ですか？」

「じゃあ、別に前に撮ったのでいいだろうに。なんでＰＤさんも苦労して、うちにも苦労させるんですか？」

「前は夏だったじゃないですか。こんなに寒いのに半袖を着てるところ放送したら、ヘンでしょ」

二度目の撮影はさっくり終わった。ＰＤは、二度も手伝ってもらったお礼にと夕食をご馳走してくれた。おごられてばかりでは申し訳ないので、チョン・ギソプも酒をおごった。主にＰＤがテレビの裏話をして、チョン・ギソプは芸能人についての噂をあれこれと質問した。ＰＤは、詳しくはわからないけど、と言いながら、聞いた話や知っている話に自分の憶測を加えて詳細に語った。年の差もあるし、している仕事もまったく違うのに意外と話が合って、結構遅くまで飲んだ。親しげな口ぶりになって、呼び方も「チェＰＤ」と「兄貴《ヒョン》」でまとまった。チェＰＤはタクシーに乗りこみながら「兄貴、また遊びに来ますね」と言ったが、一度も来たことはなかった。チョン・ギソプも連絡をしなかった。そうやって縁が切れたかと思いきや、チョン・ギソプから先にアプローチすることになった。

三度目に顔を合わせた時は、チョン・ギソプのほうが口数が多かった。商売のこと、放送に登場した市場の面々の近況、下の娘の話。しばらく空回りの話題ばかりを口にすると、チョン・ギソプは、実は、と用件を切り出した。

「うちの市場、ちょっと放送に出してくれよ、チェＰＤ」

チェＰＤは、話したかったことはそれか、という顔をして笑った。面と向かって頼むのは決まり悪かったが、チョン・ギソプはその気持ちをグッと抑え込み、準備していた言葉を続けた。

「それでも、たまに放送で紹介されているうちは客も多少来てたんだが、近頃市場はめちゃくちゃ厳しいんだ。いろいろと広報の方法を探ってるところでさ。前みたいにしょっちゅう放送に出たくたって、一度断ったらまるで連絡がこないんだもんなあ」

チョン・ギソプは、徹夜で準備をして暗記した言葉に言いよどむことはなかったが、ひどく早口になった。相手の表情をうかがうと、好感触とは思えなかった。幸い、すぐにいい返事が返ってこない場合に言うべき言葉も用意していた。

「別のPDを紹介してくれてもいい。やり方を教えてくれるんでもいいし」

「最近、市場に何かあるんですか？」

「いや、そうじゃないんだよ。大変なことは何もないんだが、ただ売り上げがずっと落ちてて」

「そういう意味じゃなくて。ネタがありますかって？」

「ネタ？」

「何事もない平凡な市場の人たちの日常を、わざわざ放送する理由がないでしょ。トピックがあるかってことです。ネタ、素材。つまり、話題。新しくて、面白くて、好奇心をかりたてられる特別なイベントがあるとか、悲しくて、美しくて、感動的なエピソードがあるとか」

人の暮らしなんてみんな同じだろうが。オマエはあれか、一日も欠かさず冒険や不思議に満ちたスゴい人生を生きてるのか？　まるまる同じものを二度も放送したくせして。チョン・ギソプは心の中の言葉を口には出せなかった。かわりに、うちの市場には壁画もあるし、と言葉を濁した。チェPDがせせら笑った。

「兄貴、今どき小学校の壁、タルトンネ〔月（タル）にも届きそうな急な斜面に、家々が貼りつくように密集した地域。低所得者層の居住地だが、近年は路地に壁画が描かれた壁画村としての地域おこしも進んでいる〕の壁、役所の壁、なんならマンションや老人集会所の壁にだって、ぜーんぶ壁画はありますよ。もう、壁画がない壁のほうが不思議なくらいじゃないですか。だいたいさ、いつの時代の壁画で、ずっと食ってくつもりなんです？　セオ市場の壁画は、高句麗の国内城の壁画〔国内城は高句麗の首都で、多くの壁画古墳が残っている。二〇〇四年には世界遺産「高句麗前期の都城と古墳」の一部に指定された〕とか、エジプトのピラミッドの壁画レベルなんですか？　ネタがないんなら作るんですよ。お祭りをやるんでも、イベントをするんでも、何でもいいから一計を案じましょうよ。それらしい広報資料を作って、写真も添付して、放送局とか新聞社にパーッとバラまくんです。食いついて寄ってくる人たちが、きっと出てきますって。そのかわり、新しくなくちゃですよ。不思議で、面白くなきゃ。オーケー？」

この間《かん》にチェPDはますます感じが悪くなっていた。チョン・ギソプは、チェPDの態度や口ぶりがひどく気に入らなかったが、言っていることはその通りだと思った。

チョン・ギソプは、商人会の会議でチェPDの意見を簡単に伝えた。何事もない平凡な市場は放送に出せない、ネタがなければならない、ネタとは特別なイベントのことである。みんな、何を言っているかわからないという表情だった。

「イベント？　バザーとか、のど自慢みたいなもののことか？」

「そうです。そういうイベント。でも、バザーみたいなのは、あまりにもありがちじゃないですか。すごく奇抜なものにしなきゃならないってことなんです。本当に奇抜で、不思議で、口がぽかんと開いちゃう、そういうイベント。他のどこでも見ることができない、本当に特別なイベント」

だったら本当にお祭りをやればいいじゃないか、という意見が出た。地域の特産品祭りは放送で定番のネタだった。涙や鼻水を流しながら生ニンニク齧り競争もするし、ジャガイモの籠をいくつも頭の上にのせてかけっこもするし、全身トマトまみれになりながら投げ合いもしていた。そういう特産品祭りのような、在来市場という点を生かしたお祭りを開こうというのだ。

「市場には食べものがゴロゴロしてるだろ。餅の早食い、お菓子の大食いってのもできるしな。市場の床で米袋のソリ競争をやってもいいし、イカや太刀魚あたりをバトンにしてリレーってのも面白いと思うけど、どうだ？」

「幼稚ですよ」

チョン・ギソプは一刀両断だった。長い沈黙。チョン・ギソプはもどかしくなった。

「ひたすら珍しいこと、珍しいことばかり考えるから、答えがなかなか出てこないんだと思うんです。うちの市場に関連するもので考えてみましょう。うちの市場の一番の特徴って、何ですかね？」

みんな口を揃えて答えた。

「壁画！」

チョン・ギソプはますます焦《じ》れた。

「壁画、壁画、壁画、その壁画ってやつはうんざりなんですよ！　今どき、壁画のない壁がどこにあるって言うんです？　小学校の壁、タルトンネの壁、役所の壁、トイレの壁にだってみんな壁画があるんです。だいたい、いつの時代の壁画でずっと食っていくつもりですか？　セオ市場の壁画は、コムタンかなんかなんですか？　牛骨スープですか？　煮詰めまくってるうちに、中身は全部スカスカです。骨もガツガツかじれるくらいなんですって！」

特にいいアイディアが浮かぶ者もおらず、うっかり口をはさめる雰囲気でもなかった。みんな、ボールペンの先で机をトントン叩いたり、爪をいじったり、別なことばかりをしていた。精肉店のパク社長は顎を精一杯突き出すと、顎の先の髭を爪で抜くのに夢中になっていた。抜けずにしょっちゅう途中で切れるのか、爪の先をふうふう吹きながらずっと髭を探っていた。そんなふうに髭との見えない死闘を繰り広げて十数分後、短い髭の先を、親指と人差し指の爪の間に確かにとらえた。パク社長は髭をぐいっと抜きながらぽつんと言った。

「花札大会でもするか。ソッタでもトリジッコテン〔いずれも韓国での花札の遊び方〕でもいいだろう。大衆的っていったら、なんだかんだ言ってもゴーストップ〔韓国で最も日常的に楽しまれている花札の遊び方。持ち札の役の点数で勝敗を競う〕だろうな」

眉間にくっきり三本の皺を刻んで集中しながら聞いていたチョン・ギソプが同意した。

「よく思いつきましたね」

「ばかにしてんのか?」

「あっ、違いますよ。本当にいい思いつきだと思うんです。もちろん、ゴーストップはちょっと無理でしょうけど。明らかに賭博だし、それに、大会をやるのには競技時間があまりにかかりすぎますから。そんなに長い間、みんなが集中するのって難しいじゃないですか。もう少し単純なゲームがいいと思います。ただ、そんなふうに適度にギャンブルっぽいゲームなら、人目を引くことができるんじゃないですかね? あまり賭け事っぽくなくて、適度に」

「一点につき一万ウォンじゃあまりにギャンブルすぎるから、一点につき百くらいならちょうどいいだろ」

「冗談で言ってるんじゃありません。つまり、もうちょっと身近で、ギャンブルっぽいゲームを探してみようってことです。ペンペンイ〔数字が書かれた大きな円盤を回し、回転している間に矢などを投げて、当たった数で等級を決めるダーツに似た遊び〕とか、どうですかね？　大型の回転盤を作って、参加者がいっぺんに自分の番号が書かれたダーツを投げるんです。数十人が同時にダーツを投げて、同時に飛んで刺さって。なかなか見ものじゃないですか？」

パク社長が鼻で笑った。

「回転盤は誰が回すんだ？　数十人がいっぺんにナイフを投げる真ん中に立ってたら、突き刺さって頭がパンクするな」

「ナイフじゃなくてダーツですよ。錐《きり》みたいなやつ」

「ナイフだろうが錐だろうが。当たったら同じだよ。死ぬか、パンクするか」

会議の間じゅう、商人会会長であるなんでも屋のユン社長はじっと目をつむっていた。一見寝ているようにも見えた。やがて、重たげに瞼を持ち上げて、口を開いた。

「昔はな、五日市〔五日ごとに開かれる市〕に行くと、必ず見る光景ってのが、いくつかあったんだよな。薬売り、飴売り、イカサマ師、農楽隊、門付《かどづけ》芸人……。薬売りが売ってたあの虫下し、飲むと本当に回虫がずるずる出てくる、そういう薬でな。一番前に座って見物してたら、連れていかれてみんなの前でケツ出して、回虫を引っ張り出されたこともあったさ」

すっかりうなだれて聞いていたチョン・ギソプが、パッと顔を上げた。

「イカサマ、どうですか？」

在来市場の思い出もよみがえるし、セオ市場も広められる「セオ市場杯全国イカサマ大会」を開こうというのだ。イカサマ。文字通り、どこかいかがわしい雰囲気がある、あのゲーム。三つの茶碗をひっくり返して、そのうちの一つにサイコロを放り込み、絶え間なく混ぜてサイコロが入っている茶碗を当てる。イカサマ師の謎めいた手つきに、ねっとりした口上まで加わって、薬売りの回虫ショーと共に田舎の市の二大見世物の一つだった。

チョン・ギソプは浄水器の上にあった紙コップをいくつか持ってきた。手にしていたペンのキャップを外して会議用の円卓に置くと、その上に紙コップの一つをひっくり返してかぶせた。そして、さらに二つの紙コップもひっくり返して両脇に置いた。他の四人は面白そうに見つめていた。チョン・ギソプは、テレビでチラッと見た通りに紙コップを混ぜた。そうやって必死に混ぜ、自分でもペンのキャップがどこにあるかわからなくなった頃に手を止めた。

「さあ、ではお金を賭けてください」

みんながまごついているあいだに、パク社長が真ん中の紙コップの前に千ウォン札を一枚置いた。

「やだなあ、パク社長、千ウォンってどういうことですか？　もっと賭けてくださいよ」

パク社長はにっこり笑って財布を開けると、さらに一万ウォン札二枚を出して置いた。

「さーて、パク社長は二番のカップに二万千ウォンを賭けました。他のみなさんは？」

なんでも屋のユン社長も、最初の紙コップの前に一万ウォン札二枚を置いた。

「他に、よござんすか？」

残りの二人は腕組みをして笑っているばかりで、カネは賭けなかった。

「いないようなら、もう開けますよ？　僕だってどこにあるか、わかりませんからね。どーれどれ、うちの商人会会長が選んだ一番の紙コップ。残念でしたー。会長、ハズレです。次はパク社長が選んだ二番の紙コップ！　どーれどれ……」

チョン・ギソプはさんざん間を作ってから二番の紙コップを開けた。二番も空だった。ペンのキャップは三番の紙コップの中だった。チョン・ギソプがパパッと紙幣をかき集めた。わあ一と、溜息交じりの声と笑いが巻き起こった。

「なんだよ？　本当に持ってくのか？」

「もちろんです、本気ですよ。じゃあ冗談だと思ってたんですか？」

「そんなのありかよ？　もう一回だ、もう一回！」

チョン・ギソプは再びペンのキャップを入れて紙コップを混ぜた。最初の時よりさらに落ち着いた手つきになった。イスにもたれて遠巻きにしていた四人がぐっと会議テーブルに身を乗り出した。紙コップの動きに合わせて、四人の首がいっせいにぐるぐると動いた。パク社長は「間違いない」と言って三番に一万ウォンを賭け、残りの三人も全員三番の前に一万ウォンを置いた。会長が心変わりして、一番の紙コップに置き直した。ペンのキャップは一番の紙コップから出てきた。会長が歓喜の声を上げた。掛け金の二倍の二万ウォンを会長に渡して、残りのカネをチョン・ギソプがしまうと、パク社長が抗議した。

「何だよ、これは！　これ、もうけるのは親ばっかりじゃないか？　今度は俺が親をやるぞ。さあ、賭けろ、賭けろ」

パク社長があわただしく紙コップを混ぜ、今度はチョン・ギソプが二回のゲームでの稼ぎを全額つっこんでスッた。残り四人は手を叩いて歓声を上げた。パク社長が札束を振ってはしゃいだ。掛け金は増え続け、ゲームはますます熱を帯びた。ついに、パク社長が財布を丸ごと賭けた時、チョン・ギソプはゲームを止めて訊いた。

「面白いでしょ？　これでいけそうですよね？」

「大当たりだよ、大当たり！」

満場一致で、サイコロ博打《ばくち》に近いイカサマ大会を進めることに決定した。

イカサマ師をまずは調べた。意外なことに、今でも田舎の市では賭場が開かれることが珍しくなく、トップクラスが在野にひそんでいた。二人がイカサマ師の候補に挙がった。一人は、信じるかどうかは別として、市を回って賭場を開きこの道六十年という、今年御年七十三歳の伝説のイカサマ師、キム氏。高齢ではあるが、今でも旺盛な活動を続ける現役だ。普段は箸も使えないくらい手が震えているが、壺さえ持てば目にもとまらぬ速さで手首をくるくる動かすという。しかし、最近ではイカサマ人気も以前ほどではなく、賭場を開ける市も多くないため、生活は苦しかった。状況が状況だから、カネさえちゃんと渡してやればほいほい駆けつけてくる人物である。

二番目の候補は、テレビにも何度か出たことのある有名マジシャンだ。何より見た目がよくて話が上手、イベントの司会までこなせるという長所がある。マジシャンだからテクニックが高いのは言うまでもない。実際、イカサマのようにカップを動かすマジックが主な得意技で、単にカップを入れ替えるというレベルではなく、空中でくるっと回して、放り投げて、転がしながら、さまざまな妙技も披露する。見ごたえという点ではベストだが、何といってもマジシャンだから、トリックを使っているのではないかと無駄な誤解を招く素地がある。おまけに市場のイベントに出てくれるかは疑わしい。とりあえず、ある程度イベントの輪郭が固まったら連絡を入れて、当人たちの意志を訊いてみようということになった。

しかし、こんなふうに堂々と賭場を開くというのがどうにも引っかかった。これって、賭博じゃないのかね。果物店のキム社長が、おずおずと否定的な意見を口にした。

「どう考えても、賭博だよね。賭博って、たいしたことじゃないんだよ。簡単なんだ。ひとまず、カネが賭かってれば賭博でね。自分らがここに集まってゴーストップをしたとする。もし負けてしっぺをしたら、それはただのお遊びだよ。豚足を賭けるぐらいでも、別に問題にはならないはずでね。でも、カネが行き来した瞬間に賭博なんだよ。そんなことして、自分ら、捕まるんじゃないか？」

一時、競馬とインターネット賭博にハマり、冷蔵庫の肉はもちろん、自分自身まで売り飛ばしそうになった精肉店のパク社長は、それほど否定的ではなかった。

「賭博かどうかを判断するのは、そんなに単純なことじゃない。もしも点数が百、だからまあ千ウォン、二千ウォン飛び交って、ピバク、グァンバクで大騒ぎして、スリーゴー〔いずれも花札で点数が倍になる特殊ルール〕まで出て十万ウォンが行き来したとしても、それで賭博だとは言えない。最低百万ウォンのやりとりがあってこそ、ケチがつけられるんだ。おまけに、このカネで俺らメシを食うことにしてるんです、ってなったら、警察だって実際は何も言えない。面白半分でやって負けた人がメシをおごるんだっていうのを、どうにかできるか。それに、どれほど常習的だったかも大事だし」

「だったら、一回の掛け金を百ウォンにするってことかい？　それで誰がやりたがるよ？　十倍儲けたって千ウォンなのに」

「もちろん、掛け金も重要だ。他に重要なのが、誰が、なぜするかって部分なんだよ。いい年の俺らが、商売が終わって退屈まぎれにしたんなら、それをギャンブラー扱いするのは難しいさ。年寄りの集会所に行ってみろって、みんなゴーストップやってるぞ。あの年寄りたちは捕まるか？　いやいや。イカサマ師って言われてる連中が一人くらいいてはじめて、賭博集団だなんだ言えるのよ。競馬、競輪なんかだって、厳密にはみんな賭博だ。だけど、お国でやってるじゃないか。でもって、競馬して捕まるか？　いやあ。捕まえてくれてたら、俺は今ごろこんなすっからかんになってなかったって。難しく考えることはない。宝くじを見ろよ。あれこそ、賭博中の賭博だ。でも、宝くじ基金で恵まれない隣人を助けるだのなんだの言ってるし、お国だって宝くじを買えってあおってるじゃないか。だからな、在来市場で、庶民が面白半分にやる、一度きりのイベントだって点を強調すりゃあ、問題になることはないと思うぞ。それに、収益の半分は恵まれない隣人を助けるために使うって、吹いときゃいいのさ」

さすが、経験にまさる財産はなし、とみんな賞賛した。パク社長は肩をそびやかして付け加えた。

「いやあ、恵まれない人を助けるだなんだ言うことはないな。俺たちが大会をするのは、セオ市場の生き残りのためだろ。収益金を、在来市場の福祉に使うって言えばいいんだよ。どうせそうするつもりだったじゃないか？　つまり、在来市場生き残りイカサマ大会、を開けばいいんだ」

計画は壮大だった。大会に参加するにはカネを賭けなければならない。もちろん参加者の中には高額を賭ける人もいるだろう。一等は、百万ウォンになろうが千万ウォンになろうが、無条件に賭金の二倍を受け取るのだ。誰かの人生がひっくり返るかもしれない興味津々の競技。参加者も見物人も、目を離せないはずだ。

会議は肯定的な方向に流れて行った。寒さが和らぎ次第、大会を開催することにした。日付が決まったら市場の入り口にポスターを貼り出して、商人や地域住民からの参加申し込みを受け付ける。舞台は、駐車場入り口のバリケードを取っ払って、遠く離れた観覧席からでもよく見えるよう扇形に、こぢんまりと低く作ることにした。カネがかかっても司会は無名のお笑い芸人か、専門の司会者に頼むことにした。広報と撮影協力はチョン・ギソプがやるだろう。イカサマ大会自体、人の耳目を集めるだろうし、うまくいけばテレビにも出られるかもしれない、何より参加費を徴収するから、費用負担なしでイベントができるようになった。おかしいくらい話はうまく進んだ。だから不安になり始めた頃だった。みんなが興奮するなか、果物店のキム社長が問題提起をした。

「だけど、自分らいま、収益金が残るもんだとばかり考えていて、足りなくなるっていうのは想定外だよね？」

「イカサマ師と司会者を呼ぶ以外、カネはかからねーだろ。少なくともイベントをやるのに足りないってことは、なさそうだが？」

「もしも、だよ、すごい大金を賭けるヤツが一等になったら、どうするの？　他の参加者全員の掛け金をぜーんぶあわせても無理なくらいの大金を賭けた人が、一等をとったら？　そうしたら、足りないカネは、どうする？」

誰も、考えもしなかった問題だった。みんな、あっちゃー、という表情になり、人の顔色ばかりうかがっていた。どうりで話がうますぎると思った、と、パク社長のテンションがパッと下がった。あくびが伝染するように、みんな次々とやる気を失っていった。チョン・ギソプだけが必死に集中力が途切れないようがんばっていた。知恵をしぼってさまざまな代案を打ち出した。保険に入りますか？　保険料のほうがかかるだろ。参加費の額を制限しますかね？　だったら、いっそとらないほうが。じゃあ、そもそも参加費はもらわないで、賞金も出さないことにしましょうか？　そうしたら、誰も参加しなそうだけどな。参加費と賞金を決めておくっていうのは？　それでいきますか？

結局、イカサマ大会はささやかでかわいらしい、いかにも市場ふうのイベントになった。すべての参加者から同じ金額の参加費一万ウォンを徴収して、入賞者三人に賞品を贈ることにした。当初は一等に賞金百万ウォンを提供しようという話になったが、百万ウォンではあまりに負担だということで十万ウォンになり、十万ウォンじゃ恰好がつかないと、いっそのこと賞金はやめて賞品をプレゼントすることになった。そういうときばかり熱くなる精肉店のパク社長が高級国産牛セットを提供しようと言い、一等の賞品は高級国産牛セットで決まった。本当に高級国産牛を出すかどうかは不明だった。果物店が贈答用の果物詰め合わせを協賛すると言い、二等の賞品になった。仕方なくチョン・ギソプは、三等の賞品として干物セットを出すことにした。

チョン・ギソプは、幾晩もパソコンの前でうんうん唸りながら「セオ市場杯イカサマ大会」の広報資料を作成し、それをチェPDにメールで送った。チェックを頼んだのだ。資料を検討したチェPDは、いいのか悪いのか判断しづらい返事をよこした。

「かわいらしいですね」

俺が、一番下の弟みたいなお前によしよししてほしくて、こんなクソみたいな苦労をしたと思ってるのか。チョン・ギソプは、今度も胸の内の言葉を口にはできず、助けてほしい、知り合いのPDに資料を渡してほしい、と丁重に頼んだ。チェPDは「わかった」と返事をよこした。実はチョン・ギソプは期待していなかったのだが、本当に資料をばらまいたのか、数日後、エンジョイ・チャンネルの番組を制作しているというPDから電話がかかってきた。

「最初から生放送で中継できたら、と思っていまして。大会をもう少しスケールアップして、ですね。私どもと一緒に進めるおつもりはないかと……」

チョン・ギソプは、彼の質問が終わる前に大声で答えた。

「つもりはあります！　大いにあります！」

9

キム・イルの一家三人は、家の内外で苦労を重ね、ときどきボーナスも受け取ったおかげで、ウォルセ〔月極家賃〕での契約期間の二年が過ぎると、部屋が二つあるチョンセの家に引っ越すことができた。壁紙も張り直したしオンドルの床も新しくした。そうやって、まるで新居を買ったような気分になってからちょうど二か月半後、旅館暮らしの身の上になった。オ・ヨンミは「尺取り虫が縮むは伸びんがため」と心を固めていたし、キム・ミングは、「人生一発勝負」と口癖みたいに言っていた。キム・イルは、母親、父親とまた同じ部屋を使うのが死ぬほど嫌だった。夕飯を食べている途中で、たまたま目にしたテレビ番組の宣伝が、諸悪の根源だった。

「さあ、あなたがチャンピオンです。挑戦してください！　優勝賞金は参加費の十倍！　あなたの人生が、変わります。THE CHAMPION！」

　あるケーブルテレビのサバイバル番組の宣伝だった。カップの中に隠れた玉を見つけ出すゲームだった。画面では、きらめく銀色のカップ三個がぐるぐる回っていた。優勝賞金が参加費の十倍とは。百万ウォンを賭けたら一千万ウォンだし、一千万ウォン賭けたら一億だし、一億賭けたら、なんと十億だ。

「パパ、あれってつまり、「イカサマ」じゃないの？」

「だな。さあさあ、お立ち合い、カネ賭けて、カネ稼いでいきな～」

「うちもああいうのに一度、出てみようか？　もしかしたら、このひどい生活がリセットできるかもよ」

はじめはおふざけだった。オ・ヨンミは、お膳の上にカップを三個、ひっくり返して置くと、そのうちの一個にボタンを入れた。ぐるぐる回っていたカップが動きを止めるなり、キム・イルはそのうちのひとつを指さした。オ・ヨンミが期待もせずにカップを開けると、中にボタンがあった。ごはんを食べながら見るとはなしに見ていたキム・ミングが、スプーンを下ろした。

「ママ、もう一回やってみて」

オ・ヨンミはさらに慎重に、忙しく、カップを混ぜた。キム・イルは今度もボタンを当てた。キム・ミングがまた言った。

「もう一回やって」

同じだった。さらに六回やったが、キム・イルはすべての回でボタンを見つけた。オ・ヨンミの目が生まれて以来一番の大きさになった。

「イル、あんた、どうやって当てたの？」

「聞こえます」

「えっ？」

「ボタンが、ぶつかる音が聞こえます。どのカップから音がするか、聞こえます」

向かい合っていたキム・ミングとオ・ヨンミの目から、初めて出会って恋に落ちた時のような火花が散った。十六年ぶりのことだった。オ・ヨンミが、カップを優勝トロフィーのように高く掲げて大声を張り上げた。

「やるぞー」

10

パク・サンウンとチョン・ギソプが会ったのは、月曜の朝だった。パク・サンウンより早くネオプロダクションの事務所に姿を現したチョン・ギソプの目は、赤く充血していた。土曜の夜にパク・サンウンと電話で話してから、週末をずっと興奮状態で過ごし、月曜の早朝五時にパチッと目が覚めた。どうにも落ち着かず、キャラメルでも食べるみたいに清心丸〔牛黄清心丸。緊張をほぐし心を落ち着かせるという韓方の薬〕をもぐもぐ嚙んで飲み込んだが、今度は気が緩んで眠くなるかと心配になり、濃いコーヒーを一杯飲んできた。気持ちも落ち着いたし頭もすっきりしたが、瞼は重かった。チョン・ギソプは恐ろしく血走った眼で、しかし、いつにもまして明るく元気満々の声で、挨拶をした。

「おはようございます。チョン・ギソプと申します。セオ市場商人会で、総務をしております」

「チェPDからずいぶんお話は聞いていますよ。総務さんはかなりのやり手だって、しきりに褒めちぎってましたからね。ハハハハハハ」

パク・サンウンはチョン・ギソプの気分を盛り立てるために、精一杯高い声で笑った。金曜の夜に社員たちと飲んでいて、偶然、ネオプロダクションの仕事を何度かしたことがあるフリーランスのチェPDと鉢合わせた。チェPDはチョン・ギソプのことを小馬鹿にしていた。大したことない市場で二回もロケするんじゃなかった、ちょっと年上だからって兄貴ぶってる、ずっと音信不通だったくせに、用がある時だけ言ってくる、テレビに出さえすれば何もかもうまくいくと思っている、と首を横に振った。そんな中、セオ市場のサイコロ博打大会の話になったのだ。チェPDは大会を一言で定義した。ばかじゃないの？　そのばかなマネに、パク・サンウンのアンテナがビンビン反応した。

チェPDを通じて資料を手に入れてみると、想像したよりはるかにショボかったが、アイディアだけはすばらしく良かった。うまく手を加えさえすれば、可能性はありそうだと思った。パク・サンウンは明け方まで悩み、広報案を胸に抱いたまま寝入った。そして、土曜のかなり遅くに起き出して、チョン・ギソプに連絡を入れたのだ。

パク・サンウンが席につくやいなや、チョン・ギソプはブリーフィング資料をテーブルの上に広げて説明を始めた。

「こちらがうちのパンフレットでして。これまでやってきた主な事業は、このページにあります。サーッと見ていただいたら、うちの市場の性格がお分かりいただけると思いますよ。それと、こちらが今回のイカサマ大会の概要です。資料はもう、御覧になってますよね？」

「ええ、拝見しました。電話でもお話ししましたが、大会をもう少しスケールアップできたら、と思いましてね」

「もっとスケールアップ、というのは、どのくらいのことでしょうか？」

「最近、テレビでよくやってるサバイバル番組、御覧になってますよね？　歌手のオーディション、俳優のオーディション、なんか、そういうやつです。ああいうふうに、ひとまず規模を大きくしないといけません。地域ごとに予選をして、参加人数も大幅に増やします。参加費は一律一万ウォンずつで、一等になったら国産牛のプレゼント？　町内会の腕相撲大会かなんかですか？　ダメですよ。賞金がものすごくなければいけません。とりあえずお金は、誰でも関心があるじゃないですか？」

「実は、こちらも最初からこんなふうに思っていたわけじゃないんですよ。参加費は制限なしで徴集して、一等になったら二倍出すつもりでした。それが「イカサマ」の大事なところですよね。カネを賭けて、カネを稼ぐ」

パク・サンウンが大きくうなずきながら広報資料にアンダーラインを引いた。

「私は、まさにその言葉に惹かれたんですよ。ここの最初の行、カネを賭けて、カネを稼ぐ、イカサマが帰ってきた！　なのにどうしてルールを変えたんですか？　元通りにしましょう、カネを賭けて、カネを稼ぐ」

チョン・ギソプは正直に答えられなかった。カネが足りなくなるかもしれないと言えば、話がこじれそうな気がした。

「そうすれば、放送されるんでしょうか？　言ってみれば、賭博をけしかけて、賭博を生中継するってことですよね」

「賭博なんて考えたらいけません。総務さんからまず考えを入れ替えるんです。イカサマが、どうして賭博なんですか？　スポーツですよ、頭脳スポーツ！」

「ああ！　頭脳スポーツ！」

パク・サンウンとチョン・ギソプは、それまでセオ市場の商人会で行われた会議を無効化し、ゲームのルールと進行方法をすっかりひっくり返した。変わらなかったのは、セオ市場主催の「在来市場活性化のための大会」というところだけだった。まずは各地方を回って地域予選を行い、本選に出場する参加者を選抜することにした。地域予選はイカサマ大会ではない。瞬発力と観察力、敏《びん》捷性《しょうせい》を測る簡単なコンピューターゲームをやり、深層面接を行う。必ずや一等にならなくてはいけない切実な事情を聴きとるのだ。本選以降はスタジオでの生放送だが、そこからが本格的なイカサマ大会だ。一等の賞金は参加費の十倍。パク・サンウンが強硬に主張して、参加費に制限は設けないことになった。本当に十億、百億を持っていく人が出るかもしれないのだ。だが、一等以外は誰も参加費を返してもらえない。それでも一億、十億を賭けると言うのであれば、止められないが。

大体の話が終わった時刻は夜の八時だった。マラソン会議で疲れそうなものだったが、チョン・ギソプの表情は明るかった。ようやく本音を口にした。

「やっとうまくいく気がしてきました。実は、こちらは賞金のことで、かなり心配してたんです。貧しい市場の商人としては、到底ふみきれなくて。ハッキリ言っちゃいますけど、在来市場のどこにもカネなんてありゃしません。やっぱり放送局は違いますね。広告って、かなりのもんなんだな」

「えっ？　広告収入から賞金を出すってことですか？」

「そういうことじゃないんですか？」

「広告収入は制作費でしかありませんよ。放送の広告っていったって、数十億もらうわけじゃないですからね。それに、全国を回ってロケをして、スタジオのセットを作って、専門家の出演交渉をしてとなったら、どれだけかかることか。制作費に当てられるぶんもカツカツでしょう」

チョン・ギソプはしょんぼりした声で訊き返した。

「じゃあ、賞金は誰が出すんですか？」

「大会の収益があるじゃないですか。一等の一人を除く、他の参加者の参加費。そこから一等の賞金を出して、残った分はおっしゃるとおり、在来市場の発展のために使えばいいんです」

「あっ、そこのところを、うちでも悩まなかったわけじゃなくてですね……」

チョン・ギソプは戸惑った。やっぱり、自分たちの制作費を確保することだけ考えてんだな。そりゃそうだ。

「ですから、万が一、どこまでも万が一の話ですけどね。他の参加者はみんな百万ウォン、二百万ウォンを賭けてるのに、ある野郎が十億賭けて一等になったら、どうします？　入ってくる参加費は少ないのに、一等に渡す賞金が百億だったら？」

パク・サンウンはギクッとした。

「ああ、そこですね。うーんと、それは……そうです、なんで予選をやって面接をすると思います？　実力と経済力を、あらかじめ見ておくってことなんですよ。一等になる実力を持ったヤツがすごい金持ちだったら、そいつは予選で落とせばいいんです。十億、二十億賭けてカネをすっかりスッちゃうヤツだけ、本選に残してやればいいんです。簡単なことです。断言しますけどね、セオ市場は、今回の稼ぎでデパートだって建てられると思いますよ。心配ご無用です」

チョン・ギソプは、アザができるくらい膝を打って感嘆した。

「さすがはＰＤさん！　すごいですね。こっちは一晩中頭にねじり鉢巻きで考えても答えが出なかったのに。じゃあ撮影はいつから始めますか？」

パク・サンウンは居住まいを正して座り直した。膝を揃えてイスに浅く腰かけ、背筋を伸ばして手帳を開いた。

「ああ、私からご説明することがありまして。つまり、私たちは外注制作会社なんですね。放送局ではないわけです。私たちがロケをして、編集をして、番組を作るというのは全部そうなんですが、それを直接出すのではありません。作った番組を持って行くと、放送局でテレビに流れるようにするわけです。ああ、これをどう説明したらいいかな。つまり、簡単に言うと、デパートで売ってるものをデパートで作ってるわけじゃありませんよね？　でしょ？　品物を作っている工場は、別にあるじゃないですか？　私たちはそういう工場なわけで、放送局はデパートってことで。まあ、そうなんです。お分かりになりますよね？」

「あー、ええ。そうなんですね。じゃあ、エンジョイ・チャンネルで放送されるんじゃないんですか？」

「おそらくはエンジョイ・チャンネルで放送されるだろうと思います。ですが、まだエンジョイ・チャンネルと話がすべてついているわけではありません。つまり、総務さんが私に資料を持ってきてくれて、どんなふうに放送をするか相談したみたいに、私たちもまた企画書を作って、エンジョイ・チャンネルの側と、どう放送するかを相談しなければならないんです」

「じゃあ、相談すればいいわけですね」

「ええ、ですから、あらかじめお話ししておきますが、今までの話は、あくまで私の意見でしかありません。エンジョイ・チャンネル側の考えはまた別かもしれませんので、変更がありうることは念頭に置いておいてください、ということです」

「そのくらいの融通は僕だってききますよ。ご心配なく。じゃあ、放送はざっといつ頃くらいでしょう？」

「放送日も、エンジョイ・チャンネルと話さなきゃいけないんです。それ以前に、放送できるか、できないかも、エンジョイ・チャンネルと話すべき問題ですしね」

「あっ、放送にならないこともあるんですか？」

「もちろん、それは最悪の場合です。ですから放送できるよう、うちが企画をがんばって、エンジョイと話さなきゃならないんですよ。うまくやりましょう、チョン総務！」

パク・サンウンはいきなり握手を求めた。チョン・ギソプは、パク・サンウンの手をギュッと握りしめた。しっかり火が通ったエビのように赤く染まったチョン・ギソプの顔から、興奮と意欲が感じられた。チョン・ギソプが帰った後で、パク・サンウンはチョン・ヨンジュンに電話を入れ、近況を訊くフリでチラッとイカサマ大会の話を出した。ちょうど退勤しようとしていたチョン・ヨンジュンは心ここにあらずで、深い考えもなく、新しいな、電話じゃなくて企画書を持ってこいや、と返した。パク・サンウンはチョン・ヨンジュンの返事を非常に肯定的に受け止めて、本格的な企画書作りに着手した。


会議で疲れたのか、翌日パク・サンウンは寝坊した。十時を回る頃、家を出ながらチェ・ギョンモに電話を入れた。三十分後に事務所に到着する予定だ、事務所に着き次第会議をするから、「イカサマ大会」の公式名称と大会の客観性を担保する方法について、企画チームのメンバー、つまり社員全員と知恵をしぼっておけ、という内容だった。

『アイ・ママム』事件以降、会社に残った社員は全部で五人だった。パク・サンウンを補佐する「ハゲワシ五兄弟」〔日本のアニメ『科学忍者隊ガッチャマン』の韓国タイトル〕だった。プライドもないハゲワシ五兄弟は、自分たちだけになるとパク・サンウンを、ハゲワシ五兄弟を操縦するパク博士、と呼んでケタケタ笑っていた。一番年次が高いのが、ネオプロダクション設立当時からいるデスク格のチェ・ギョンモで、その下にＰＤが二人、入社して一か月にもならないＡＤの二人も、ぼんやりしているうちに残留となった。すぐ目の前に迫っている仕事がないから、大半はネットサーフィンをしながら意味のない芸能記事に目を通し、何人かは空いている会議室にこもって、コーヒーを飲みながらおしゃべりに花を咲かせていた。パク・サンウンからの電話に、みんな「突然何の会議だよ」とブツクサ言いながらも、大急ぎで席に戻ってネット検索を始めた。誰もが同じように、検索ワードに「イカサマ」と打ち込んだ。チェ・ギョンモがＡＤに訊いた。

「イカサマ、ってなんだ？　ちょろまかすことを、みんなイカサマって言うのか？」

「辞典的な意味はそうみたいですけど、社長は茶碗をひっくり返して、中のサイコロを当てる博打のことを言ってるみたいですね。みなさん、よござんすか、カネ賭けて、カネ稼いでいきな〜。昨日、あの市場の総務とかいう人と、夕飯を食べながら話をしたんですよ」

チェ・ギョンモはまったく思い出せない様子だった。

「会議をするなら、あらかじめ資料をよこせってんだよな。突然これじゃあ、どうすりゃいいんだよ」

パク・サンウンは、きっかり三十五分後に事務所にやって来た。自席に腰も下ろさずにまっすぐ会議室へ入ると、社員を呼び出した。セオ市場でもらってきた資料をテーブルの上にずらりと並べた。

「簡単にブリーフィングをする。全国イカサマ大会を開くんだ。地域予選を経て、本選はエンジョイ・チャンネルのスタジオで。本選一次の進出者は百人くらいと考えていて、本選に進出するにはギャンブルと同じように、カネを賭けなきゃならない。一等が出るまで、二次、三次と競技は続くことになる。一等には参加費の額の十倍が賞金として手元に渡り、残りは全部ハズレだ。大会の主催はセオ市場という在来市場だが、後でニュース検索をしてみるように。そこも俺たちと同様、生き残りに必死になっているところだ。とにかく、今回の大会の目的は在来市場の活性化だ。イカサマってゲームが在来市場の思い出をよみがえらせる意味もあるし、収益金もやっぱり、在来市場の活性化のために使われるしな。俺たちはこの大会を番組化する。単にセオ市場で開かれる大会を中継するってレベルではなくて、一緒に企画するつもりで、面白くしてみよう。チョン・ヨンジュン本部長に少し話をしたが、関心があるらしい。新しい、ってことだ。賭博という部分だけうまいことラッピングできれば、可能性はある。ここまでの内容で質問はあるか？」

みんな、パク・サンウンが何の話をしているか、一言も理解できず、質問もできなかった。パク・サンウンは答える間も与えずに続けた。

「さっき電話で言ったよな？　とりあえず、急ぎは大会名と客観性の部分だ。イカサマ大会にしてみろ。誰が聞いたって賭博で詐欺じゃないか。ひとまず、大会の名称から新しく決めなきゃいけない。チェ・ギョンモ、考えてみたか？」

「やだなー、僕に先に訊いたらダメでしょ。ＡＤから、順々に訊いていただかないと」

パク・サンウンは、自分のせいで唯一残っていた番組が御破算になっていても、分別がついていないチェ・ギョンモに呆れたが、一人でやっていくからと会社を飛び出しもせずにそばにいてくれただけでありがたく、ぐっとこらえた。昔だったら、チェ・ギョンモの額には即刻穴が開いていたはずだ。

「じゃあ、花札と同じに反時計回りで、右から」

「それって……茶碗の中にサイコロとか玉とかを入れておいて、当てるやつですよね。だから、〈玉探し〉ってするのはどうでしょうか?」

「宝探しでもするつもりか? ふざけてんのか? お前ももういい。次?」

「僕が調べたところ、似たようなマジックがあったんです」

ADの一人が、一枚の紙をパク・サンウンの前に押し出した。マジックの一場面をプリントアウトしたものだった。

「三個の貝殻のうちの一つに玉を入れて、貝殻をシャッフルし、観客に玉を見つけさせるってマジックです。もちろんタネはあって、玉はもともと別の場所に隠してあります。名前は〈スリーシェルゲーム〉です。そこから思いついたんですけど、〈スリーカップ大会〉、どうでしょうか? ゲームの性格もうまく説明してくれますし、英語のタイトルが、それらしく見えませんかね」

パク・サンウンがプリントされた紙をしげしげと見つめた。

「いいな、スリーカップ大会。だな、いいアイディアだ」

手帳にメモをした。パク・サンウンは、すっかり体をADのほうに向けて座り直して言った。

「じゃあ、大会の客観性の部分はどう考える?」

「セオ市場主催の大会、っていう部分が、どうも重みが足りないんじゃないかって思うんです。調べてみると普通の、小さな町の市場でしたし。最初に企画したところだから、そもそも排除するわけにはいきませんけど、もうちょっと信用のある機関と共催のかたちがいいと思います」

「そうだ。セオ市場の側も、放送局との共催というかたちを望んでいる。むろん、費用負担のせいだがな。どんくさい人たちだよ。放送局なら、金庫に札束があると思ってるんだから。放送できるかできないかもわからない段階で、どうやって放送局と共催するんだ？　共催してくれると思うか？　無理に決まってるだろうが。信用のある機関か。たとえば？」

「ちょっと検索してみたんですが、しっくりくるところはありませんでした。全国規模の在来市場協会、的なものもなさそうですし。全経連〔全国経済人連合会。大企業の経済団体〕や小商工人協会〔零細企業の経済団体〕みたいなところは、自分たちとは関係ないって言うでしょう。かといって、どこかの役所を巻き込んでやるっていうのも難しいし。もう少し資料に当たってみないといけなそうです」

「今週中に、企画書を持ってチョン・ヨンジュン本部長と会うことになってる。時間がないんだって。俺たちだって、いけるかいけないかわからないものをダラダラやってられないだろ。明日から本格的な企画書作りに入らざるを得ないから、各自資料を調べて、一時間後にまた集合だ」

誰もが、瞳孔と爪の先から煙が出そうなくらい、ひたすらインターネット上を探し回ったが、妙案はなかった。次の会議でもみんなギュッと口を結んでいた。パク・サンウンも大きな期待はしていない表情だった。

「しっくりくる方法は、ないだろ？」

みんな黙ってうなずいた。パク・サンウンは片方の口の端を大きく持ち上げて笑った。

「だから、一つ作ろうと思う。韓国スリーカップ協会」

「協会を作るんですか？　社長が、ですか？」

「そんな勝手に協会を作って、いいんでしょうか?」
「いいんだよ。社団法人、財団法人、そういうのを作るのは面倒だが、ただの協会は、俺たちだってやろうと思えばできる。ネオPD協会、〈アイ・マム〉解雇者協会、そういうのだって普通に作ればいいんだ。集まって「協会です」ってそう言えば、協会なんだよ。急ぎだから、とりあえずホームページから作って。とはいえ形式は整えなきゃいけないから、定款《ていかん》も作って。スリーカップゲームについての紹介とか歴史も、それらしく入れないと。あ、もちろん嘘はダメな。ただなんとなく、それらしい感じで、うまくやってみろ。会員はセオ市場を通じて俺が集めてみるから。がんばってみようか」
パク・サンウンは、専攻や趣向に従って仕事を振り当てた。面食らったまま、工学部出身のADはスリーカップ協会のホームページを作成した。法学科出身のPDは各種機関の会則や条項を切り貼りして、スリーカップ協会の定款をまとめた。文学創作科出身のADは、大会の紹介と競技方法などを文章にした。そんなふうにたったの一日で、「韓国スリーカップ協会」が作り出された。

――第1章　総則――

第1条（名称）
本協会は、韓国スリーカップ協会（略称　スリーカップ協会）と称する。

第2条（目的）

本協会は、スリーカップゲームの健全な発展と大衆化を通じて、韓国の頭脳スポーツの発展に寄与することを目的とする。

第3条（事業）

本協会は、第2条の目的を達成するため、次のような事業を行う。

1. スリーカップゲームの大衆化に向けた研究活動
2. 協会杯「スリーカップ大会」の主催及び協会公認の「スリーカップ大会」の支援
3. 高水準のゲームマスター（カップを混ぜる役割をするゲーム司会者）を養成するための教育及びマスター資格制度の運営
4. その他、親睦を図るための各種行事

――第2章　会員――

第4条（会員）

本協会会員は、協会の目的に賛同し定款を遵守する者であって、会員3人の推薦と会長による入会承認を得て、会員となる。

第5条（会員の権利と義務）

本協会会員は、協会の諸般の事業に参加することができ、協会公認のスリーカップゲーム教育機関を運営することができ、協会公認のスリーカップ大会のゲームマスターとして活動することができる。

――第3章　役員――

第6条（役員）
本協会に、次の役員を置く。
1. 会長
2. 副会長
3. 総務
4. 執行部

第7条（選出の方法及び資格）
1. 会長
会長は、本協会を代表する任務を行う。

スリーカップ協会正会員のうち、スリーカップゲームマスター1級の資格を持つ者であり、執行部による投票で決定される。

2．副会長
副会長は、会長を補佐する役割を行う。

スリーカップ協会正会員のうち、スリーカップゲームマスター1級の資格を持つ者であり、会長が任命する。

3．総務
総務は、協会の業務を総括する。

スリーカップ協会正会員のうち、会長と副会長の合意を経て選任する。

4．執行部
執行部は、事業の性格にしたがって研究チーム、事業チーム、財政チームとして役割を遂行し、その他、必要に応じて職責を置くことができる。

スリーカップ協会正会員のうち、会長と副会長の合意を経て選任する。

第8条（任期）
すべての役員の任期は1年とし、再任することができる。

第9条（役員に不慮の事態が生じた場合の職務代行）

会長に不慮の事態が生じた場合は副会長、副会長に不慮の事態が生じた場合は総務の順に職務を代行し、早急に執行部会議を招集して新任役員を選出する。

・・・

スリーカップゲームは、ネオプロダクションによって、人類の起源と歴史を共にする自然発生的な遊びに生まれ変わった。スリーカップゲームとは「スリーシェル」「イカサマ」「玉探し」などの名称で呼ばれつつ、子どもの遊びやマジック等、さまざまに形を変えて世界中の人々に親しまれている遊びである。観察力と集中力を高めることができる最高の頭脳スポーツであり、ゲームのルールは単純、道具はシンプルと、いつ、どこでも楽しめる。ただし、カップを混ぜながらゲームを進行するマスターのレベルによって、難易度やゲームの質が決まるという短所がある。ゆえにスリーカップ協会は、ハイレベルなマスターを養成し、協会公認の大会を主催することで、スリーカップ大会の活性化をはかるために設立されたと、スリーカップ大会の歴史と伝統をやみくもにこしらえた。

パク・サンウンにスリーカップ協会を作ろうと言われて、当初チョン・ギソプは合点がいかなかった。パク・サンウンは慎重に言葉を選び、表現を整理して説明をした。大会の規模が大きくなってテレビで生中継される可能性が高い、もちろん、セオ市場が信用不足ということではないが、大会と直接の関連がありながらも商業的でない機関の共催というかたちが良いのではないか。チョン・ギソプは、ちゃんと理解できているかどうかはわからないが、ええ、ええ、ええ、ええ、と言ってうなずいた。パク・サンウンはそれを同意の意味に受け取った。

「ところが、ちょうどいいところがないんですよ。なので、この機会に一つ作ろうと。セオ市場はこれまで、たくさん資料に当たってこられてますし、大会だって共催になるんだから、協会設立に少し力をお貸しいただきたい、というわけです」

「協会を、設立ですか?」

「ええ、スリーカップ協会です。なに、協会なんて大したもんじゃないですよ。志を同じくする仲間で集まって、好きなことを楽しんで、広めてってことでしょ。商人会と変わりません。そこでなんですが、チョン総務に、スリーカップ協会の総務を、お引き受けいただけませんかね?」

チョン・ギソプには、番組のために協会を作るというのが自然なこととは思えなかった。だが、パク・サンウンの話を聞いていて、間違っているとも思わなかった。協会を作ってこそ、大会もできるし、番組もつつがなく放送されるのだとピンときた。そんなことをしていいものやら、と一歩腰が引けるふうではあったが、どうにも総務になる運命らしい、と引き受けた。会長は、セオ市場が見つけ出した七十三歳のイカサマ師、キム氏に決まった。キム氏は、自分がスリーカップ協会、つまりイカサマ協会の会長に推戴《すいたい》されたという電話に、前後の事情もわからないまま喜んだ。

「イカサマ協会まであんのか? 手先だってパクられるんじゃなきゃ、オレはうれしいね。カネも出るかね?」

そして、自分の三十年来の友人である後輩イカサマ師を副会長に任命した。

ADたちは、午前にキム氏が活動しているという五日市に出かけて、四時間走り回って画像を撮影してくると、午後には会議室にカップを積み上げてイメージカットを撮った。ネオプロダクションでの団結大会の写真や各種番組関連の授賞式の写真、セオ市場のイベント写真のようなものをサイトにアップして、スリーカップ協会ワークショップ、協会杯スリーカップ大会授賞式、スリーカップゲームマスター課程修了式と、適当にタイトルをつけた。そう思って見ると、ますますそれらしく見える気もした。ネオプロダクションを守るハゲワシ五兄弟は、パク博士に操縦されるまま、徹夜で自由掲示板やQ&A掲示板に文章を書き込み、質問をアップし、自分たちでそれに回答を書いた。最後のほうになると指先が痺れてきた。深夜三時を回って、PDの一人がブチ切れた。

「これって詐欺師であってPDじゃねえんだよ。あのパク・サンウンの野郎！」

二日で、ホームページはそれらしく仕上がった。パク・サンウンは企画書と協会のホームページからプリントアウトした、結局は自分たちが作った資料を手に、エンジョイ・チャンネルのチョン・ヨンジュンに会いに出かけた。

一週間後、パク・サンウンはチョン・ヨンジュンに呼び出された。

「これ、ひょっとすると賞金が数百億になるかもしれないよな？」

「誰かが数十億賭けたら、そうなるでしょうね」

「賞金は、協会のほうで処理するってことだろ？」

パク・サンウンがうなずいた。チョン・ヨンジュンは組んだ手を首に回すと、考えこむ顔になった。

「つまり、放送に関わる制作費は、こっちでどうにかしなきゃならないってことか？」

「いままでの協会との話では、そうなります。あちらも、参加費を取って大会を運営するわけですから」

チョン・ヨンジュンはなかなか決定しきれないようだった。パク・サンウンの手に汗が流れた。もし協会についてあれこれ問い詰められたらと気を揉んでいた。幸い、チョン・ヨンジュンは、世の中いろんな協会があるもんだな、と言ってそれきりだった。ずっと費用のことばかり訊いていた。

「とりあえず、制作費を一度出してみてくれ。制作費を見て、もう一度話し合って連絡するから」

パク・サンウンはわかったと挨拶をして背を向けようとして、途中で質問した。どうしても心に引っかかった。

「もしかして、大会の性格や番組の進行に関して、何か他に補完したほうがいいことはありませんか？」

チョン・ヨンジュンは手をぶんぶん振った。

「んー、ないない。カネ賭けて、稼いで、っていうのは若干引っかかるけどな。どうせ審議にかけられるのも後の話だって。叩かれようが罰金払うことになろうが、どうにかなるだろ。実際、こっちも焦っててな。なんでもいいから当てなきゃって」

パク・サンウンは、制作費を最低限に見積もった内訳書を作成してチョン・ヨンジュンに送った。とりあえずは企画を通して、番組を作りたいと焦っていた。なんとかなるさ。まさか、カネがつきて番組が作れなかったりして。二日後、チョン・ヨンジュンから電話がかかってきた。

「チームを組んでくれ。放送は六月だ」

放送が確定した。初回は地域予選及びプロローグの収録放送、第二回は本選及びイベントの生放送、第三回は本選生放送、第四回は決勝戦及び授賞式の生放送。再放送と特集番組の追加編成は、視聴者の反応次第だった。このとんでもない番組が編成された理由は、ただ一つだった。新しい。パク・サンウンは、どうせいい言われ方はしないと覚悟してやるんだから、高視聴率を叩き出すんでも、話題になるんでも、一つくらいは当ててくれ、と注文された。こうして、セオ市場の商人会で始められたイカサマ大会は『ザ・チャンピオン(THE CHAMPION)』というタイトルで、本当に番組として放送されることになった。

11

銀行は快適だった。キム・ミングとオ・ヨンミは、振込用紙を囲んで頭をつきあわせた。キム・イルは、子ども向けに銀行が用意していた棒付きキャンディーを舐めていた。飴が全部なくなると、棒をぐっぐっと噛みしめてちゅうちゅうしゃぶった。棒から甘い水でも出るみたいに舌なめずりをして、またちゅうちゅうやった。オ・ヨンミがカゴからもう一つキャンディーを取ってビニールの包み紙を剝がした。キム・イルは、奪うようにしてオ・ヨンミの手元からキャンディーをひったくった。まだビニールが半分ついていたが、お構いなしに口の中へぐっと突っ込んだ。そんなキム・イルの頭をオ・ヨンミが撫でた。キム・ミングは、まだキム・イルを信じることができなかった。

「おい、これって、下手したら俺たち全員路頭に迷うよな。おまえ、うちの息子を信じるのか?」

「母親だから当然信じるわよ。あたしは、うちのイルを信じてる。妊娠中、だてに龍の夢をみてこの子を産んだんじゃないんだから。パパが復職する時、あたしが占いに行ったでしょ? あの時、占い師さんが言ったの。この子が家を栄えさせるって。こういうことがあるから、ああ言ったのよね」

「占い師みたいなこと言ってるよ。あのインチキ占い師の話を信じるのか? 俺が浮気をしてるとも言ってたよな?」

「それは、あたしが浮気されてるみたいって言ったからよ。でも、パパが結局クビになるってこと、当てたじゃない」

「お前が、どうにもまたクビになりそうだから占ってもらいに来た、って話したんだよな？　だから、クビになるって言ったんだよ。お前、イルがこんなふうだって話はした？　子どもの状態がこうだってわかってたら、家を栄えさせるだのなんだの、そういうことは言えなかったと思うよ」

キム・ミングとオ・ヨンミが、イルに自分たちの人生を、正確に言えば、自分たちの所有する全財産を賭けてかまわないかについて熱い議論を繰り広げているあいだ、キム・イルは他人事のように楽しげな表情でふたりのやりとりを聞いていた。キム・イルのその頼りない顔をじっと見つめながらも、オ・ヨンミは、前向きに考えようと努力した。

「イルがどうだって言うのよ？　それでもあたしたち、今まで、イルのおかげで、たくさん恩恵を得たでしょうが」

「正直、たくさんではないよな。イルが若干、埋め合わせしたんだよ」

「ああ、もう知らない。じゃあどうするわけ？　やるの？　やらないの？　嫌なら今言ってよ。まずはとっとと家から取り戻さなきゃ。すぐに入れる家があるかどうか、わかんないわよ。最近、チヨンセの家はなかなか見つからないらしいし」

オ・ヨンミは、多少大げさな身振りでキム・イルの手を取ると、席から立ち上がった。キム・ミングが慌ててオ・ヨンミの手をつかんで座らせた。

「ええぃ、やろう。全部賭けよう」

キム・ミングは、ボールペンを左手に持ち替えて右手を何度か握ったり開いたりすると、再び右手にボールペンを握り直した。ぶるぶる震える手で、振込金額の欄に「50，000，000／五千万ウォン」と書き込んだ。キム・ミングとオ・ヨンミは、参加費を用意するためにチョンセの家を出た。チョンセの保証金五千万ウォン〔約五百五十万円〕は、一家の全財産だった。

「ねえ、イル、あたしたちがどうして新しい家に引っ越してきたか、わかる？　あんた、新しい家がいいって言ってたよね？　あんたさえうまくやれば、もっといい家に暮らせるんだよ。チョンセじゃなくて、本当の自分たちの家に暮らせるんだってば。わかった？」

キム・イルは飴をぺろぺろ舐めながら、いい加減に頭を縦に振った。

「おい、この野郎！　下手すりゃ俺たち、家族三人が路頭に迷うんだ。わかってんのか？　ん？　なんで返事しない！」

キム・ミングの右手がパッと上がった。オ・ヨンミが驚いてキム・ミングの腕をつかんだ。

「何のマネよ？　パパ、本当にどうしちゃったの？　人が見てるでしょうが！　今日からあたしたち、イルのコンディションを整えなきゃなんないのよ。子どもにやたらとそんなマネしないで」

ティロリーン、という軽快なメロディとともに、窓口の数字が点滅した。キム・ミングが番号札と振込用紙、通帳を窓口に突き出した。内心、システム障害が起きるとか、職員がミスをするとか、建物全体が停電になることを願っていた。キム・イルが一等になるより、はるかに可能性の低い出来事だ。親切な窓口の職員は、クレジットカードを作れとかファンドを始めろなどとは言わずに、さくさくと振込業務を処理してくれた。五千万ウォンが確かに振り込まれたという振込明細書とともにパンフレットをよこすと、一足遅れで訊いてきた。

「老後の備えはどうなさってますか？　年金商品のご加入はされてます？」

キム・ミングは振込明細書を受け取ると、返事もせずに背を向けた。不安になる一方で、うまくすれば老後は心配ないだろうな、と思った。

『ザ・チャンピオン』参加申し込みの受付窓口は、エンジョイ・チャンネルの地下に設けられた。窓口の周辺では、すでに何人かが参加申請書を書いていた。未成年者のキム・イルに代わって、キム・ミングとオ・ヨンミが参加申請書と同意書を書いた。キム・ミングは「天変地異、主催者側の不可抗力により大会が中止となった際は、参加費を全額お返しいたします。個人の事情により本選に参加できない場合、参加費は返還されません」という文章にアンダーラインを引いた。オ・ヨンミは、夫がアンダーラインを引いた二つの文章を音読した。返還されません、返還されません、と最後の文章をさらに一度読んだ。

「小学校の六年のあいだ皆勤賞だった子よ。生まれて今まで、お腹の調子がよくなかったことも一度もないし、下痢だって一度もなったことがない。何にもないわよ」

キム・ミングは同意書にサインした。大会規則について十分説明を受け、それに同意し、すべての進行過程で撮影ならびに放送される可能性があることを理解し、積極的に協力する、という内容だった。

オ・ヨンミが受付に行って参加申請書と同意書を差し出した。受付に座って、ノートパソコンをのぞきこみながらクスクス笑っていたネオプロダクションのＡＤは、確認書に金額を書き込んでギョッとした。オ・ヨンミを見上げて、もう一度申請書に書かれた参加費の額を見て、０が何個かを数えてから訊き返した。

「五千万ウォンで、いいですか?」

「ええ、そうです」

ADはノートパソコンで入金内訳を確認すると、低い声で独りごとを言った。どういうつもりだよ。これほどの大金を受け取っていいのだろうかとも思ったが、ぽかんと口を開けている向こうの足りなそうなヤツが、まさか優勝するだろうかとも思った。ADは、スリーカップ協会長の職印が押された参加確認書にゆっくりと「五千万ウォン」と書きこみ、オ・ヨンミに渡した。オ・ヨンミが持ってきた記入済みの参加申請書と同意書をコピーすると、原本は書類綴じに入れ、コピーをオ・ヨンミに渡しつつ、再度確認した。

「事情があって本選に参加できなくても、参加費はお返ししません。ここに同意のサインをしたということで、間違いありませんね? 今から、大会の進行過程はすべて放送されます。息子さんとお母さん、お父さんも、顔が全部出ます。よろしいですね?」

オ・ヨンミはうなずいた。説明を聞いている人より説明している人のほうが緊張して見えた。オ・ヨンミは一瞬、このすべてが詐欺ではないかと思った。しかし、確かにテレビで大会の告知を見たし、放送の予告も見たし、予選の時もカメラ数台がやって来て撮影していた。予選の撮影分は来週金曜の夜に放送されると言っていたから、その時にハッキリするだろう。テレビの番組が間違っているはずはないし、放送局で全国民相手に嘘をつくはずがないと思いつつ、確認書を横に一度、さらに縦に一度折ってバッグに入れた。

オ・ヨンミとキム・ミング、キム・イルは、旅館の月極の部屋を借りて落ち着いた。キム・イルは学校にも行かなかった。本格的な練習をするため、オ・ヨンミとキム・ミングは大会用のカップと玉を購入した。もちろん、スリーカップ協会で販売している公認のカップと玉は、金縁になっているとかでべらぼうに高価だったので、同じサイズの別なカップと玉を買った。カップは大型スーパー三か所を回ってようやく見つけ、鉄の玉は、旅館の近所の文房具店で運よく同じような物を手に入れることができた。小学生が科学の時間に使う玉ということだった。

三人は規則正しく生活した。朝七時に起床すると、リンゴと牛乳をお腹に収めてから順番にトイレに行って、その後、近くの墓地公園を一周した。朝の運動が終わると旅館に戻って、コッヘルでスープを作り電気炊飯器でご飯を炊いて朝食をとった。当初、宿の主人と隣の部屋の人から、くさい、出て行けとひどいことを言われて大騒ぎになったが、数日したら諦めたのか静かになった。朝食の後は、終日部屋にこもってカップの中の玉を当てる練習をした。オ・ヨンミとキム・ミングは、交互に腕が抜けるくらいカップを回した。何度かやっているうちにスピードも出て、それなりにテクニックも生まれた。キム・ミングはカップを混ぜるのが面白くなってきたのか、用もないのにカップで遊んでいた。

「ママ、俺たちうまくいったら、スリーカップマスターだかの資格を取ろうよ。俺たちの実力なら余裕だって」

「うまくいったら、賞金がいくらになると思ってんの？　遊ばなくっちゃ。なんでそんなことしなきゃなんないのよ？」

「そりゃそうだな」

キム・ミングとオ・ヨンミは久しぶりに心がひとつになった。練習は、カップ三個を使ってするときもあれば、四個、五個、多いと十個を置いてすることもあった。カップが多くなるとオ・ヨンミとキム・ミングが一緒にカップを混ぜた。手がぶつかり、カップがひっくり返って転がったりもした。

　自分の親が、背中がびしょびしょになるくらいの大汗をかいて小さなカップと格闘しているあいだ、キム・イルはずっと、ワルツを踊るかのようにくるくる回るカップを焦点の合わない目で見つめていた。そして玉を探り当てた。カップの動きに合わせて瞳を動かすことはなかった。カップが動いている方向に合わせて首を動かすこともしなかった。それでも、毎回正確に玉を見つけ出した。

　訓練は強度を増していった。午前はカップで練習し、昼食の後は騒音適応訓練と聴覚鍛錬訓練をした。騒がしくテレビやラジオをつけた中で鐘を鳴らして何回鳴ったかを当てたり、時計を部屋の中のあちこちに隠しておいて秒針がカチカチいっているものを見つけたり、携帯電話のボタン音を聞いて番号を当てるといった訓練だった。旅館の部屋が窮屈に感じられれば外に出た。

　目隠しをしたキム・イルの前でオ・ヨンミが鐘を振り、キム・イルはその音についていった。在来市場に出かけて、呼び込みの声だけ聞いて店を探しもした。靴下屋、鶏の店、犬肉の店、魚屋、おでん屋。近頃は在来市場でも大声で客引きをすることはあまりなかった。市場での練習は何日も続かなかった。代わりに、空き地にポン菓子を撒いて鳩が何羽集まっているかを当ててみることにした。目をつむったキム・イルは、鳩のクッククックという鳴き声を聴いて、何羽がどこに座っているか、神業のように聞き分けた。部屋に戻る道すがら廊下の隅に立ち、何号室に客がいるかを当てもした。キム・イルが指した部屋からは、間違いなくハアハア言う声が漏れていた。三人は部屋に戻ると残っているごはんとスープを食べ、またカップの中の玉を当てる練習をして、早く床についた。

キム・イルはベッドで、オ・ヨンミとキム・ミングは床に布団を敷いて寝た。キム・ミングは頭を枕につけるなり、やかましくいびきをかいて寝入り、オ・ヨンミはそんなキム・ミングの鼻の穴を塞いだり、顔の向きを変えたり、うるさいと寝返りを打っているうちに、まもなくキム・ミング同様いびきをかき始めた。キム・イルは、ベッドに静かに横たわって二人のいびきを聞いていた。眠れなかった。目をつむって寝ようとした。眠りはますます遠くへ逃げて行って、気配を消していた音たちが、四方から息を吹き返した。

ベッドサイドのテーブルに置かれた卓上時計の秒針がカチカチ、カチカチと回って、冷蔵庫がブーンと唸っていた。テレビも消したし蛍光灯も全部切っているのに、どこからかジーンと電気が流れる音がした。ケーブルテレビの端末機が切れていないようだった。タタタタッ、ネズミの足音。カサコソいう虫たち。あちこちから男女の喘ぎ声が漏れてきた。上の階のどこかでは女が泣いていた。同じ階の端の部屋で男が歌を歌っていた。上の階の廊下では、誰かが酔っぱらったみたいに靴を引きずって、壁にぶつかりながら歩いていた。接合部がかみ合っていない安物の家具がギコッ、ギコッといいながら崩れ、古いレンガとレンガの間がガリガリと音を立てて擦り減っていた。トックク、トック、トック。自分の心臓の音が特別大きく聞こえた。キム・ミングの心臓はややゆっくり、オ・ヨンミの心臓はやや早く打っていた。三人の心臓の音が、トクトクトクトクトクトクトクトク、部屋の中に響いて、血管を流れる血はたまにキーッと金切声を上げたかと思うと、ドクドクドクとほとばしりもした。プールで、ひたすら長いウォータースライダーに乗っている気分だった。キム・イルは頭まで布団をすっぽりかぶった。柔らかい布団がふわっ、と持ち上がったかと思うと、ぷわん、と降ってきた。耳を塞いだ。狭い耳の穴に押し込まれた空気が、産毛を通りぬけて鼓膜を叩いた。

天井を仰いで体をまっすぐにした。避けられなかった。見ないでいることはできるし話さないでいることもできるが、聞かないでいることはできない。キム・イルはぎゅっとこぶしを作って、自分の頭を強く二度、ゴンゴンと殴った。

「この、ポンコツ」

左の目から涙が流れた。目をつむると、右の目からも涙が流れた。右の目から流れた涙が、右の耳へ入っていった。小指で耳の穴をほじくると、ぎちゅ、ぎちゅと音がした。あまりに大きくて不快な音だったために、他の音が聞こえなくなった。いっそこの音の方がマシだと思った。左手の小指に唾をたっぷりつけて左の耳の穴もほじくった。ぎちゅ、ぎちゅという音が頭の中いっぱいに響いた。キム・イルは、一晩じゅう指に唾をつけては耳に入れ、また唾をつけては耳に入れしているうちに眠りについた。

翌朝、目覚めたオ・ヨンミがキム・イルを起こそうとして仰天した。オ・ヨンミは、キム・イルを起こす代わりにキム・ミングをつんつん突いた。頭を掻きながらキム・ミングが起き上がった。

「いま何時？」

「ちょっと、この子見てよ」

キム・ミングは目をこすって、ベッドの上のキム・イルを見上げた。キム・イルは両側の耳に小指を突っ込み、笑いながら寝ていた。

「あたしたちが、あまりにストレスかけすぎたみたい」

「ストレス？　そんなことわかるようなヤツじゃないさ」

キム・ミングが頭を掻いて長いあくびをし、もう一度横になった。オ・ヨンミは心配げなまなざしでキム・イルを見つめ、慎重に耳から小指を外してやった。息子の両腕をきちんとおろして布団をかけ直した。ぷわん、と音を立てて布団がかかると、キム・イルが眉をひそめた。オ・ヨンミも再び横になった。キム・ミングがまたいびきをかいて、オ・ヨンミはずっと寝返りを打っていた。久しぶりに三人は寝坊した。午後からまた練習をした。キム・イルは普段どおり誠実に練習をこなし、一度も間違えずにカップに入った玉を見つけ出した。オ・ヨンミはようやく少しホッとした。

12

『ザ・チャンピオン』第一回は、いわば一種の宣伝番組のようなものだった。当然だった。誰もスリーカップゲームのことを知らなかったし、誰もお金を賭けて稼ぐことがテレビ番組として放送されるとは想像もしていなかった。スリーカップゲームについての解説と破格の大会ルール、賞金の支給方式に関する説明が番組の半分以上を占めていた。そこに○×クイズやパズル、簡単なボードゲームといった地域予選での撮影分と、参加者たちのビハインドストーリーやインタビューが追加された。薬売り、イカサマ、農楽隊の演奏など、在来市場の思い出を呼び覚ます映像も十数分放送された。もちろん、セオ市場で撮影されたものだ。

放送全体を通じて、参加者はお金を賭けなければならず、優勝すれば掛け金の十倍が賞金として与えられる、という点が最大限アピールされた。司会者は、「お金」「賞金」「宝くじ」「大当たり」「ジャックポット」という単語を絶え間なく口にした。「天文学的な金額」「最高賞金」「人生逆転のチャンス」といった刺激的なスーパーが画面を埋め尽くした。非難が集まるポイントだが、売りになるポイントでもあった。

反応は予想通りだった。第一回の放送が終了するなり、放送内容をただ書き写すだけの複数のネット新聞とスポーツ新聞が、しめたとばかりにその奇妙な番組に物言いをつけた。久しぶりに餌食を見つけたらしかった。記者たちは、最悪中の最悪、賭博を助長する番組とさんざんこき下ろした。非難は口コミで広がった。時間差で番組の動画が出回った。番組ホームページから有料でオンライン視聴する人も多かった。異口同音に世も末と言い、舌打ちした。オンライン掲示板には番組を非難する内容があふれ、一部日刊紙でも関連記事が掲載された。うち一つは社説で、行きつくところまで来たテレビ対ケーブルチャンネルの過剰な視聴率競争について批判した。四方八方で『ザ・チャンピオン』への悪態が飛び交っていた。エンジョイ・チャンネルは、悪態であれ賞賛であれ、関心が集まっているタイミングを逃してはならないと、『ザ・チャンピオン』の再放送を週三回編成した。

その渦中で、一攫千金以外希望がない時代への逆説だの、競輪、競馬同様、国家主導のギャンブル産業に対する遠回しの非難だのという、思いもよらない分析をする評論家たちもいた。視聴者の意見も分かれ始めた。非難一色だった掲示板は、おもしろい、第二回が楽しみ、もっと行き当たりばったりのドラマだって多いのに何が問題だ、大会参加者たちの事情に胸がじんとした、といった感想が続いた。収益金をよいことに使うなんて、自分も参加したいという意見もあった。エンジョイ・チャンネルの掲示板とニュースポータルサイトにはコメントが連なり、コメントにコメントがさらに書きこまれた。自分たちだけで、放送は止めるべき、その必要はない、と大騒ぎしていた。当のネオプロダクションは、叩かれていることなど気にかける余裕もなかった。生放送の準備に追われて、どこで不評を買っているかさえわかっていなかった。チョン・ヨンジュンがパク・サンウンを呼び出した。

「最近、ネオは忙しいか？　もう一つチームを編成できないかな？」

目立っている参加者を別途ロケして、特別番組も放送しようということだった。取り急ぎチームを作り、一度もロケに出たことのないADまでがカメラを担いでとりあえず出動した。絶対に一等になって、賞金を母親の関節手術に当てたいという三十代の失業者もいたし、結婚資金が必要だという結婚間近の男性もいた。未来の花嫁とその家族が応援に乗り出していた。授業料があまりに高いため、それを稼ごうと出場した大学生もいたし、自分には超能力があってカップの中に玉が見える、宇宙からのメッセージを伝えにきたと言う五十代の中年女性もいた。

第二回から、本格的なスリーカップ大会が繰り広げられた。地域予選を通過した人は全部で百人。うち、八十二人が本選に参加した。十八人は本選進出を断念したのだ。参加費を払わなかったのだ。参加費があると知らずに予選に出て、お金が必要と聞いて悪態をつきながら辞退した人もいたし、どうせ優勝の可能性はないと参加費を払わない人もいたし、第一回の放送後にさんざんひどいことを言われて出場を取りやめた人もいた。

参加費を払った人は多かったが、思いのほか金額は少なかった。たった百ウォン、千ウォンの参加者もいた。大会を真剣に考えていない人々だった。放送局を見学するのも楽しいし、テレビに出るのも物珍しいし、スリーカップだかなんだかのさえない大会も笑えると思って参加した、というだけだった。そういう人たちは、リハーサルが終わるなり、局内をぶらぶら見学して写真を撮るのに忙しかった。迷路のような建物をさまよってスタジオに戻れなくなり、出場できなかった人もいた。十回以上電話をかけ、FD《フロア・ディレクター》が直接探しにも行ったがすれ違いになった。結局、放送終了直前にもたもたスタジオに現れたものの、残念がっているようにも見えなかった。そんな人たちは舞台でも積極的ではなかった。カメラを向けられると、恥ずかしがって困ったようにへらへら笑い、回答は「はい」あるいは「いいえ」だった。お金を多く出しているわけでもないし、コントロールもきかなかった。

他方、一千万ウォンを超える大金を参加費に支払った出演者も複数いた。一等になれるという確信に満ちた類いの人々だった。だからといって練習し、努力するというわけではなかった。言わば、一種の啓示を受けた人たちだった。祈りへの答えとして聞いたという人もいれば、夢に大統領だか死んだ両親だかが現れたという人もいた。宇宙からのメッセージを伝えるためにやってきたという自称超能力者も、一千万ウォン賭けていた。結局はすっかりふいにしかねない巨額の参加費と、ひょっとしたら受け取ることになるかもしれない億ウォン台の賞金に関心が集まった。その人たちは大金を賭けているぶん、大会への態度も積極的で真摯だった。ずっと祈っていたし、自分だけの儀式でもするように怪しげな手つきや足払いを見せ、ぶつぶつ呪文を唱えたりもした。

自称超能力者は意外に善戦した。十人ずつ行われた第一ラウンド、第二ラウンドまで生き残った。自分が選んだカップから玉が出てくるたびに、顔を上げ、喉を鳴らして奇妙な声を発した。観覧客がククッと笑った。司会者も笑いをこらえながら質問した。

「お祝いのセレモニーなんでしょうか?」

「あの方に、状況をお知らせするんです。地球人の言葉は、おわかりになりませんから」

「ああ、なるほど。その方は、なんとお答えになりましたか?」

「軽挙妄動を慎んで、落ち着いて声を聞け、とおっしゃいました」

軽挙妄動をやらかした超能力者は、第三ラウンドで敗退した。敗者復活戦でも復活できなかった。

彼女は、もう一度だけ機会をくれ、スタジオがうるさくてあの方の声を聞き取れなかったと、寝そべって大暴れした。困惑した司会者が、すいません、すいません、と言いながら起こそうとしたが、微動だにしなかった。しばらくしてスタッフ三人が舞台に上がって、超能力者を立たせようとした。超能力者は、超能力というより怪力に近い力を発揮してがんばった。

「どこで汚い手を使っている？　こんなことをして、真実を隠し通せると思うのか？　離せ、離すのだ！」

パク・サンウンは副調整室で、修羅場と化したスタジオをモニター越しに見ながら大爆笑していた。隣に座るスイッチャーが、パク・サンウンを上から下までまじまじと眺めた。

「パクPD、カットかえないのか？　これ、放送事故だぞ」

「もうちょっとこのままでいきましょう。面白いじゃないですか。視聴者もこういうのが好きなんですよ」

スタッフがさらにもう一人、舞台に駆け上がった。超能力者が制圧され、ずるずると引きずり降ろされる頃になって、ようやくパク・サンウンは映像を司会者のカメラに切り替えた。司会者は必死に笑顔を作っていたが、大汗をかいて鼻の頭がてかてかしていた。彼は、堂々と汗を拭きながら巧みに司会を続けた。

「私のほうが脂汗をかいてしまいました。これまで、生放送の司会はずいぶんとしてきましたが、こんなに慌てたことはなかった気がします。いずれにしましても、ようやく敗者復活戦まで終了しました。来週、本選第二次大会からは、すべての競技が個人戦になります。そしてさらに重要なのは、もはや敗者復活戦がないということです。たった一度の選択が、かれらの運命を、人生を変えるのです！」

出演者たちは有名人になった。第二回放送後、ネット上には数人の参加者の過去の画像がアップされ、かれらの語っている事情が大嘘だという暴露も続いていた。見かけがまあまあだったり、洗練されたマナーを見せたりした数人は、芸能人も顔負けの人気になった。なかでもキム・イルは断然目立っていた。貧しい両親と障害のある息子という事情、キム・イルのかなり整った顔立ち、五千万ウォンという最高の掛け金。キム・イルが一等になったら、賞金はなんと五億〔約五千五百万円〕だった。どうして参加したのかと司会者に問われて、キム・イルはオ・ヨンミに言われたとおり、素直に答えた。

「ママ、パパに、家を買ってあげたいです」

オ・ヨンミは隣で涙をぬぐった。

「ご覧の通り、うちの息子は他の子に比べて幼くて、純粋です。この子が予告を見て、自分もできそうだって、そう言ったんですよ。他に欲はありません。これもできない、あれもできない、毎日バカにされて落ち込んでた子に、自信を持たせてやりたかったんです。ママ、パパは、うちの息子を信じてるって、言ってあげたいんです」

見え透いた嘘だった。しかし奇妙なことに、観ている人は胸を打たれた。化粧っ気ひとつないオ・ヨンミは目尻を赤くして、鼻までビーッとかんだ。旅館の部屋で再放送を見ながら、キム・ミングは布団をグルグル巻いて寝っ転び、ケタケタ笑った。

「よっ、オ・ヨンミ！　お前は女優《ヨウ》だな、女優」

「当然よ。キツネ《ヨウ》とは暮らせても、クマとは暮らせないって言うでしょ」
ネット上にキム・イルのファンサイトができた。「花の天然　キム・イル　ファンカフェ」と「イケメンおバカ、キム・イルの五億日記」というサイトが、互いに自分たちが公式ファンサイト一号だと言ってゆずらなかった。どこから流出したのか、キム・イルの卒業写真、遠足での写真、幼稚園のおゆうぎ会の写真までサイトにアップされた。女か男か見分けがつかないとか、子どもの頃からファッションリーダーだったとかの外見についての感嘆はもちろん、やさしそう、それとなくまなざしにカリスマが漂っている、子どもなのに腕がたくましい、と言い、何人かの女性はぞっこん、結婚したいと書き込んでいた。オ・ヨンミは、イルも結婚はできそうだな、と安堵した。

チョン・ヨンジュンが注文した通り、『ザ・チャンピオン』は大きな話題になった。何に使うかの追跡調査は不可能だが、とにかく大型スーパーでのカップと玉の売り上げが前月対比三〇％ほど増加し、頭脳スポーツブームでボードゲーム、囲碁、将棋が再び人気を集めた。また別のチャンネルで、チョン・ギソプの当初のアイディアだったダーツ風のゲームを素材にしたサバイバル番組も登場した。チョン・ギソプは先に著作権を登録すべきだったと残念がり、チョン・ヨンジュンはクリエイティビティのない奴らだとあざ笑った。

チョン・ヨンジュンはパク・サンウンに、競技だけに集中せず、もう少し出演者を前面に押し出すよう注文をつけた。どうしたら彼のお眼鏡にかなうかとパク・サンウンが悩んでいると、ＡＤの一人がサイン会を提案した。ファンのためのゲリラサイン会で話題作りをし、サイン会のシーンを撮影して第三回の放送で流そうというのだった。パク・サンウンは、事前に告知もしていないし、出演者は大した有名人でもないのに、誰がサインをもらいに来るだろうといぶかったが、ＡＤは大盛況を確信していた。

第二回放送時点で生き残っている三十人の出演者のうち、二十四人がサイン会に参加の意向を明らかにした。当日の朝『ザ・チャンピオン』ホームページにサイン会の告知をアップして、イベントの二時間前にエンジョイ・チャンネルの建物の一階ロビーにブースを設けた。イスとテーブルが一列に置かれて、カメラや撮影機材などがセッティングされた。その段階になっても、パク・サンウンは確信が持てずにいた。サイン会の一時間前から、人々が列を作り始めた。花とプレゼントは基本で、横断幕やプラカードまで登場した。ある男性出演者の中年女性ファンは、手作りの弁当をスタッフみんなに配った。約束の時間になると、エンジョイ・チャンネルのロビーは人であふれかえった。建物の外まで長い列が伸びているだけでなく、壁に沿ってとぐろを巻いていた。クレーンカメラで俯瞰を撮っていたカメラマンが、モニターを見ながら、完璧にマッチ箱だよ、人だかりで真っ黒だ、と言った。

少しして、出演者たちが登場した。ロビーはあっという間にもみくちゃになった。それぞれが希望の出演者にサインをもらおうと前に走りだし、割り込み、なんで割り込むんだとケンカになった。写真も撮ろうという人々、時間をかけるなとイラつく人々、なんで怒鳴るんだという人々の間で、大小さまざまの言い争いが続いた。制作側が準備した紙はあっという間に底をつき、人々は自分の手帳やノート、服や手のひらにサインをもらっていった。

修羅場ではあったもののなんとか続いていたサイン会は中断される事態となった。エンジョイ・チャンネルに勤務する警備員やスタッフだけでは人々を到底おさえこめず、警察が出動した。どんなに待ってもキム・イルが登場しなかったからだ。お揃いのTシャツを着てやってきたキム・イルのファンクラブの会員が抗議の声を上げ始めた。そこでようやくADがイスに上がって、キム・イルは個人的な事情でサイン会を欠席だと伝えた。キム・イルのファンは、なぜ事前に告知しなかったのか、現場ででも知らせるべきだったのではないかと怒声になった。キム・イルのいないサイン会に何の意味もない、と大暴れをし、他の出演者のファンが、どうして意味がないんだ、キム・イルがそれほど大したものか、と受けて立ち、サイン会場は一瞬にしてキム・イルの二つのファンクラブ、他の出演者のファン、スタッフに分かれての言い争い、ケンカ、罵り合いになった。

「やめてください！」

大きなクマのぬいぐるみを手にキム・イルを待っていた一人の女の子が、泣き出して声を張り上げた。待ちくたびれてがっかりした他のファンも泣き始めた。キム・イルのファンが涙ぐみながらキム・イルの名前を連呼すると、他の出演者のファンも、負けじと名前を叫び歌をうたった。修羅場は、今度は一瞬にして涙の海となった。厳密に言えば制作側の準備不足、完全に失敗のイベントだったが、大勢が押しかけて警察まで出動したという事実だけで、番組の広報の役割は十分に果たしていた。

サイン会だけではなかった。キム・イルは、すべての追加ロケと特別番組への出演を拒んでいた。平凡ではないキム・イルにとって負担になる、というのが理由だった。実は、練習するためだった。放送に顔が出るとか出ないとか、有名になるとかならないとかという問題は、この家族にとってまったく重要ではなかった。持っている全財産を賭けたのであり、必ずや一等になって、十倍の賞金を手に入れなければならなかった。重要なのはお金だけだった。

スタートは上々だった。第三回へ進出を決めた者のうち、ただの一度も失敗していない参加者はキム・イルだけだった。十人ずつ行われる三度の団体戦と一度の個人戦、高得点者で行われた別の一度の団体戦、そのすべてで、キム・イルは玉を見つけ出した。キム・ミングとオ・ヨンミは興奮した。このまま進むだけでキム・イルは一等だ。かれらが賭けた全財産五千万ウォンは、五億ウォンとなってかれらの元に戻ってくるのだ。多いといえば多い、多くないといえば、これまたさほど多くない金額。今どき五億あるからといって人生は変わらないし、一生遊んで暮らすこともできない。だが、そこそこ悪くない町で、家族が住むのに手狭ではないマンションの一室を買い、中型車も一台ゲットし、気分を出してちょっと外食だってできる。そうしたって多少おつりがくる金額だ。オ・ヨンミとキム・ミングには、一生働いても触れることのできない金額だ。

第三回の放送でも、キム・イルは善戦した。やはりただの一度も失敗しなかった。司会者は、第三回から敗者復活戦はないと予告していたが、何度かゲームを進めた結果、キム・イルを除くすべての出演者が脱落という事態になった。やむをえず敗者復活戦を行って、決勝戦進出者の十人を選んだ。そんな状況だったから、キム・イルはますます目立った。

オンラインを中心に、キム・イルが達成した信じがたい成果は、果たして運か実力かという議論が巻き起こった。はじめは「運」という主張が優勢だった。番組『ザ・チャンピオン』はしつこく、スリーカップゲームが観察力と集中力を必要とする頭脳スポーツだと主張していたし、エンジョイ・チャンネルは、さまざまな特別番組や報道資料を通じて、「隠れた天才」「集中力の力」「たゆまぬ練習の秘訣」と、キム・イルに相談もなく持ち上げていたが、無駄なことだった。数学オリンピックかなんかのつもりか、じゃんけんにもコツがあって、サイコロだって練習すれば六が出るようになるのか。要するに常識人にとって、イカサマはあくまでも勘で賭けてカネを稼ぐだけのことだった。

しかし、ただの運と見るにはあまりにも運が良すぎた。三個のカップで進められた第二回、第三回の放送で、キム・イルは十二回の競技を行い、すべてで玉を見つけ出した。五十万分の一にもならない確率だ。もちろん、八百万分の一という宝くじの一等が毎週、多いときは十人に降り注いでいる世の中ではあるけれど、それは、あくまで大韓民国の国民の慎ましさと粘り強さ、宝くじへの愛情と情熱が成し遂げた奇跡でしかない。五十万分の一だって、「可能」よりは「不可能」に近い数字だった。それに、じゃんけんとサイコロにもコツはあった。相手の表情や手の動きをよく読みとり、自分の手を明かしたり隠したりという方法で心理戦を繰り広げれば、簡単にじゃんけんに勝つことができる。サイコロだって、握って、回して、放る方向や力を調節すれば望みの数字が出るように投げられる。スリーカップだからといってコツがないはずがない。キム・イルはものすごい秘法を体得しているのだろうという主張が、次第に信頼を得ていった。

同時に、ゲームマスターに関心が集まった。キム・イルがマスターの性格や習慣、好みを把握しているのだろうという推測だった。マスターはスリーカップ協会の副会長で、会長のキム氏の古い友達だった。何人かのネット住民の分析によれば、マスターは左のカップに玉を隠す場合が最も多い。カップを長い間混ぜていれば、正解は真ん中のカップだ。最後に手を触れたカップに玉のある確率は、三分の一よりも高い。カップをすべて混ぜ終わったあとは、決して玉が入っているほうを見ない。実は半分ほど当たっていて半分ほどは間違いだった。しかも、決戦ではカップが五個に増えるから、状況はやや変わってくる。制作側は、それでも気を遣ってほしいとマスターに頼んだ。彼は、どれも下らねえ話だよ、とニヤリと笑った。

「笑わせるなってんだ。認められてねえ分野だからアレだが、実力で言ったら、オレは人間国宝級よ。確率がどうした。オレの胸三寸さ」

さすがに図々しかった。しかしその図々しさのおかげで、初のテレビ出演、それも生放送で一度もミスをすることなく、自分の役割をきちんと果たせていた。人間がゲームの進行をしているからには、どうしたって難易度や公正さについてあれこれ話が出るものだが、そういうこともなかった。同じレベルではどのゲームでもスピードと時間を一定に保った。カップを投げ、受け、テーブルに転がすといった驚きのテクニックもたまに披露して観客を圧倒した。

そうであろうがなかろうが、オ・ヨンミとキム・ミングは必死にカップを混ぜ、キム・イルは黙々と玉を見つけ出した。決選まであと一週間だった。オ・ヨンミとキム・ミングは、五億をもらったら何に使おうと夢に胸を膨らませていた。キム・イルの夢には玉が出てきた。人の顔のように大きな玉が、ごろん、ごろんと転がって道を塞いだ。玉には口がなかったが、実は目も、鼻も、口も、全部なかったが、こう言っていた。あたし、どーこだ？　あたし、どーこだ？

第三回の放送が終わるやいなや、チョン・ヨンジュンがパク・サンウンを自室へと呼びつけた。パク・サンウンはスタジオの後片づけを後輩に任せると、十階の本部長室に上がった。チョン・ヨンジュンはパソコンの前に座っていた。

「ちょっとこっちに来て見てみろって。今、ネットは大騒ぎだ」

「帰ってなかったんですか？」

「放送を見て、お前の顔も見て、それからと思ってな。お疲れ。さすがパク・サンウンだな」

チョン・ヨンジュンは挨拶もなしに隣のイスを引いて、ぽんぽん、と叩きながらパク・サンウンを座らせた。エンジョイ・チャンネルのホームページはアクセスが集中して接続不能の状態だった。ポータルサイトのリアルタイム検索ワードは、「ザ・チャンピオン」「スリーカップ」「スリーカップゲーム」「エンジョイ・チャンネル」、そして「キム・イル」を含む大会参加者たちの名前で埋めつくされていた。番組内容を中継するかのようなインターネット記事のアップが続き、個人のブログやTwitterでも、番組への感想や出演者についての意見が上がっていた。

「第二回の視聴率は八・二だったかな？　今回は十を超えられるだろう。エンジョイ・チャンネル開局以来、最高の視聴率だ。うまくすれば地上波も狙える。あんまり騒がれてるから、気になって視てるんだろうな。パク・サンウンはまだ死んでない。本当に、大したもんだ」

「みんな先輩のおかげです。信用してもらって、助言ももらって、チャンスもいただいて。感謝しかありません」

「何言ってる。感謝するのはこっちだよ。ネガティブな話は気にせずに、とりあえず、うまく番組をしめくくれよ」

「わかりました。ご心配いりません」

「これは、もう少し後でもいい話なんだが、長い目で見ていこう。シーズン制で行こうかと思ってるんだ。シーズン2も、念頭においてくれ。それと、金曜の夜にやってたランキング番組、あるだろ。あれを打ち切りにして、もう一本サバイバル番組を編成するつもりだ。それもネオに一度任せようかと思っている。俺が前のめりすぎるかな？　ともかく、来週の放送を無事終わらせて、ゆっくり休んでからおいおい話そう。そうだ、来週も特別編成やるぞ。俺の見たところ、キム・イルってガキ、アイツが台風の目だな。アイツに密着ロケして出そう」

キム・イルが台風の目だというのは、誰もが思っていることだった。

「うちでもずっとキム・イルの母親を説得しているんですが、なかなか簡単じゃなくてですね。ご覧の通り、少し足りない子です。親は、子どものストレスになったり驚かせたりするんじゃないかと、別途カメラに追いかけられることをひどく嫌がってるんですよ」

「あんなに照明が強くて音楽もやかましいスタジオに出てて平気だったんだろ、何言ってんだ。とにかくロケしろ」

「うちもそう思ってます。うまく説得してみます」

「アイツが必ず一等にならなくちゃいけない。なーに、そうなるだろうがな。そうしたら、番組が終わってからも、しばらく話を引っぱれるって。ギャンブルだ、賭博だって話もすっかり鳴りを潜めるだろうし。アイツが一等になったら、番組が終わった後もアイツとその親をずっとロケして、さらに編成を組もう」

「ええ、わかりました」

「今週は、必ずアイツをロケしろよ。明日の昼にまた電話で話そう。今日は本当にお疲れだった。あと少し、よろしくな」

パク・サンウンは、九〇度に体を折って挨拶をした。首がつながった！　翌週の放送が終わったら仕事がなくなることが、最大の心配事だった。『ザ・チャンピオン』後を準備する暇もなかった。

『ザ・チャンピオン』ひとつを毎週放送するのだって大変だった。社員がすっかりいなくなったネオプロダクションは人手不足だった。おまけに、『ザ・チャンピオン』に多くの関心が集まると、エンジョイ・チャンネルでは関連番組をやたらに編成しては押し付けてきた。放送事故にならなかったのが幸いなくらいだった。だからといってパク・サンウンが有名人になったり、大金が転がりこんだりということもなかった。『ザ・チャンピオン』はあくまでエンジョイ・チャンネルの番組であり、制作費は予想していた通りカツカツだった。収穫があるとすれば、久しぶりにバタバタ忙しくなって、社員の士気が高まったことぐらい？　パク・サンウン以下ネオプロダクションのスタッフが、水かきも裂けるくらいに水面下で足をバタつかせている間、白鳥のごとく優雅に実《じつ》をとる人間は別にいた。再放、三放、四放、五放まで放送を繰り返し、どんどん広告費を稼いでいるエンジョイ・チャンネルと、高額の賞金をもらう優勝者。おそらくはキム・イルだった。しかし、エンジョイでまた番組を任せてもらえるなら希望はある。パク・サンウンから鼻歌が出た。今回大ヒットだったんだから、次回は制作費をもう少し上げてくれって言わないとな。

エレベーターを待っていると、ポケットで携帯が振動した。放送が終わってから、ずっと電話が鳴りっぱなしだった。番組を見たと知人が連絡をくれているんだろう。いちいち答えたり返信したりするのが面倒で、取り出してもいなかった。実はあいつらだって、どこにこんなとんでもない番組があるか、と悪態をついているはずなのだ。パク・サンウンは妙に一人で興奮した。悪く言え言え、羨ましいからなんだろ、羨ましいから。そうしてふと気になった。愚鈍も、番組を見ただろうか。俺がやってるって噂は聞いただろうか。聞いただろうよ。聞いたら見てるだろうよ。愚鈍もメールを送って来たかな。パク・サンウンは携帯を取り出して着信履歴を確認した。チョン・ギソプ総務、チョン・ギソプ総務、チョン・ギソプ総務、チョン・ギソプ総務、チョン・ギソプ総務……チョン・ギソプは、電話をくれというメールも残していた。一緒に仕事をしているPDや作家のものも間に挟まっていたが、ほとんどはチョン・ギソプだった。愚鈍のはなかった。愚鈍は本当に、メール一通よこさなかったんだ。パク・サンウンが、羨ましいからなんだろ、羨ましいからなんだろ、と言いながら履歴をまた見ていると、ちょうどチョン・ギソプから電話が来た。チョン・ギソプはいきなり大声を張り上げた。

「なんで、こんなに電話に出ないんですかっ?」

「ちょうど放送が終わって、後片付けをしてたんですよ。何か、急ぎの用でしょうか?」

「PDさんは急ぎじゃないんですか? こうしてて、キム・イルとかいうヤツが本当に一等になったら、どうするつもりです?」

「え?」

「アイツが一等になったら五億ですよ。パクPDさんが五億、くれるんですか?」

「いま、何のお話でしょう?」

「こっちは、カネがないんですって。あの、おかしくて足りないヤツにやる賞金がないんですってば。パクPDさんは、賞金が参加費より多くなることはないって、おっしゃいましたよね? あまりに大きな金額を賭ける人は、はじめから外してしまうって言ってたでしょ? なのに、アイツが一等になりそうなんですよ。何のズルをしたのか、人を惑わす才能があるかは知らないけど、今のままだと、アイツが一等ですよ。五億やることになるんですって!」

パク・サンウンは、参加費が合計でどれほど入ってきたのか、正確には覚えていなかった。最初から気にして見てもいなかったし、毎週の放送に追われているうちに、そんな問題は完全に忘れていた。チョン・ギソプの話からすると、五億には届かないらしかった。それも、ものすごく足りないらしい。だが、既にことは始まってしまっている。パク・サンウンは周囲を窺いながら、声を潜めて言った。

「うちはただ制作費をもらって番組を作ってるだけじゃありませんか。参加費を受け取ったのもそちらだし、余ったら使うのもそちら、賞金を出すのもそちらでしょ。今さら何をおっしゃってるんですか？」

「そちらってどちらですか？　セオ市場じゃないですよね。スリーカップ協会？　それはうちが作ったんですか？　あれは、パクPDさんが作った幽霊団体じゃないですか。今からだって全部ひっくり返しましょうよ。なかったことにすればいいんです。でなきゃおしまいですよ。参加費だ？　うちでは、ビタ一文手をつけてませんから。全部、持ってってってください。持ってって使うなり、また返金するなり、お好きにどうぞ。うちは手を切りますから」

「それはまた無責任なお話ですね。今になって手を切る、ですか？　ひとまず、放送がきちんと終わってからにしましょう。来週になれば全部終わります。終わってから、じっくりまたお話ししましょう」

「無責任ですって？　今、無責任なのはどっちだと思ってるんですか？　すっかりやらかしといて、純粋な市場の人間に押し付けてるのは誰なんですか？　ひとまず放送が終わったら、その後のことは誰が責任取るんです？　僕がね、このまま黙って放送を終わらせるとでも思ってるんですか？　僕はマヌケじゃないですよ。インターネットに、ぜーんぶ出しますから。スリーカップ協会だなんだ、ぜーんぶ出まかせだってアップしますよ」

パク・サンウンはあの夜を思い出した。一晩中、視聴者掲示板を確認しながら事由書を書き、録音記録を作り、涙に暮れるPDと作家をなだめていた夜。

「ちょっと待ってください、ちょっと待ってくださいよ、総務さん。どうしてそう極端なんですか。顔を見てお話ししましょう。今日は遅すぎるので、明日の朝、私が市場に行ってお目にかかります。とりあえず落ち着いて、今日はお休みください」

「商人会のメンバーは、みんな事務所に集まってます。こっちはこのまま眠れません。今来てくださいよ」

「ええ、わかりました。今行きます」

パク・サンウンは地下駐車場へと降りた。どこに車を停めたか思い出せなかった。地下三階を四、五周し、ひょっとしたらと思って、さらに一階下がった。車は地下四階にあった。手が滑ってキーがうまく差しこめず、エンジンもかからなかった。四回目にエンジンがかかって車を出すと、ガガガガッと音がした。柱にサイドミラーを軽く擦っていた。自分が焦っているという事実に、パク・サンウンはプライドが傷ついた。叫びながら携帯を投げつけた。携帯はフロントガラスに取り付けられたカーナビに当たって落下した。すぐにカーナビも落下した。パク・サンウンは、カーナビも放り投げた。長い溜息をついてから出発した。仕方なくセオ市場へ向かった。無我夢中でアクセルを踏みこんだら、恐いくらいにスピードが出た。車の床のどこかにひっかかったカーナビが切実な声を上げた。

「時速、七十キロ、時速、七十キロ、時速、七十キロ!」

13

『ザ・チャンピオン』以降、セオ市場は有名になった。第一回放送の翌日、番組を見たと学生たちがやってきて、壁画の前で写真を撮っていった。チョン・ギソプは親切に訪問客を案内してやりながら、横柄な態度だった。

「今がどんな世の中だと思ってんだ！　高句麗の壁画、ピラミッドの壁画だって、旅番組で紹介されてこそ、観光客が来る世の中なのさ！」

第二回の放送から、商人会の五人は事務室に集まって一緒にテレビを見た。チョン・ギソプが鶏の丸焼きとビールを買ってきた。最初は仲良く鶏の足をちぎりながら、司会者の言葉遣いをマネしたり、出演者の身なりに突っ込みを入れたりしていた。和気あいあいとした雰囲気だった。競技はエンジョイ・チャンネルのスタジオから生放送され、出演者を事前に撮影した映像が合間に挿入された。番組は面白いし競技は興味津々だったが、セオ市場の立場としては今一つ物足りなかった。その週、セオ市場でイカサマ大会をやっている場面を確かに撮影して行ったはずなのに、いくら待っても出てこなかった。

「なんだ？　後片付けは全部人にさせといて、俺らの話はなんでごっそりカットなんだ？」

「待ちましょうよ。もうすぐ出るでしょ」

「そうだよ。まだ十分くらい残ってるじゃない。終わる前に出るって」

出なかった。ただの一言も言及はなかった。番組はさんざん盛り上がって終わっていたが、商人会の事務所は静まりかえっていた。第三回の放送のときは、市場に撮影にすら来なかった。みんな、テレビの前に座ることは座ったが、携帯電話を見たり、鶏の丸焼きをむしるのに夢中だったり、やたらとトイレに出入りしたりと別のことをしていた。番組が終わってすぐ、特に注意深くテレビを見ていた果物店のキム社長が言った。

「だけど、五千万ウォン賭けてるっていうあの中学生のことだけどね。今日も全部、当ててたね」

「はい？」

「ほんとにアイツが優勝しそうだ。とすると、賞金は五億だって。その賞金は、誰が、やるんだろう？」

チョン・ギソプは慌ててカバンを開け、書類の束が入ったファイルを取り出した。指に唾をたっぷりつけて参加申請書をめくり、カバンの内ポケットから通帳を取り出して確認した。有力な優勝候補のキム・イルは、五千万ウォンを賭けていた。予想どおりキム・イルが一等になれば、賞金は五億だ。受けとった総参加費は二億とちょっとだった。チョン・ギソプの住民番号で作った協会名義の通帳に参加費の入金を終えると、パク・サンウンは、金銭管理に関わる部分をすべて、総務であるチョン・ギソプに一任した。チョン・ギソプは、「スリーカップ協会の総務として、参加費を透明に管理し、責任を持って一等の賞金を支給し、大会の収益金はすべて在来市場の発展のために使用する」という内容の確認証を書いて通帳を受け取った。確認証には「セオ市場」でもなく、「スリーカップ協会」でもなく「チョン・ギソプ」とサインした。パク・サンウンは「残ったお金は自由に使え」と言った。その時はチョン・ギソプもカネが余るとばかり思っていて、足りなくなるとは考えもしなかった。手からスーッと力が抜けた。通帳が落っこちた。

「カネが、カネが、足りない」

精肉店のパク社長が、真っ青になっているチョン・ギソプの肩を乱暴にゆすった。

「なんだよ、チョン・ギソプ。なんでそんなおっかねえこと言うんだ。賞金を俺らが払わなきゃならねえみたいによう」

「カネはこっちで管理するって言ってなかった？　じゃあ、賞金もこっちが渡すんじゃないの？」

「スリーカップ協会だかなんだかが、自分たちでやるって言ってたろうが」

「会長と副会長の他は、ここのみんなが全員執行部じゃないか。チョン総務は総務だし」

「チョン総務は総務だろうが、それとも会長か？」

「違うって、セオ市場のチョン総務が、スリーカップ協会の総務ってことだよ。あの協会の通帳、チョン総務が管理してるんだよな？」

「なんだと？　じゃあ、俺らがアイツに、五億を出してやるってことか？　参加費はいくら入ってきたっけ？　三億だったたか？」

チョン・ギソプは、わかっていながらも通帳をもう一度確認して答えた。

「いえ。二億三千とちょっとです」

「えっ？　じゃあどうすんだよ？　まさか、本当にこっちが出してやんなきゃいけないんじゃ、ないよな？」

「賞金が参加費を超える場合を、誰も考えてなかったんで。状況がこうなったからには、パクＰＤ

ともう一度話してみます」

口ではそう言ったが、チョン・ギソプには話がうまくいかない予感があった。パク・サンウンが意図的にセオ市場を巻き込んで、チョン・ギソプに金銭管理を任せたのではないかとも疑った。混乱に陥った商人会の人々を落ち着かせると、チョン・ギソプは廊下へ出た。

何度か深呼吸をしたが、簡単には気持ちは鎮まらなかった。震える手でやっとのことでボタンを押し、パク・サンウンに電話をかけた。出なかった。かけて、かけて、かけても出なかった。廊下にある自販機でコーヒーを一杯飲んでからかけ、電話したかと訊いてくる果物屋のキム社長をまた事務室に押し戻してからかけても、出なかった。思えば、放送が始まってから一度も、パク・サンウンと会ったり、電話をしたりしたことはない。いつも、何を言ってるかわからなくて食い意地の張ったチェ・ギョンモが連絡をよこした。撮影にも毎回チェ・ギョンモが来た。チョン・ギソプは不安になった。なぜ、こいつは電話に出ないんだろう。俺が騙されたんだろうか。商人会の人々にどういえばいいだろう。五億はどこから出るんだろう。チョン・ギソプは、休まず通話ボタンを押した。つながらないかと思えば話し中になった。避けられている気がした。詐欺を通報しようと警察に電話しかけて、ハッと我に返って切った。最後だ、今度も出なかったら本当に通報するぞと心に決めた瞬間、パク・サンウンが電話に出た。

チョン・ギソプは、最大限心を落ち着かせて通話を終え、事務所に戻った。大丈夫かと訊いてくる商人会のメンバーにうなずいてみせたが、顔は、赤くなりすぎてまだらになっていた。

「何て言ってた?」

「今、こっちに来るそうです」

「賞金は自分たちで何とかするって、言ってたか？」

「もう一度、話し合わなきゃいけないようです」

ここぞとばかりに、パク社長がチョン・ギソプを頭ごなしに叱りつけた。

「俺がなんつった？　怪しいって言っただろうが？　どっからあんな詐欺野郎を連れてきたんだよ。これからどうする気だ」

果物屋のキム社長が眉をひそめて精肉店のパク社長をたしなめた。

「これはチョン総務が一人で責任を負うことかい？　みんなで、一緒に解決すべきことだろう。なんでチョン総務に怒鳴るの？」

急にみんなの声が大きくなった。

「どうして俺たちが解決するんだ？　そのＰＤ野郎が勝手に、どうにかするだろうよ」

「勝手にどうにかしなかったら？　どうにかするヤツが、こんなことをしたと思うか？　どうにかしなかったらこっちの責任だ。俺らが、五億を弁償するんだよ」

チョン・ギソプは騒ぎを収めようと必死になった。

「みんな、冷静になってください。まだ大会が終わったわけじゃありませんよね。今からだって、ひっくり返せばいいんです」

「こっちが、どんな手を使って番組をひっくり返すんだよ？」

「詐欺に遭ったって警察に通報するんです。それでダメなら、僕が放送局に爆弾でも抱えて突っ込みますから、もうやめましょう。パク社長が、牛を売って、豚を売って稼いだものにビタ一文手は付けませんから、大騒ぎしないでください」

チョン・ギソプはだまってパソコンの前に進み腰を下ろした。一心不乱にキーボードをたたいて、手帳に何かを書きつけた。

「なんだ？　本当に警察に通報するのか？」

「僕らと同じように、番組のせいで被害を受けた人のための団体があるんです。放送局に訴訟を起こせるよう、手伝ってくれるんだそうです。ダメなら、インターネットに全部インチキだってアップすればいいでしょ。それもダメだったら、僕が生放送しているところに突入するつもりです。何としても、うちの市場と商人会に迷惑がかからないようにします。だから心配しないでください」

「訴訟っていうのは面倒だし、ずいぶん費用もかかるんじゃないの？　すぐ来週が放送で、そんなことできるんだろうか？」

「言論仲裁委員会ってところがあるんですよ。そこは、訴訟より手続きも簡単だし、費用もかからないんだそうです。それに、放送禁止仮処分の申立《もうしたて》っていうのもあって、そっちも思ったより面倒じゃありません。とりあえず放送だけは食い止められるし、損害賠償訴訟とかなんとか、そういうのとは少し違うらしいんで、そこも調べてみます。まずはパクPDさんが来たところで、ちゃんと話をしてみましょう」

精肉店のパク社長が、我慢できずに鼻で笑った。

「なーにが、PDさん、だ」

三十分後、パク・サンウンが商人会事務所のドアを開けて入ってきた。五人は顔も向けなかった。精肉店のパク社長が先に声を荒らげた。

「俺らをバカにしてんのか？　若い世代がよう、年寄りをからかうのにも限度ってもんがあるだろうが。チョン総務は、どっからこんな詐欺師を連れて来て、こんなことをしでかしたんだ、えっ？」

　チョン・ギソプがとりなした。

「僕が説明しますから。パクPDさん、とりあえず、僕と話しましょう」

　精肉店がまた口をはさんだ。

「何がPDだ。詐欺師だよ、詐欺師」

「ちょっと、パク社長！」

　間に立たされてチョン・ギソプは気が気ではなかった。残りのメンバーが精肉店のパク社長を止めている間に、パク・サンウンに言った。

「ぶっちゃけ訊きますね。賞金を払うのは、誰ですか？」

「協会ですよね」

「何の協会ですか？」

「スリーカップ協会です」

　チョン・ギソプが溜息をついた。

「僕が管理している通帳から、僕に、賞金を払えってことですか？」

「今、ちょっとお困りの状況だとは思いますが、そういう話でまとまったのは間違いないですよね。こちらには確認証もありますし。この件、うちの顧問弁護士に公証を受けてるんですよ〔韓国では公証認可を受けた法律事務所が公証業務を行うことができる〕。参加者の参加申請書と同意書の公証を受けるとき、一緒にやったんです。法的効力のある文書です」

嘘だった。ネオプロダクションに顧問弁護士などいない。参加申請書と同意書も、もちろん公証を受けていなかった。パク・サンウンも、事がこれほどこじれるとは考えていなかった。これからさらにどんな伏兵が現れるか、また、どんな真相が明らかになって抜き差しならない事態に追い込まれるかわからないと思った。あの時、公証を受けておくべきだったのに。パク・サンウンは夜が明け次第、書類という書類をすべて持って公証を受けるところから始めるつもりだった。チョン・ギソプは、公証だの法的効力だのいう言葉に一瞬ひるんだ。

「パクPDさん、今、本選に進出した人の参加費は、合計で二億ちょっとです。一万ウォン、二万ウォンを出したヤツもいるし、大体が十万ウォン前後でした。一千万ウォンを出したヤツも何人かいますが、まあ、そいつらはみんな落っこちたから関係ありません。でもね、あのおかしな野郎は、五千万ウォン賭けてるんですよ。一等になったら、賞金は五億です。どうするつもりですか?」

正確な金額を聞いて、パク・サンウンも息をのんだ。本当に、どうしようと思った。頭の中で慌てて計算をした。一緒に負担するか? 俺のどこにカネがあるってんだ。エンジョイ・チャンネルに助けてもらうか? 助けるどころか埋められちまうだろう。他にどんな方法がある? 何かあるか? あー、ない。ないって。とりあえず、足ぬけするんだ。

「協会の運営や参加費の管理はとっくに協会のほうに移ってるのに、今さら私にそんなことを言ってどうするんですか? 放送チームは、番組を作るだけで目いっぱいなんです。参加費だって協会名の通帳に入ってますよね。協会のカネの管理をするのが、チョン総務さんですし。こういったら何ですけど、余ったら放送チームにくれるってことでもないじゃないですか」

「なんで話が変わるんです? 大金を出したヤツが一等になることはないって言ったくせに。事前に全部落とすって。カネを受け取ったのは放送局ですよね。こっちは、全部入金された後で、通帳だけもらってるんです。誰が見ても有力な優勝候補から五千万ウォンも受け取っといて、どうするつもりですよ？」

「常識的に考えてください。自分のカネを出して、自分で参加するって言ってるのに、どうやって止めるんですか？　番組を作る側で、年齢や性別、外見、経済力を勘案して出演者を選抜する努力はしますよ。それはうちだけじゃなくて、他の番組でも同じだと思います。そうやってこそ、出演者も多彩、エピソードも多彩で、見てて面白いですからね。そういう意味だったんであって、誰々は多く賭けてるから出さない、誰々は使えないから出さない、そういうつもりだったんですか？」

「ここにきて、自分たちは知らぬ存ぜぬで手を引こうってことですか？　それに、こっちはカネを余らせてくれって言った覚えはありませんよ。余るんなら、どうぞ持ってってください。こっちは要りませんから。こっちはただ、セオ市場を広報するってレベルで、純粋に始めたことなんです。これほど大ごとにするつもりもなかったですしね」

「一緒に相談して、会議をして、大会を開催したんじゃないですか？　総務さんの手でサインもして、直接通帳も受け取りましたよね。総務さんこそ、ここにきて手を引くつもりですか？」

チョン・ギソプは呆れた。まったく話が通じないんだな。どう見ても、パク・サンウンを説得して一緒に解決策を探すのは不可能なことに思えた。チョン・ギソプは最終手段をとることにした。

「じゃ、放送をやめましょう。やめればいいんですよ」

「何おっしゃってるんですか。いまさら、どうやって放送をやめるんです？　とっくに第三回まで放送は終わってますし、最後の放送はもう一週間後ですよ。放送をやめるんだったら、第一回の前に言うべきでしょう。今はやめるだのなんだのできませんよ」

パク・サンウンが興奮して声を張り上げると、かえってチョン・ギソプは冷静に切り返した。

「そうですか？　じゃあ、言論仲裁委員会に提訴します。放送禁止仮処分の申請もしますしね。その前に、インターネットにまずアップしなくちゃな。スリーカップ協会とかなんとかは、全部ニセモノだって。担当ＰＤが作り上げた、幽霊団体だってことをね」

パク・サンウンはギクッとした。

「総務さん、本当にがっかりですよ」

黙って聞いているだけだった商人会会長が、ギシギシと音を立ててイスを回し、パク・サンウンの正面に向き直った。

「なに？　がっかり？　カネのかかってる問題なんだよ。それも、五億がかかった問題だ。それしきのがっかりが、問題だと思うか？　うちはな、市場の宣伝もできず、妙なことに巻き込まれてカネを払わされそうになってる。受け取ってもいないカネをな。放送局の人間に、ただ利用されたんだ」

パク・サンウンは、なんとしてもこの泥沼のような状況から脱出したかった。チョン・ギソプはずっと、インターネットにアップするだの、放送禁止仮処分申請を出すだの言い続けてパク・サンウンを脅迫した。インターネットがどんなに恐ろしいものか、パク・サンウンはよく知っていた。誰が最初に視聴者掲示板なんて作ったのだろう。『アイ・マム』事件の時だって、インターネットがなかったら、あそこまでの事態にはならなかったのだ。今回こそまさに自分が仕組み、捏造《ねつぞう》したことだった。また騒ぎになれば、パク・サンウンは放送業界から完全に葬り去られるだろう。そしたら何をして食っていこう。妻にはどうやって仕送りしよう。ＰＤ以外にしたことのある仕事はない。こんなことなら手に職をつけておいたのに。ふと物悲しくみじめになり、妻がうらめしかった。パク・サンウンは、局長の言葉を思い出した。どうしてこんなことになるんだ？　天下のパク・サンウンが……。

パク・サンウンは結局、参加費として集めた金額以上の賞金にならないように手だてを講じ、もし賞金が参加費を上回る場合、ネオプロダクションが上回った金額を支払う旨の覚書を書いた。次の放送では積極的にセオ市場をＰＲするという内容も書いた。商人会の五人が、パク・サンウンをぐるりと囲んで見下ろしていた。覚書を書かなければ、決して外に出してくれなそうな勢いだった。パク・サンウンは仕方なく名前を書き、拇印を押した。チョン・ギソプは再度覚書を舐めるように見ながら言った。

「うちもこれ、明日、公証を受けますよ」

パク・サンウンは丁重に挨拶をして事務所を出た。急に疲れが押し寄せてきた。車に乗って時計を見ると、すでに深夜の二時を回っていた。このあいだに、事務所とＡＤたちからの電話が八十七本入っていた。パク・サンウンはハンドルに頭をがんがん打ち付けた。灯りの消えたセオ市場に、プーッ、プーッ、プーッ、プーッとクラクションの音がけたたましく鳴り響いた。

14

パク・サンウンが事務所に姿を見せるなり、ソファーやイスに伸びていたADや放送作家、カメラマンたちが、身体を起こしながら激しく抗議した。普段パク・サンウンのことが怖くて目もまともに合わせられないADたちが、何で今頃来たのか、どうして電話に出ないのか、何があったのかと、外泊した妻を問いつめるみたいに声を荒げた。

「僕らがどんなに心配したかわかります？　朝になったら本当に捜索願を出すつもりだったんですから。交通事故に遭ったと思いましたよ」

パク・サンウンは何も言わずに自席まで行って腰を下ろした。そして、机にどっかり突っ伏してしまった。最年少の放送作家とADの二人は雰囲気を察して席に戻り、テープや資料などを整理した。カメラマンたちは機材を用意すると言ってカメラルームに入ってしまった。チェ・ギョンモが、おずおずとパク・サンウンに近寄って尋ねた。

「何か、問題でもあったんですか？」

「みんなをつれて、ちょっと会議室に来てくれ。そうだ、チョン作家と一番下の作家も呼んでな。外部の撮影チームには、一段落ついたところで戻れって伝えろ」

パク・サンウンは返事も聞かずに先に会議室へ入った。ADたちがあたふたと手帳を手に会議室へ駆け込み、ＰＤたちがその後を追い、最年少の作家も後に続いた。最後に、編集室の隅の簡易ベッドで寝ていたメインの放送作家が、ぶつぶつ言いながら悠長にコーヒーまで一杯買ってやってきた。

「まったく、パクＰＤさんさあ、どっかに行くなら行く、戻るなら戻るって、ちゃんと言ってってもらわないと。待ちぼうけの罰ゲームでもあるまいし、これは一体何事ですか？」

「すいません。事情がありまして。実は、セオ市場に行ってきたところなんです」

最初から一緒に仕事を進めてきたネオプロダクションの五人は、なんのことかピンと来た表情だった。一足遅れで合流した作家たちだけが、真夜中になんで市場なんだとムッとした表情になった。

「セオ市場が、ちょっと文句を言ってましてね。まずは、セオ市場が共催の形なのに、あまりにも番組に出ないってことです。宣伝効果がまったくないと」

メインの放送作家が、あくびをしながら苛立たしげに言った。

「来週、あそこで何かひとつ撮って来ますよ。あたしはまた、なんか大変なことでも起きたかと思ったわ。そんなことを、真夜中まで話してたんですか」

「それと、もう一つあって……カネの問題なんです」

参加申請書の受付をしたＡＤが、真っ先に気がついた。申請書を受け取ったときから、ひょっとしたら問題になるのではないかと気をもんでいた。しかし、バタバタと現場は撤収し、パク・サンウンは参加申請書と参加費をすべて確認したものの、問題視することなく話を進め、三回の放送も順調だった。なんとなく済んだんだな、と思っていたが、結局、事が起きたのだ。

「ひょっとして、キム・イルのせいでしょうか？」

「そうだ。このままいくと、キム・イルが五億持っていくことになりそうだろ。ところが、参加費の総額は二億にしかならないそうだ。賞金を出すカネが、ないってことだ」

ＡＤとＰＤたちは、みな、あっちゃー、と思った。何か自分が知らされていないことがあると気づいたメイン作家が、慌てて訊いた。

「なんでこっちが賞金の心配をしなきゃならないんです？　賞金の問題は、エンジョイ・チャンネルと話ができてるんじゃないんですか？」

「うちとエンジョイは制作費だけの契約になってるんです。公式的には、大会はスリーカップ協会とセオ市場の主催だし。参加費をもらって賞金を出すのは、すべて協会とセオ市場でなんとかするべき問題です。こちらはその大会に関わって、放送だけをする形で」

「なのになんで、パクＰＤが賞金の心配をするんです？」

「実は……スリーカップ協会なんてものは、ないんですよ。うちとセオ市場が番組をやるために作った、いわば幽霊団体ですね。会長、副会長には何も知らないイカサマ師を連れてきて就任させて、執行部だ、総務だっていうのは、みんなセオ市場の人たちなんです。言ってみれば、セオ市場の商人会が、スリーカップ協会ってことになります」

　メイン作家の口が次第にぽかんと開いたかと思うと、ゴクリと一度唾を飲み込んだ。そうして真顔で、パク・サンウンに尋ねた。

「つまり、それって詐欺ってことですよね？」

　パク・サンウンがどうしても口にできない単語だった。詐欺。詐欺を働いたのは事実だ。パク・サンウンは素直に認めた。

「ですね。詐欺ですね。詐欺を働いたってことです。でも、やろうと思ってやったわけじゃありません。ただ深く考えずに始めたことですが、今思えば、詐欺でしたね」

「言葉遊びしてる場合ですか？　詐欺をしたんじゃなくて、事故を起こしたんでしょうが。それも、何人ものクビが吹っ飛ぶような大事故をですよ」

メイン作家は、どうしたら自分のクビがつながるかを考えた。今手を引くか。エンジョイ・チャンネルでは長く仕事をしているし、チョン・ヨンジュンともつきあいはある。問題が表沙汰になったら？　耳打ちもせずに一人で足ぬけしたと、同じように悪く言われるだろう。もちろん、公式的な責任は免れるだろうが。いっそ先にチョン・ヨンジュンに告げ口するか。とてもじゃないができない相談だ。そんなことをして、身に覚えのない疑いを一緒にかけられるわけにはいかない。ああ、どうしよう。幸い、パク・サンウンが先に答えを示してくれた。

「作家さんは最後まで知らなかったことにしますので。こんな事になってなければ、本当に最後まで話さなかったでしょうし。今はとりあえず、私に力を貸してください」

他の放送作家を見た。答えを促している目つきだった。何か言うべきだと思い、絞り出すように聞き返した。

「だけど、お金の話ってどういうことなんです？　セオ市場と一緒に詐欺をしたのに、どうしてセオ市場はそんなに堂々としてるんですか？」

「私がセオ市場の人たちに、賞金を出しても参加費が残るようにするって、約束したんですよ」

「なんでそんな約束したんですか？」

「なんとなく。正確に言うと、はっきり約束したっていうよりは、打ち合わせの流れで、思わずそういうことを言ってた感じですね。その時は、こんなことになるとは思ってませんでしたから。思ったよりみんなの参加費が少なくて、総額が予想を下回りました。あの、ばかみたいなヤツがこれほどの大金を賭けるとも思ってなかったし。これほどできるとも思ってなかったし。実のところ、放送の準備に追われて私もカネの話は忘れてたんです。キム・イルが一等になりそうだっていうんで、今セオ市場は大騒ぎをしてます。自分たちにカネはない。放送をぶっ潰す。インターネットにすっかりぶちまけて、放送禁止仮処分の申請を出すって、言ってます」

メイン作家は、ポケットをごそごそすると煙草を出し、しきりに煙を吐いた。

「で、どうするつもりなんです？」

「それを一緒に相談したくて集まったんです。エンジョイと相談しようかとも思いましたが、わかりますよね？　発注元と下請けの関係で、相談だ協力だ、そんなものがどこにあるかっていう。あるのは契約と契約破棄のみだ。むしろ、こっちに損害賠償の訴訟を起こすでしょう。セオ市場のほうは説得不可能な状況だし。とりあえず番組を全部放送して、俺は知らない、どうにでもしてくれ、と言うこともできるでしょうが、事後とはいえ経過が知られたら、ますます面倒なことになりそうです。ご存じでしょ？　前に、クイズ番組でやらせをして賞金を横領したＰＤがパクられて、プロダクションが空中分解したこと。うちはそのレベルじゃないだろうけど。いや、もっと悪いか。とにかく、方法はないでしょうかね？」

パク・サンウンは血の気の引いた唇を噛みしめた。思いがけない災難に襲われたメイン作家はいまだに状況がすべてのみこめず、手がないのは同じのネオプロダクション五人組は、ぎゅっと口をつぐんでいた。ノートに何か書きつけながら別のことをしていた最年少作家が、口を開いた。

「今からでも、キム・イルに棄権しろって言ったらどうでしょうか？」

チェ・ギョンモが割って入った。

「そんな説得には応じないと思いますよ。全財産を賭けて参加したところを見ると、何か確信があるんでしょ。かなりの額を上乗せされない限り、簡単には諦めそうにないですけど。見かけほど純粋な人たちじゃないっぽいです」

「俺もそう思う。それに、キム・イルが今抜けたら、ストーリーがあまりにも薄っぺらくなっちまうだろう。番組の最終回が、完全に気の抜けたサイダーになる」

メイン作家が、もう一本煙草を出して咥えながら当てこすった。

「それでも番組の心配が先に来るんですね。方法、あります？　どうにかして、キム・イルが一等になるのを回避しないと。残りの参加者を連れてきて特訓するんでも、マスターだかなんだか、あのイカサマ師を連れてきて特訓するんでも、そもそもインチキをするとかね。あたし、冗談で言ってるんじゃありませんよ」

果たしてキム・イルを一等にさせないことは可能なのかについて、三十分あまり激論が繰り広げられた。結論は、「わからない」だった。だが、キム・イルが一等になるのだけは何とか防ごうということで意見がまとまった。他に方法はなかった。残りの参加者に特訓をさせるのは、どう考えても望み薄だった。キム・イルは、すでに他の参加者の手の届かないレベルに到達していた。凡人がいくら練習したところで、キム・イルに勝つことはできなそうだ。うまくいってダブル優勝。ダブル優勝になったら、ますます致命的だ。かといってインチキをするというのも、かろうじて残っている良心が許さなかった。とりあえず、大会のマスターであるスリーカップ協会の副会長で、三十年のキャリアを持つイカサマ師を引き入れることになった。

翌朝九時、イカサマ師のマスターがネオプロダクションのオフィスに呼び出された。遅くまで酒を飲んで花札をやり、市場を回ってイカサマの賭場を開帳し、日が昇れば眠りについて真昼間に起きだすという彼が早朝に来ることになったものだから、カップも持参していなかった。パク・サンウンは、基本ができていない人間だ、あんなヤツに副会長だマスターだと役職を与え、それで足りずに、司会者の次に多い出演料を渡しているのだ自分はどうかしていると思った。それでもプロはプロだった。まだすっきり目覚めていなくても、なじみのないネオプロダクションのオフィスの紙コップででも、見事なテクニックと口をあんぐりさせるような実力を見せてくれた。パク・サンウンはマスターに探りを入れた。

「キム・イルが、あまりにすごすぎるじゃないですか。一度も外れないので、むしろ面白みに欠けるんですよね。ちょっと、気にしておいてもらえませんか。副会長の手に、私たちの番組がかかっているもんで」

はしこいマスターは、パク・サンウンの真意にすぐに気がついた。

「アイツ、五千万ウォンだか賭けてるんだって？　五億を持っていかれることになるな。かなりズバ抜けてるからね。並みの人間じゃない」

「と、言いますと？」

「実はこれまで、アイツのときはますます気を張ってたのさ。それが、イカサマ師と客の気合勝負ってもんでね。オレのキャリアは三十年、たかだか十五かそこらの若造に、毎度やりこめられるなんてありえないだろ？　だから、スピードを速くして、テクニックも使った。だが、全部ムダだった。いくら察しが良くて目ん玉を早く動かしたって、これは目で見て当てるってのが難しいんだ。見て当てるんじゃなくて、感覚で当てるんだよ、このイカサマってやつは。ところがアイツは普通じゃない。オレが思うに……神がかってるな」

パク・サンウンは、首根っこをグッと引っ張られる気がした。指の先が痺れてきた。

「じゃあ、どうやって……」

パク・サンウンの独り言に、マスターがすぐに返した。

「どうもこうも。神さんの邪魔をしなけりゃ。お祓いするんでも、お札《ふだ》を使うんでもよ」

マスターはパク・サンウンの様子をチラッと見ながらカップを投げたり、キャッチしたり、横に倒したり、立てたりした。練習をざっくり終えて、大混乱に陥っていたパク・サンウンの後頭部に向けて心のこもらない挨拶をすると、会議室を出て行った。パク・サンウンは昼食もとらずに一人会議室の隅に引きこもり、ひたすら考えた。悩んだ末にＡＤを呼んだ。口元を隠して、小さな声で言った。ちょっと、お札書いてもらってこい。ＡＤは三度ほど本気かと尋ねた。パク・サンウンがいきなり大きな声を出した。

「本気だよっ！　本気！　本気！　もう訊き返すな。俺だって恥ずかしいんだ」

腕のいい所を見つけてちゃんと作ってこいよ、もしもお札が役に立たなければただじゃおかないからな、という脅迫も付け加えた。メイン作家が、ミステリー関連の番組のときに知り合いになったという占い師を紹介してくれた。番組後にさらに有名になり、今では予約が三か月待ちの人物だ。メイン作家は、秘書を通さずに直接占い師の携帯に電話を入れ、一時間後に予約を取った。ＡＤは八万ウォンという特別割引価格でお札を作って来た。放送当日、マスターのポケットにいれておけばいいという話だった。パク・サンウンはお札を広げて見ながら溜息をついた。

「まったく、何を血迷ったマネしてるんだか。これを見てると、俺の気が全部抜き取られるようだよ」

　そのあいだに最年少作家は、キム・イルの日常生活と家族ヒストリーを撮影しようと、電話でオ・ヨンミを説得していた。『ザ・チャンピオン　ビハインドヒストリー』という特別編成番組も準備しなければならなかったし、最終回の放送に出す映像も必要だったし、何より、残り一週間のあいだにあれこれ撮影をしてキム・イルを疲れさせ、集中力を低下させなければならなかった。プールや深夜の屋外ロケのスケジュールを入れ、風邪を引かせるという心づもりだった。オ・ヨンミは断った。ひどく純朴そうな声で、子どものためだと言った。交渉に失敗したという報告を受けたパク・サンウンは、キム・イルは本当に神がかっているのではないかと考えた。今頃、北漢山《プッカンサン》〔ソウル市北部に位置する標高八三六メートルの山〕のどこかの岩の上で、蝋燭を灯して祈禱でもしていそうだと思った。

　何も悪いことをしていないAD二人と作家たちが、頻繁に会議室に呼び出された。時が経つほどパク・サンウンのヒステリーは激しくなった。

「本当にこのお札一枚信じて、俺はこうしていなきゃならないのか？　五億はどこにいった？　ゴオクっていうのは誰かの犬の名前か？　どうするよ？　ん？　どうするんだって」

　ムダな会議が終わって出てくると、ADたちは首を横に振った。

「これまでの人生の中で、一番恥知らずな人だ」

そんな渦中にも、チョン・ヨンジュンは毎日のように電話をよこして、キム・イルと交渉できたか、ロケは進んでいるかと訊いてきた。交渉さえまとまったら、『ザ・チャンピオン　ビハインドストーリー』以外にもヒューマンドキュメンタリーをさらに一本編成する計画だと言い、キム・イルが一等になれるよう、うまくやれとも遠回しに言った。パク・サンウンは豪快な笑い声を上げた。いくら邪魔したくたって一等になるヤツだから心配ご無用、それでなくたってアイツのせいで不眠だと、冗談めかして笑うパク・サンウンのハハハッという声が、会議室にわびしく響いた。

夜十二時、再び会議が招集された。解決策を見出すためというよりは、パク・サンウンのストレス解消用の会議だった。みんな、それをわかっていながらもおとなしく集まって、愚痴を聞いてやった。誰もが顔を上げずに他のことを考えていたが、終日、これまで放送した分を見直してハイライトの編集準備をしていた最年少作家が、何か言いたげに唇をもごもごさせた。

「ユラ、言いたいことがあったら言ってみろ」

最年少作家は、深刻な状況だけに気軽には言い出しにくいのか、上唇を爪でいじりながら様子を窺っていた。

「大丈夫だ。どんなことでも言ってみろ。もしかして、オ・ヨンミと話ができたのか？」

「そうじゃないんですが。確実かどうかわからないんですけど、過去の放送分を見てたら、ちょっと妙なことがあるんです」

「どんなことだ？」

「確実かどうかはわからないんですけど……」

「俺はお札も使おうっていう人間だぞ。確実だからお札を使うと思うか？　言ってみろ、大丈夫だから」

「キム・イルがゲームをしているときなんですが、カップを見ていないっぽいんです」

みんな、化かされた人のように「へっ?」と訊き返した。パク・サンウンは顔を上気させて席から立ち上がると、テーブルに手をついて身を乗り出した。

「それはどういうことだ? カップを見ていないだと?」

「アップがあまりないので、確実かどうかはわからないんです。でも、アップの場面では、確かにカップを見ていませんでした。フルショットも何度か見直してみたんですが、視線が少し上に向いているって言うのかな? 顔の角度を見ると、視線が高いと思いました」

パク・サンウンの手がぶるぶる震え出した。

「編集室で話そう」

翌日放送の『ザ・チャンピオン ビハインドストーリー』を編集中だったチェ・ギョンモを追い出して、パク・サンウンは編集機を占領した。最年少作家が隣にイスを持ってきてピタッとくっついて座り、撮影テープとオンエアテープを一つ一つ巻き戻して見せながら、順を追って説明した。

「このバストショットを見てください。視線が宙に浮いてるっぽいですよね? それと、これもバストショット。ここでは、明らかにマスターの顔を見ています。でも、焦点が合ってないっていうか? 視線はマスターの顔に向いてますけど、見ているって感じでもないんです。そして、これはフルショットですが、頭が少し高いと思いませんか。他の人たちを一度見てみてください。こんなふうに、完全に首をすくめて、カップを見てますよね。この人もそう、この人もそう、この女の人もそう。なのに、キム・イルは少し視線が高いんです」

みんな、最年少作家の鋭い観察力と理路整然とした説明に驚いた。テープを確認し終えて再び会議室にぐるりと座った五人は何も言わなかった。キム・イルは、カップを見ずに玉を当てる！　だからどうしろと？　メイン作家は手帳を伏せてしまった。

「ハッキリしたね、神がかりだってことが。でなきゃどうやって当てるんです？　マスターに、お札《ふだ》をちゃんと身に着けとけって言っとくんですね」

「まさにあのマスター、言ってましたもんね。これは、どうせ目でカップを追って当てるのは難しいんだって。みんな、勘で当ててるって」

「じゃあそれだけ勘のいい子を、どうやって振り落とすっていうんですか？」

パク・サンウンは、体ごと最年少作家のほうに向きなおって言った。

「ユラが見たところ、キム・イルはどうやって、見もせずに玉を当ててると思う？」

「これも、確実かどうかはわからないですけど……私が思うに、聴いて、当ててる気がします」

四人が、約束でもしたみたいに大声で「なにっ？」と訊き返した。

「さっきの、二度目のアップでの表情なんですけど。明らかにぼーっとしてるって顔でもありませんでした。むしろ、ものすごく集中しているようだったんですよ。目で別なところを見ながら集中するとしたら、耳が、集中してるんじゃないでしょうか？」

「なんで、そういう話を今頃するんだ？」

チェ・ギョンモはもう一度編集室を占領されることになった。五人は、アップになったキム・イルの表情を五回ずつ巻き戻した。聴いて当てている、という最年少作家の意見には一理あった。糸口が見えた気がした。ここからは、聴こえなくさせる方法を見つけなければならなかった。

「とりあえず、音楽を大きくしよう」

「今でも十分音が大きくて、スタジオはうるさいですけどね」

「それでも、もっと大きくするんだ。ジョンミンは効果さんに連絡して、カップを混ぜるときにつける音楽を、もっと緊張感が高まる、アップテンポのものにしてくれって伝えろ」

ADがうなずきながら手帳にメモした。しかし、音楽を大きくすること以外、これといった方法を思いつく者はいなかった。ボールペンのお尻を齧っていたメイン作家が質問した。

「あの、カップと玉の材質って何だっけ?」

「カップは陶磁器で、玉はステンレスっぽいものです。銀色の鉄製のやつ」

「玉をゴムに替えよう! そうしたら、カップと当たる音がしないんじゃない?」

パク・サンウンが首を傾げた。

「玉をゴムに替えたら、ゲームの進行に問題がないですかね?」

最年少作家も懐疑的だった。

「ゴムはくっつきやすくて転がりにくいですから、難しいかと思います」

「消しゴムとカップ、ちょっと持ってきて」

ドア付近に座っていたADが、今どき消しゴムを使ってるヤツがいるかよ、とぶつぶつ言いながら会議室を出たが、会議室のすぐ前の最年少作家の席に消しゴムが二つほどあった。ADが小さいほうの消しゴムをカッターでざっくり丸く削って、最年少作家がもじもじしながらそれをカップに入れ、混ぜ始めた。予想していた通り、消しゴムはスムーズには転がらず、かえってスピードが遅くなった。カップはあっけなくひっくり返ったり、手から離れて飛んでいったりもした。

「音があんまり出なくてスムーズな材質って、何かないかな？」

「布とか発泡スチロールではどうでしょうか？」

「あまりにも軽すぎてダメそうですね」

「カップを紙コップに変えてみたらどうでしょう？」

「見てるとマスター、カップをギュッ、ギュッて押さえながらやってたけどな」

「ですよ。叩きつけたり、放り投げてキャッチしたりするじゃないですか。しわくちゃになりますよ」

しばらく静寂が続いた。ずっと椅子に体を放り出すようにして座り、不満げな表情を浮かべていたメイン作家が、姿勢を正しながら言った。

「最後の一人が残った時に、もう一回、最終ラウンドをしましょうよ。最後の一人は当然キム・イルになるでしょう。最終ラウンドは、面倒なルールにするんです。カップの個数を増やして、選ぶ時間を短くして。せこいけどイスも座り心地の悪いものにして、照明と音楽は、気持ちがささくれ立つようなのに変更する。言ってみれば、キム・イルを連れてきて、ハードなゲームをもう一回するってことです」

最年少作家が訊いた。

「最初から難しいゲームにすればいいのに、どうしてわざわざキム・イルを残して、最終ラウンドをしなくちゃいけないんですか？」

「それで難しくなるのはキム・イルだけ？　他の連中にとっても難しいでしょうが。難しいルールをはじめから適用したら、無駄に他の人たちから落とすことになるよね？　そうなったら、キム・

イルの一等が決定的になる。だから、キム・イルだけ残った時に、ヤツをじりじりいたぶるってわけ。これでもまだ生き残れるか？　まあ、そんな感じで」

今度は、パク・サンウンがブレーキをかけた。

「急に最終ラウンドをするって言ったら、みんな、変だと思うんじゃないですか？」

「そもそもよくやってるじゃないですか。それまで獲得した賞金を賭けて、最終ラウンドをするってパターン。なんと五億がかかったゲームなんだから、最終ラウンドを一回やるのだって、最終ラウンドのルールがさらに面倒になるのだって、当然でしょ？」

「それで、キム・イルが当てられなかったら？」

「そうしたら、優勝者はナシ、ですよね。賞金は誰ももらえない。収益金はすべて、在来市場の活性化のために使われる。おしまい」

「後でいろいろ言われませんかね？」

「点数をつけて一等を選ぶ大会だったら、最高得点者が一等でしょう。でもこれは違いますよ。クイズ番組だって、最後の問題を当てられなければアウトじゃないですか。これも、当てられなければアウト。あたしがいい感じでコメントを書いて、雰囲気を誘導してみますよ。うまくいけば、番組も面白くなるし、キム・イルも落ちるし、一石二鳥じゃないですか」

　キム・イルが最終ラウンドで落ちたら、制作側とスリーカップ協会は明らかに叩かれるだろう。チョン・ヨンジュンにも責められるだろう。だが、五億を吐き出すよりは百倍マシだ。最終ラウンドをしてもキム・イルが落ちる保証はないが、それでも、今まで出た意見の中で最も総合的で、現実的な意見だった。

「作家さんの言うとおりにしましょう。ＡＤは、新しいカップと玉の作り直しについて、ちょっと調べてみろ。それと、いいアイディアがある人間はいつでも、俺に言ってくれ。特にユラ、迷わずに、些細なことでも必ず俺に言えよ。いつでも、必ず話せ、必ずな！」

最年少作家は三回ほどうなずくと、ふと思い出したように言った。

「じゃあ、お札はどうしましょうか？」

「とりあえず、マスターのポケットにいれておこう。念のためだ」


ＡＤたちは長い研究と実験の末に、カップと玉を音の出ない材質で製作するのは不可能という結論に達した。最年少作家は、本当に些細なことでもえんえんとパク・サンウンに話した。ひょっとしたらと思って、パク・サンウンは毎度忍耐強く、真面目に聴いてやった。放送を二日後に控えた夜、机に突っ伏して少し仮眠をとっていたパク・サンウンが目を覚ますと、最年少作家がすぐさま駆け寄ってきた。

「あのう、思いついたことがあるんですが」

「今度は何だ？」

寝起きのパク・サンウンは機嫌が悪かった。最後までやさしく話を聞いてやるつもりだったが、もはや我慢できなかった。

「いえ、いいんです」

パク・サンウンが爆発した。

「何だ？　いったい何の話がしたくて人を起こす？　今すぐ言え。今度もしょうもない話だったら、本当に許さないからな！　言わなかったらもっと許さない！」

思う存分寝て自分で起きたヤツが、誰に起こされたって言うわけ？　最年少作家は悔しかったが、そう反論できる空気ではなかった。

「玉を複数入れたら、こんがらがるんじゃないかと……」

消え入りそうな声の言葉も、きちんと最後まで言えなかった。

「玉を複数入れたらもっと音がして、さらによく聴こえるだろうが！」

「そうじゃなくて……複数のカップに、玉を入れるんですけど」

「そしたら玉を当てられる確率が上がるだろ！　お前、本当にどうしたんだ？」

「そうじゃありません。違うんです」

「違うって、何が違うんだ？　ちゃんと言えないのか？」

「一個のカップだけ玉を入れないで、他のカップ全部に玉を入れるのはどうでしょう。つまり、玉のないカップを当てることにしたら……それでなくても音が混ざって気が散りそうですし。玉があるカップを探すより玉のないカップを探すほうが、あの子にとってはもっと難しそうなので……」

パク・サンウンは最後の会議を招集した。最年少作家が、手帳を広げて絵まで描きながらじっくりと説明をした。長く詳細な説明が終わったが、誰も返事をしなかった。かといって、とんでもない話だと反対する者もいなかった。キム・イルでない限り、わからない問題だったからだ。パク・サンウンが頭を掻きむしって悶絶した。

「あ～、本当におかしくなりそうだ！　あのガキを連れてきて試演でもしたい気分だよ。あのガキの頭ん中には一体何が入ってるんだ？　耳の穴の奥には、一体何がつまってんだよ？　あのクソガキ！」

メイン作家が、テーブルの上に転がっていた紙コップをひっくり返すと、はめていた指輪を外して入れ、カップを振った。両耳のイヤリングを外して別のカップに入れ、一生懸命振った。さらに三個のカップをさかんに混ぜた。みんな息を殺してその音を聞いていた。

「あたし、いけると思いますよ」

カップを混ぜるのをやめると、メイン作家がきっぱりと言った。

「いけると思う。本当に、あの子が聞いて当ててるなら。あたしには特別な才能とかもないし、耳も敏感な方じゃないからよくわからないけど、一理ある気がします。聴覚って、いずれにしろ聞く能力じゃないですか。音が小さかったり遠かったりっていうなら、より集中すれば聞けるでしょう。でも、音が出ていないものを当てるっていうのは、集中してできることじゃないと思うんです。おまけに、音がさんざんしてるのに、こんなふうに」

メイン作家がもう一度カップを混ぜた。カチャカチャッという軽快な音がした。パク・サンウンが心を決めた。

「そうですね、やってみましょう。こっちがアイツの気持ちや能力を、どうやってわかるっていうんですよ。聴いて当ててるのか、見て当ててるのかだって、実はハッキリしないんだし。時間もないし、これ以上方法もありません。ダメだったらどうにでもなれってことにしましょう。訴訟を起こされようが、叩かれようが、クビを切られようが、それは後の話で」

口ではそう言ったものの、パク・サンウンは泣きそうだった。本当に訴訟を起こされて、叩かれて、クビを切られて、結局五億出すことになれば、パク・サンウンは一文なしになって路頭に迷うだろう。妻は大慌てで離婚しようと言い出すはずだ。今まで、学費だ、生活費だといちいち出してやったのに。恩知らずのカミさんめ。夜は短く、昼も短く、一日一日はさらに短かった。

15

オ・ヨンミは、毎日カレンダーに×印を書きながら日々を送っていた。いい部屋がおさえられたおかげで、旅館の窓の向こうは視界がパーッと開けていた。晴れた日の夕方には、黄色い西日も差しこんだ。広く開け放った窓から、日差しがまぶしく降り注いだ。キム・イルは太陽を背にして座り、その前でオ・ヨンミが楽しげにカップを混ぜた。この間《かん》にオ・ヨンミの実力は日進月歩で向上し、マスターの手つきともあまり変わらないように見えた。ちゃんとスピードもあったし、カップを宙に掲げて振るとか、合間に玉を見せるというテクニックまで駆使した。もちろん、いくらオ・ヨンミが見事なテクニックを総動員して耳を騙そうとしても、キム・イルは正確に玉を見つけ出した。ベッドにだらりと腰かけていたキム・ミングは、母と子のほほえましい姿を満足げに見つめていた。

「幸せだな」

オ・ヨンミは、低い声のキム・ミングの独白を聞いて、唾を飛ばしながら笑った。

「パパ、頭でもおかしくなった？　この、イヤなにおいがする旅館の一室で、家族三人でぐだぐだしてるのが幸せ？」

「お前は、幸せがどういうものかわかってないのさ。稼ぎがいい夫、勉強のできる子どもがいるってことが幸せだと思うか？　俺の稼ぎがよくて、イルが勉強ができたら、果たしてオ・ヨンミは幸せか？　いや！　幸せは、結果じゃなくて過程なんだ。俺たち三人の家族が、同じ目標に向かって一歩一歩進んでいる今が、幸せなんだって」

「パパって、お尻の穴が裂けたことってある？」

「えっ？　ずいぶんまたいきなり、なんで尻の穴の話になるんだよ？」

「あたしは、お尻の穴が裂けたことがある」

「そりゃよかったな。なんだよ、ものすごい痔だってことをダンナに自慢してんの？」

「人の身体って本当に不思議でね、毎日うんちをしてた人は、食べられてなくても、うんちがしたくなるのよ。でも、お腹の中に何も入ってないから、いくら力を入れたって何も出ないわけ。うんちはしたい、でもうんちは出ないしお腹は痛い、お尻の穴は本当に裂ける、そんなことをしてる最中もお腹が減ってる。お尻の穴が裂けるくらい貧乏っていうのはね、そういうことなの〔極貧を意味する韓国語の慣用句に、「尻の穴が裂けるほど貧しい」がある〕結果じゃなくて過程が重要だの、心が貧しいのが本当の貧しさだの、そんな女子高生みたいなこと言わないで。あたしはね、イルが五億を取ったら、その時たっぷり幸せを感じるんだから」

　オ・ヨンミの一貫性のある人生観に、キム・ミングは言葉を失った。その時、オ・ヨンミの携帯電話が鳴った。発信者を確認してオ・ヨンミが顔を顰めた。

「なんでしょっちゅう、一生懸命練習してる子を呼びつけて撮影したがるんだか、訳が分かんない」

「また、あの作家か？」

「ヒューマンストーリーを撮るとかなんとか。あたしがあんなにわかりやすく説明したのに、こうやって電話よこして。なんか、うちが住んでた家に行ったんだってよ。昨日、大家さんから電話がかかってきたんだから。放送局の人間だって言って訪ねて来たけど、何かあったのかって」

「うちのイルが、スターになったってことさ」

「スターだの何だのはまったく不要。あたしは、お金が必要なのよ、お金が！」

オ・ヨンミの携帯電話はしばらくしつこく鳴り続け、キム・イルが首を動かしながら、呼び出し音に合わせてリズムをとった。

「イル、お前は練習にだけ集中してなさい。練習の時と同じようにやりさえすればいいんだから。今みたいに上手にできるでしょ？」

キム・イルがうなずいた。決勝選を前に、一日十二時間を超える実戦練習が行われていた。朝に目を開け、夜に目を閉じるその時まで、キム・イルは食事をして、トイレに行って、玉を探すこと以外していなかった。洗顔とハミガキをしない日もあった。自分の位置におとなしく座って、オ・ヨンミが準備してくれる朝食を食べ、昼食を食べ、夕食を食べ、言われるままに玉を探し、寝ろと言われれば寝た。たまにオ・ヨンミがトイレに行ってこいとか、ちょっとシャワーを浴びてこいと言えば、その場から立ち上がった。トイレに行きたくても、体が痺れて窮屈でも、頭が痒くても、言い出せなかった。自分から先に言うことなど、到底思いつかなかった。シャワーを浴びたいとも思わず、尿意すら感じないようになっていた。ゼンマイを巻かれるとカタカタいいながら単純な動きを繰り返すオモチャのようだった。ゼンマイがすっかりゆるんで動きが鈍くなったら、オ・ヨンミがまたゼンマイをギリギリと巻いた。

三人全員が、いっそ早く時間が過ぎてほしいと祈っていた。待ちに待った金曜日になって、約束の時間より一時間早く出演者控室に到着した。オ・ヨンミを見るなり、最年少作家が恨み節になった。

「お母さん、本当にひどいですよ！　撮影に協力するってちゃんと同意書も書いてるのに、本当にどういうおつもりですか？　私、男の人にだってこんなにすがったことはないんですから。偉い人たちは、なんで撮影できないのかって騒いでるし、お母さんは電話に出てもくれないし、間に挟まれて私がどれだけ大変だったかわかります？」

オ・ヨンミはまったく心のこもらない謝罪を口にした。

「もうすっかり終わったことじゃないですか。これまで、作家さんもお疲れ様でしたね」

最年少作家は、生放送の進行の流れをまとめたキューシートと、司会者からの質問内容が書かれた台本を渡してリハーサルのスケジュールを説明し、控室から出て行った。オ・ヨンミが慣れた調子で台本に目を通しながらつぶやいた。

「今日で終わりね。このうんざりなマネも、旅館の部屋も、本当におしまいよ！」

16

「人生、崖っぷちだと感じていませんか？　これ以上、逃げ場はないと思っていませんか？　だったら、諦めるのですか？　ここからはあなたが、人生のチャンピオンになるのです。ザ・チャンピオン、その最終ゲームが、始まりますっ！」

司会者を照らしていたピンスポットの照明が消えて、カーテンの向こうに十人のシルエットが浮かび上がった。一枚ずつカーテンがバサッと落とされ、シルエットだけだった挑戦者の姿が現れると、すぐに司会者がかれらを紹介した。最後にキム・イルの名前が呼ばれると、観覧席から歓声が上がった。キム・イルは顎を軽く上げて、伏し目がちにカメラを見つめた。スタジオの隅に立って見ていたオ・ヨンミは、本当に自分の息子は足りないのだろうかと思ったし、副調整室に座って小さなモニターを見ていたパク・サンウンは、ギリギリと歯ぎしりをしていた。本物の粉が出そうなくらい歯ぎしりをしているせいで、司会者のコメントが既に始まっていることにも気づかず、カットをかえるのを忘れた。隣に座っている年配のスイッチャーが、勝手に画面を切り替えた。

生放送の直前、パク・サンウンはまたチョン・ヨンジュンに呼び出された。チョン・ヨンジュンは、最後の放送を前に激励のつもりで呼んだと言い、信じているぞ、うまくやれ、前に言ったことがどういう意味か、承知してるものと思ってるからな、叩かれてもかまわないが、できるだけ叩かれないようにうまくまとめろと言いつつ、バッカス〔韓国の庶民的な栄養ドリンク〕を一本手に握らせて送り出した。激励のつもりならスタジオに来て言うべきだろ、忙しい人間を行ったり来たりさせて、とブツブツ言いながらも、パク・サンウンは内心、部屋に呼ぶんだから単なる激励というレベルではないんだろうと感じた。本当にシーズン2をやるつもりなんだろうか。セオ市場との関係がこんなふうにこじれた状況で、シーズン2に進めるだろうか。いやいや、シーズン2の時は本当にちゃんとしたスポンサー企業がつくかもしれない。シーズン1さえうまくいったら、ひとまずスポンサーへの営業に走り回らなければと考えた。そうしてふと、「前に言ったこと」って何だろうと思った。放送直前に突然呼び出して、叩かれないようにうまくまとめろ、と言うところを見ると……キム・イルが一等になれるようにしろ、という言葉らしい。ああ、ホントにどうしろってんだよ！　パク・サンウンはエレベーターの壁を拳でゴンッ、と殴りつけた。

　副調整室に行きかけたが、その前にＡＤに八つ当たりでもしようと思い、ちらっとスタジオへ寄った。ちょうど、スリーカップ協会副会長のゲームマスターが、きっちり衣装を身に着けてスタジオから出てくるところだった。彼は、パク・サンウンを見かけるとニマッと笑った。いつ自分たちがこんなに親しくなったんだろうと思う間もなく、パク・サンウンはぺこりと頭を下げて挨拶をした。マスターはさらに大きく笑いながら、右手の中指で自分の左胸をトントンとつついた。そうして眉を上げ、ウインクした。結構な力をこめてパク・サンウンの肩を手のひらで叩くことまでして、スタジオを出て行った。

「なんだ？　あの変人」

気分が台無しになったパク・サンウンは、そう悪口を言った後でようやく気が付いた。彼のスーツの左側内ポケットに、お札《ふだ》が入っているのだ。放送が始まってからだとバタバタして忘れそうだから、衣装をつけたらすぐ、お前が内ポケットに直接入れてくれと、最年少作家に頼んであった。それほどフットワークは軽くないが、頼んだ仕事はぬかりなくこなす最年少作家が忘れたはずはない。マスターのムカつく笑顔がよみがえった。ここにお札、入ってるからよう！　五億出すのがそんなに惜しいか？　お前はカネを踏み倒そうとしてんだろ？　マスターにそう言われている気がした。パク・サンウンは急いでスタジオを出て副調整室に向かった。背後から、明らかにマスターのものと思われる口笛が聞こえてきた。タイトルを思い出せない古いトロット〔日本の演歌から派生したとされる大衆歌謡〕だった。恨みを抱いて　よくない思いつき　取り返しのつかない　罪を犯して……〔一九六六年に発表されて大ヒットとなった歌手ムン・ジュランのデビュー曲「同宿の歌」の歌詞〕

　CMが終わって、最終回が本格的にスタートした。進行方式はシンプルだった。カップは五個。一人ずつ出てきて競技をした。今回は本当に敗者復活戦はなしだった。一度選びそこなったら、その場で脱落。残った人々で再び競技をした。また選びそこなったら、その場で脱落。途中、何のお祝いかはわからないが歌手の祝賀コンサートがあり、キム・イルを除く勝ち抜きメンバーがセオ市場を訪れ、トッポッキ、おでん、てんぷらといった、いかにも市場らしい食べ物を買い食いする映像も流れた。ナレーションでは「楽しい時間を過ごした」となっていたが、出演者の表情はそれほど明るくなかった。

　思いのほか挑戦者たちは長く粘った。参加者たちは、練習をするほど実力が上がったと口をそろえて言った。その家族は、一週間ずっとカップを混ぜていたと話した。みんな、スリーカップマスターの資格を取ろうと意気込んでいた。キム・ミングとオ・ヨンミだけの話ではなかった。キム・イルを除く決戦進出者九人は、スリーカップゲームが観察力と集中力を高めることができる最高の頭脳スポーツだという点に強く同意していた。実際は、目端が利くマスターが難易度をうまく調節していたおかげだった。いずれにしろ脱落者は出た。一人、一人、また一人。そんなふうに数回の競技を経て、二人が残った。

「もはや、残る挑戦者は二人だけです。二人のうちのただ一人が最終ラウンドに進むことになります。参加金額の十倍！　チャンピオンとなる最後の関門、最終ラウンドに進むただ一人は、果たして誰になるんでしょうか？」

一人は、四十二歳の中年男性だった。酒と博打でもつれた彼の人生を一言で要約すれば、ろくでなし、だった。まともに稼いだことは一度もなく、そのさなかになんとか結婚はしたものの、妻が子どもと一緒に家を出てからかなり経っていた。口の両脇に、刃物でスッと切られたような深い皺が二本ずつ居座っていて、長い毛細血管が浮かんだ鼻先はところどころ赤くなっていた。一見、五十を軽く超えて見える顔つきだったが、濃い放送用のメイクを施され、グレーのパンツとコバルトブルーのニットを着せられて、少なくとも実年齢には見えた。メイク室のベテラン室長が、いくら手を入れてもうまく答えが出ず、事務用のハサミで適当に切った髪の毛も功を奏していた。

「若き日の、たった一度の過ちで家族を失った一人の男。挫折と放浪に長い時間を過ごした彼が、今日、みなさんの前に登場しました。チャンピオンになったなら、自分のもとを去った妻と子どもに、もう一度手を差し伸べたいという男。今日、彼は新しい人生を始められるでしょうか？　ザ・

チャンピオンが自分に訪れた最後のチャンスだと信じる、ソン・ジュソプさんです！」

明らかに嘘とわかっているのに、出演者本人もしばらく胸を熱くしていた。彼は客席を一度見回し、赤いライトが灯る1番カメラをじっと見つめた。礼儀正しく頭を下げて挨拶すると、再びゆっくり顔を上げた。パク・サンウンは妙に彼に気持ちが行った。彼がどれほど孤独かわかるからだ。パク・サンウンもやはり、自分のもとを去った妻と、見ることさえ叶わなかった子どもについて考えた。あの困った女房は、何の勉強をこんなに長々としているのか。金髪野郎といい仲にでもなったのか。いったい、子どもを産む気はあるのか。高齢出産と言えば、これほどの高齢出産もないのに。パク・サンウンは、他人とは思えないあの男が、仇《かたき》のごときキム・イルを振り落として堂々とチャンピオンになり、再び妻子に会えるようにと祈った。とはいえ、彼の参加費は百万ウォンだった。もしも最終的に優勝して、参加費の十倍を手に入れたとしても一千万ウォン。たかだか一千万ウォンを手に、家を出た妻にもう一度やり直そうと言ったなら、鼻で笑われすらしないだろう。空しくなった。一等になろうがなれまいが、新しい人生は始められないはずだ。おまけに相手が、あの並外れたヤツなのに。

「両親の名前で申し込み、この場に立った少年がいます。父の失業と長い闘病生活。そんな父に代わって、家庭を守らなければならなかった母。これからは二人に、幸せな生活をプレゼントしたいという十六歳の少年の願いは、果たして叶うのでしょうか？　誰もが彼の選択を、息を殺して見守っています。ザ・チャンピオン最高のイシューメーカー、キム・イル君ですっ！」

キム・イルは何の反応も見せずに宙を見ていた。想定内のことだからか、もともと鈍感な性格なのか、足りないのか、推し量れない表情だった。オ・ヨンミが足を踏み鳴らしながらおろおろしていると、キム・ミングがオ・ヨンミの手を取った。普段なら、なんでめったにしないマネをするんだと一気に振りほどくはずのオ・ヨンミは、キム・ミングの手をぎゅっと握り返してきた。キム・ミングは、久しぶりに握った妻の手がじっとり湿っているのを感じた。

男が先にゲームテーブルに上がった。マスターは余裕のある表情で、BGMに合わせて肩まで上下に揺らしながらカップを混ぜた。出演者の目がカップの素早い動きを追った。玉を当てた。次はキム・イルの番だった。マスターが意味深長な笑いを浮かべて一度咳払いをしたかと思うと、身なりを整えた。右手で左胸をスッと撫でてからカップを混ぜた。副調整室でその姿を見ていたパク・サンウンはギクリとした。マスターの手は目に見えて速く、観覧客はざわつき、キム・イルは玉を見つけた。割れんばかりの歓声が上がった。再び男がゲームテーブルに上がった。マスターの手はさらに速くなった。男の瞳がついていけなくなり、首まで細かく震えていた。玉は見つかった。男はイエス、イエス、イエス、と叫んで、感激を抑えきれなかった。

司会者が男を落ち着かせているあいだに、キム・イルがテーブルの前に座った。今度もマスターの手つきは速かった。背筋をまっすぐに伸ばして座るキム・イルは、動揺する気配はみじんも見せずに玉を探し当てた。男は大きく失望した。ゲームをしようとテーブルについてからも、男の心は落ち着いていなかった。一瞬のうちに、失望し、恐怖を感じ、期待をし、緊張をし、心模様があわただしく交錯していた。心を見失った男は玉も見失ってしまった。選択を終え、司会者が男の選んだカップを持ち上げると、中には何もなかった。観覧客が一斉に、わああ、と声を上げた。別に男を応援しているのでも、キム・イルを応援しているのでもなかった。観覧客もやはり、集団で緊張から解放され、自分たちにも意味不明の悲鳴を上げていただけだ。司会者がキム・イルをテーブルの前に案内した。

「ああ、残念ながらソン・ジュソプさんは玉を見つけられませんでした。次にキム・イル君が玉を当てたら、自動的に、キム・イル君が最終ラウンドへ進出となります。もしキム・イル君も玉を当てられなければ、勝負は再び振り出しに戻ります。さあ、マスター、始めてください」

低い音楽が流れて、マスターの手がゆっくりと動き始めた。加速度がつくように、手はだんだんに速くなった。観覧客は、遠くて小さいテーブルがよく見えないながらも、首を伸ばして目でカップを追った。マスターの手が止まるなり、キム・イルはためらうことなく真ん中のカップを指さした。マスターが、はっ、と小さく溜息をついた。司会者が首をかしげながら近づいてきた。

「いま、マスターが溜息をつかれましたね。どういう意味でしょうか？　このカップの中に、玉はあるでしょうか、ないでしょうか。キム・イル君が選んだカップは、五個のうちの真ん中。まさにこの、三番目のカップです。今回は、最初のカップから順番に開けてみましょう。玉が先に出てきたら、当然、失敗ですよね？」

司会者は最初のカップを開けた。玉はなかった。観覧席がざわめいた。二番目のカップを開けた。玉はなかった。観覧席のざわめきが少し大きくなった。三番目のカップをつかんだ。

「キム・イル君が選んだカップが、まさにこちらです。果たして、この中に玉は入っているんでしょうか？」

司会者はカップに手を添えると、少し間を作った。スタジオがおそろしいほどに静まり返った。オ・ヨンミとキム・ミングはつないだ二つの手に力を込めた。一番緊張していたのは、キム・イルの失敗を喉から手が出るほど願う、もう一人の参加者だった。彼は冷や汗をだらだら流しながら見守っていた。司会者がカップを高く持ち上げた。中に、銀の玉が入っていた。ライトを浴びた玉は、キム・イルを龍にして昇天させる如意宝珠のごとく、神秘的な虹色に輝いた。オ・ヨンミがキャアッと叫び声を上げた。みんなが予想した通り、キム・イルが最終ラウンドへと駒を進めた。

しばらくCMが流れるあいだに、パク・サンウンの支持を一身に集めていた参加者は、セットにペッと唾を吐きかけて階段を降りて行った。司会者はハンカチで額の汗をぬぐった。マスターはスーツのズボンに手のひらをごしごし擦りつけると、握ったり開いたりを繰り返して指をほぐした。それから、少しのあいだ祈るように自分の右手を左胸に当てて呼吸を整えた。肝心のキム・イルは、司会者の横にぼんやり立ったまま、司会者が手にした台本をのぞきこんでいた。

「ラストのCMでーす！」

スタッフの声が大きなスタジオに高らかに響いた。最後のCMが終わって、番組タイトルとキム・イルを紹介するダイジェスト映像が流れ、その間にキム・ミングとオ・ヨンミがセットに呼ばれた。キム・ミング、オ・ヨンミ、司会者とキム・イルが並んだ。最終ラウンドのゲームテーブルが、セットの後ろ側に別途用意されていた。直径二メートルにもなりそうな丸い舞台の真ん中に、テーブルと、向かい合わせになったイス二脚が置かれ、片方のイスにはマスターが座っていた。まだライトの当たっていないゲームテーブルで、マスターはずっとカップを混ぜる練習をしていた。

いよいよ最終ラウンドが始まった。司会者は、口元に泡を浮かべながら、精一杯声を張り上げた。

「さあ！　ついに！　最終ラウンドがスタートしました！　キム・イル君の参加金額は、みなさんご存じのように五千万ウォンです！　最終ラウンドを通過すると、賞金は、なんと……」

司会者は一瞬言葉を止めてあたりを見回し、もったいぶった口調になった。

「なんと！　五億ウォン、です！　地上波、ケーブルテレビ共に、どんなオーディション番組、どんなクイズ番組でも、これほど大きな金額の賞金はありませんでした。最終ラウンド、チャンスは一度きりです。最終ラウンドの主人公、キム、イ、ル、君です！」

観覧客は手が痺れるのもかまわずに熱烈な拍手を送った。司会者も言葉を止めてキム・イルを見つめ、心のこもった拍手をした。

「今、若い学生さんがどれほど震え、緊張していることでしょうか。みなさん、たくさんの応援で、よいパワーを送ってあげてくださいね。イル君を元気づけるために、ステージにはご両親をお迎えしています。お母さん、息子さんに一言、応援メッセージをお願いします」

オ・ヨンミは、突然ガクッとうなだれると、肩を震わせた。

「お母さんはいま、感極まっておられるようですね。まずは、涙を拭いていただいて」

司会者が、持っていたハンカチを差し出した。

「お母さんは今、涙でいっぱいです。お母さん、お話しできそうですか？」

オ・ヨンミは何度かしゃくりあげると、やっとのことで言葉を発した。

「イル、ありがとね。みなさん、ありがとうございました」

オ・ヨンミは突然ぺこぺこお辞儀をした。キム・ミングは顔をそむけ、ステージ後方を見ながら鼻を押さえ、頭を振った。オ・ヨンミの言葉は、すでに賞金を手に入れた気になって感激したせいだったが、事情がわからない人には、ここまで来られただけでもありがたい、というふうに聞こえていた。観覧席からはしのび泣きの声が聞こえ、数人の女性スタッフも鼻をすすった。誰かが拍手を始めた。誰かは口笛を吹き、誰かは歓声を上げ、誰かはキム・イルの名前を叫んだ。賭博だ、詐欺だという声はすっかり消えていた。セオ市場だなんだを、誰も覚えていなかった。感動的な人生逆転のドラマはクライマックスを迎え、その主人公であるキム・イルだけが、興味のなさそうな表情を浮かべていた。

「では、キム・イル君は私と一緒に、最後のゲームが行われる最終ラウンドのゲームテーブルへと移動します。お母さん、お父さんはここで、息子さんを応援してあげてくださいね」

キム・イルと司会者の二人は、ゆっくりとステージ後方へ進んだ。二人が丸い最終ラウンドの舞台に上がるなり、舞台がゆっくりと動き出した。キム・イルは一瞬よろめいた。リハーサルの時、舞台は動かなかった。なかなか感情を表に出さないキム・イルも慌てた様子だった。舞台は一メートル近く上昇して止まった。キム・イルは司会者に促されるまま、ワインレッドの布がかけられたテーブルに、マスターと向き合って座った。司会者がテーブルにもたれかかった。

「最終ラウンドはご想像のとおり、もう少し難しくなります。予選と本選はカップ三個、決選ではカップ五個でゲームを行いましたけれども、今回は！」

ワインレッドの布が外されて、カップが七個現れた。観覧席から、溜息か感嘆かわからない声があがった。

「御覧の通り、カップ七個です。確率が、三三％から二〇％へ、さらに一四％へと、低くなります」

オ・ヨンミが両手で口元を覆った。どうか、どうか、どうかと繰り返す姿は、祈っているようでもあり、呪文を唱えているようでもあった。一瞬間があいて、再び説明が続いた。

「そして、もう一つ、変わる点があります」

司会者はカップの一つを持ち上げた。中に銀色の玉が入っていた。

「ここにこのように、玉がありますね。そして……」

また横のカップを持ち上げた。その中にも玉があった。

「今度も、玉が入っています」

残り五個のカップをすべて持ち上げて確認した。

「今度も、今度も、ここにも、またここにもあります。そして最後のカップには、御覧のように玉はありません。ええ、そうです。玉を探すのではなくて、玉が入っていないカップを当てるわけです」

観覧席がざわめいた。オ・ヨンミが手をはらりと下ろしたかと思うと、そのまま硬直した。キム・ミングがオ・ヨンミの肩を抱いた。キム・イルの顔が強張っていた。玉がないカップを探すというルールは、やはりリハーサルでは説明されていなかった。モニターでその姿を見守っていたパク・サンウンが、右足で貧乏ゆすりを始めた。

「最終ラウンド、最後のゲームが、今、始まります！」

舞台のすべての照明が消えた。丸いピンスポット一つだけがゲームテーブルを照らした。頭上から突き刺さるような照明はあまりに明るすぎて、キム・イルの顔が蛍光灯のように青白くなっていた。照明をまともに浴びた頰骨で、光が反射していた。テーブルには七個のカップが伏せられていた。緊張しているのがありありとわかる表情のマスターと、いつも通り穏やかには見えない、怯えたようなキム・イルが、向かい合って座っている。

照明とカメラとスピーカーから轟音が流れ出して、観覧客が耳打ちしあう声が、落ち葉がかさかさ鳴る音に聞こえた。つま先立ちの慎重な足音、スタッフが台本をめくる音、ペンで何かを書く音、放送機材をつなぐケーブルが、絡み合ったまま ずるずる床を引きずられていく音が、広くて天井の高いスタジオいっぱいに広がった。キム・イルはふと、ここはこんなにうるさかったかな、と思った。その時スタジオに、低くて不快な弦楽器の音が響いた。ずん、ずん、ずん、ずん、ずずずん、ずずずん……ゆっくりと繰り返される音楽は、緊張よりも恐怖を誘発した。スタジオは不気味な雰囲気に包まれた。ゾンビの群れでも出てきそうだった。

パク・サンウンは、カメラのカットを切り替えるのも忘れて首をぐっと突き出し、モニターばかりを見つめていた。今度もスイッチャーが勝手にカメラをスイッチングした。スタジオのフルショット、キム・イルの顔、マスターの顔、テーブルの上のカップ、スタジオのフルショット、キム・イルの目、マスターの目、キラキラ光るカップ一個……ずん、ずん、ずん、という音楽に合わせて、スイッチャーはリズミカルに画面を切り替えた。

「さあ！ これからゲームマスターがカップを混ぜます。マスターがカップを混ぜるのをやめてテーブルから手を下ろしたら、キム・イル君は十秒以内に、玉の入っていないカップを選ばなければなりません。選択のチャンスはたったの一回です。十秒以内に選択できなければ、棄権したものとみなされます。マスター、準備はよろしいでしょうか？」

「はい」

マスターの声は悲壮感に満ちていた。

「キム・イル君、準備ができたら、はじめ！　と叫んでください」

相変わらず不快な音楽がスタジオに響くなか、キム・イルは黙ってカップをにらみつけていた。そんなふうにしてキム・イルがしばらく声を上げないので、観覧席がざわつき始めた。司会者が訊いた。

「キム・イル君、まだ心の準備ができていませんか？」

「……」

「キム・イル君？」

キム・イルが小さな声で答えた。

「準備、できました」

「じゃあ、はじめ、と叫んでください」

一瞬呼吸を整えると、キム・イルが、小さいながらもハッキリした声で言った。

「はじ、め」

音楽がさらに大きくなった。マスターが深呼吸をしてからカップを混ぜ始めた。玉がカップにぶつかって澄んだ音を立てた。観覧客、数十人のスタッフとパク・サンウン、十階のチョン・ヨンジュン本部長、セオ市場の人々、ネオプロダクションの面々、寝ずに深夜テレビにかじりついている多くの視聴者と、オ・ヨンミ、キム・ミング、司会者、そしてキム・イルが、息を殺してマスターの手元だけを見つめていた。手は次第に速くなった。玉がぶつかる音もだんだんに大きくなった。

カラン、カラン、カラン、カランカラン、カランカラン、カランカランカラン、カランカランカランカランカランカランカラン！

その時だった。キム・イルが目を閉じた。目を閉じたキム・イルの顔が、画面一杯に広がった。観覧客とスタッフ数十人がどよめいた。パク・サンウンは人目も気にせずに親指の爪をイライラと噛み、チョン・ヨンジュンとセオ市場の人々はテレビの前に一歩にじり寄った。オ・ヨンミは下唇を噛みしめて祈った。キム・イルが、さらにきつく目を閉じた。眉間の深い皺と、瞼の上に目立つ瞳の震え。半開きになった唇は、何か言いたげにわなないていた。キム・イルの右手がゆっくりと上がった。司会者は何の合図かと思い、慌ててスタッフに手ぶりをした。FDが、そのまま進めてくれという意味で手を高く上げると、ぐるぐる回した。その瞬間、キム・イルが、バタッと倒れた。

キム・イルはイスに座ったまま、イスごと後ろへ倒れこんだ。右手は相変わらず宙に掲げられたまま、ぶるぶる震えていた。息が苦しいのか咳き込み、そのたびに口から泡があふれ、半分ほど開けた両目には白目しか見えなかった。あちこちから悲鳴が上がった。オ・ヨンミとキム・ミングが、泣き叫びながら舞台へ駆けあがった。

副調整室も修羅場になった。パク・サンウンはそのまま凍りつき、スイッチャーがその肩を激しくゆすって「どうするんだよ」と詰め寄った。スイッチャーが動転してうっかりボタンを押し間違え、マスターの顔をアップで押さえていた2番のカメラに画面が切り替わった。マスターの顔は真っ赤に上気していた。カップを放りだしてキム・イルを起こそうと揺さぶり、大声を張り上げた。

「舞台を下ろせ！　下ろすんだ、早く！」

宙に浮いていた舞台が、ガタガタと音を立てて元の位置に戻った。司会者は、ぐらぐらと舞台が下がっているあいだに、よろめきながら大急ぎで番組のエンディングに入った。司会者の後ろで、キム・イルをおぶって駆けだすマスター、嗚咽しながら後を追うオ・ヨンミ、キム・ミングの姿がそのまま画面に映り込み、気になるからか本能的にそうしたのか、司会者もやはり、後ろをチラチラ見ながら、噛み気味にコメントした。

「えー、現在、出演者のやむを得ない事情によりまして、番組を中断せざるを得ない状況になりましたこと、ご了承ください。長い間、最終回を心待ちにしてくださった視聴者のみなさん、関係者のみなさんに、こんなかたちでお礼を伝えなければならないこと、私も心苦しいかぎりです。ひとまず今日はこの辺で失礼して、また来週、お目にかかりましょう。ありがとうございました。あっ、はい？　えっ？　ああ、はい、来週は放送がありませんね。これでおしまいです。ありがとうございました」

『ザ・チャンピオン』最終回は、長く歴史に残る放送事故で幕を下ろした。司会者は、これまでの人生で口にした中で最悪のコメントだったと自責の念にかられた。特に「これでおしまいです」という言葉に最も後悔した。十階にいたチョン・ヨンジュンが一目散にスタジオに駆けこんで来てさんざん喚き散らし、会社に残っていたエンジョイ・チャンネルのたくさんの社員が、見物がてらスタジオに押しかけた。スタジオにいたスタッフは、まだ呆然としていた。大惨事の現場で生き残ったかのように大丈夫かと声を掛け合い、慰めの言葉を交わした。ＡＤ二人は救急車に乗りこんでキム・イルと一緒に病院へ行った。しばらくして、パク・サンウンにＡＤから電話が入った。

「キム・イル、大丈夫ですよ。単に一瞬気を失っただけだそうです。言ってみれば過労と緊張による失神だと。基本的な検査はしましたが、異常なしでした。今、安定剤を打って寝てます」

「そうか。ありがとう」

誰に何がありがたいのかわからないが、パク・サンウンの口からは感謝の言葉が出ていた。そのありがたい知らせをネオプロダクションの社員と『ザ・チャンピオン』のスタッフに伝え、とりあえずはみんなを帰宅させた。予想もしない結果だっただけに、どんな波紋が起きてどう収拾すべきか、見当がつかなかった。その夜、夢も見ずにぐっすり眠った人間は、キム・イルのみだった。

17

　キム・イルは、ぼんやりとバス停に座っていた。真夏の太陽は人を焼き殺すかのように熱かった。バスを待つ人は、ひっきりなしに手で仰いだり、うなじの汗を拭いたりしていた。キム・イルは、鼻先を、顎を、両手と背筋を、だらだらと流れる汗を拭きもせず、じっと座っていた。新しい町に引っ越して来てから、キム・イルは毎日バス停に来ていた。当初、キム・イルが座っているベンチには誰も座ろうとしなかった。だが、人々はすぐに見慣れぬ風景になじみ、キム・イルの隣に座っても平気になった。話しかけたり、仰いでくれたりする人もいた。町にばかが一人引っ越してきたと、淡々と受け入れているようだった。

　オ・ヨンミがバス停へやってきてキム・イルの名前を呼んだ。かなりの大声で何度か呼んでも、キム・イルは振り返らなかった。キム・イルには、車のクラクションも、蟬の声も、人のコソコソいう声も聞こえなかった。キム・イルは、オ・ヨンミの声も、聞こえないことのほうが多かった。聴力に異常が生じたわけではない。自分を呼ぶオ・ヨンミの声も、聞こえないことのほうが多かった。

　事故以降、正確に言えば気絶して目覚めてから、キム・イルの耳には、接したことのない音が聞こえるようになった。キム・イルだけでなく他の誰にも聞くことができず、聞いたことのない音だった。キム・イルには確かに聞こえるが、実はどこからも出ていない音だった。キム・イルは、音がない音を聞き始めていた。がらんとしたバス停と夕日が、日差しと丘、風、たわんだ枝が話をした。押し黙る人々とその無表情な顔つき、髪の毛をかき上げる指、だらりと落ちた肩、軽い足取りが、キム・イルに語りかけてきた。怖いとか、さみしいとか、幸せだとか、楽しいだとかも言ったし、待てとか、帰れとか、考えるなとか、答えろとかの命令もした。だが、「こ、わ、い」あるいは「ま、て」という言葉がきちんきちんと聞こえるのではなかった。なんとなく、そう伝えているのがわかった。感じるのではなくて、確かに聞こえるのだった。

世の中のすべての事物と、現象と、空間と、時間と、痕跡と、動きが、ぺちゃくちゃ話をした。周波数が合っていないラジオから流れる雑音のようでもあったし、アリや蚊のような小さな昆虫の声のようでもあったし、イルカやコウモリが出す超音波のようでもあった。果たしてそれらをすべて音と規定できるのだろうか、という音だった。とにかく、それらの音がみんなキム・イルには聞こえたし、キム・イルはその意味を理解していた。

さらに、キム・イルは音で、人や事物や概念を認識するようになった。母のオ・ヨンミからは爆竹が爆《は》ぜるような音が聞こえ、父のキム・ミングからは水が流れる音がした。ある人からは携帯電話のボタン音が聞こえて、別なある人からは穏やかなオルゴールの音がし、きびがらが折れるような音を立てる人もいた。信号が赤にかわると大きな木製の門が閉まる音がして、青になると、小さな子どもたちがぺちゃくちゃ話す声がした。数字の1からは口笛が聞こえ、2からは湯呑がぶつかる音が聞こえ、3からは心臓の音が聞こえた。33番のバスがどきどきどきしながらバス停に入ってくると、キム・イルはその音のせいで、よく不安になった。

音のない音に心を奪われて、肝心の、意味や目的を持つ音はまるで聞き取れなくなった。人の声も聞こえないし、車のクラクションや電話のベルも聞こえなかった。実際の音とキム・イルに聞こえる音がまったく違っていて、混乱をきたすことも多かった。風の音がする雨の音、泣き声がする笑い、鼻をかむ音がする咳の音、犬の吠える声がする猫の鳴き声。実体を見抜くことが難しかった。ある音は笑っていて、ある音は泣いていて、ある音は泣かされていた。キム・イルは、毎日同じ姿でバス停に座ってその音を聞きながら、音がどこからしているのか、どうしてするのか、よりによってなぜ、自分にそんな音が聞こえるのか、これからどうするべきかを考えていた。

バス停のベンチにアリが一匹、這いつくばっていた。キム・イルは、アリを持ち上げてまた下ろした。アリは、元いた場所をぐるぐる回りながらあたふたしていた。一年生の時、理科の先生が、アリと人は同じ世界を別な次元で生きている、という話をしてくれたことがある。二次元のアリの世界には空間の概念がないから、アリにとっては、世界が広くて平らな面に感じられるというのだ。つまり、アリにとっては床を這いまわることや、壁をのぼることや、天井にくっついていることは同じことなのだという。空中に浮かんだアリは、どんなことを考えているんだろう。何か巨大な力が自分を持ち上げているような感じだろうと思った。別の世界では、この音は妙な音じゃないのかもしれない。その世界では、自分はばかじゃないのかもしれない。

遠くで、ギイーッ、と木の門が閉まる音がした。キム・イルは、信号が赤にかわったのだと思った。まもなく、パンパンと爆竹が爆ぜる音が聞こえた。爆竹の音はだんだんに近づいて、オ・ヨンミがキム・イルの肩をポン、と叩いた。

「お昼にしよう」

キム・イルは立ち上がると、おとなしくオ・ヨンミの後をついていった。おかずは、海苔とキムチと目玉焼きだけだった。それさえもキム・イルは手をつけなかった。冷やご飯に冷たい水をかけてかきこむとトイレに行き、またバス停に戻った。キム・イルがごはんに水をかけて食べるようになってから、オ・ヨンミは一生懸命おかずをこしらえた。好物があればちゃんと食べるかと思ったのだ。おかずの皿を重ねて置かなければならないくらいにご馳走を用意しても、キム・イルはごはんと水しか口にしなかった。水をかけられないよう、ジャージャーごはん〔カレーのように、ジャージャーソースをご飯の上にかけたもの〕やカレー、汁なし冷麺のようなものを作りもした。キム・イルは食卓をじっと眺めると、水だけ飲んで立ち上がった。食卓は、再び寂しいものになった。毎日、三杯のご飯と三杯の水しか腹に収めないキム・イルは、目に見えて痩せていった。オ・ヨンミは、食事をして出かけるキム・イルの後ろ姿を見送ると、しばらく溜息をついてから皿を片づけた。

　夕食の時間帯も同じだった。オ・ヨンミが呼ぶと、キム・イルはまた後をついてきてご飯を食べ、再びバス停に出かけた。キム・イルはそんなふうにずっとバス停に座り、バス停に設置された広告板の電気がつくと、自分で家に戻って来た。ライトがつかなければ、どんなに家に帰ろうと言ってもテコでも動かなかった。広告のライトが何かのシグナルになっているらしかった。オ・ヨンミも、最初のうちは心配でバス停に一緒に座っていた。やがて、だんだんにキム・イルを一人にする時間が長くなった。夜もバス停に行ってみようとはしなかった。広告のライトは毎日夜八時には間違いなくつくし、ライトがつけばキム・イルは自分から家に戻って来た。

　夕食の後かたづけを終えると、オ・ヨンミは家の中を整理し、雑巾がけをして、少しテレビの前に横になった。そうしているうちにスーッと寝入ってしまった。十一時になってやっと仕事から戻ったキム・ミングは、布団もかけずに横寝しているオ・ヨンミを、足でつんつん突いて起こした。

「なんでそうやって寝てるんだ？」

「うっかり居眠りしちゃった」

オ・ヨンミは唾をぬぐいながら、やおら起き上がって座った。

「イルは？」

「寝てる」

何気なく答えてから、キム・イルがまだ帰っていなかったことに気がついた。時計を見て、オ・ヨンミの顔から血の気が引いた。右足には自分のサンダル、左足にはキム・ミングのサンダルをひっかけて、足を引きずりながら走った。幸い、キム・イルはバス停に座っていた。オ・ヨンミはキム・イルを見るなり、手が出るにまかせて容赦なくキム・イルの背中を張り飛ばした。

「何やってんのよ？　今何時だと思って帰ってこないの？　母さんがどんなに驚いたかわかる、このろくでなしのダメ息子が！」

キム・イルは涙をぽろぽろ流した。ベンチと地面いっぱいに水がたまっていた。おもらしをしたのだ。故障したのか、広告板はライトがついていなかった。オ・ヨンミはキム・イルを立ち上がらせようとした。

「家に帰ろう」

キム・イルは首を横に振って抵抗した。オ・ヨンミが無理やりにキム・イルを立たせた。

「人が、いつ見込みがなくなるかわかる？　垂れ流しになるときなんだよ。いくらばかだって、病人だって、認知症の年寄りだって、トイレに行けてるうちは希望があるの。あたしたち、他はともかく、うんことおしっこはトイレでしょう」

帰ってみると、キム・ミングはオ・ヨンミのようにテレビの前で寝入っていた。キム・ミングは小さな建物の警備員として働いていた。玄関入り口の狭いブースに座って、一日中たくさんの人と目を合わせなければならない仕事だが、よく耐えていた。勤務はシフト表に従って三交代制で繰り返された。午前勤務が終わると一日休み、夜勤務が終わると二日休みだ。しかし三日ほど徹夜をした後だから、二日のうち一日はずっと寝てばかりだった。不規則な生活で体はあっという間に疲れやすくなったし、そんなふうに働いても、派遣業者を介して受け取るお金は最低生活費より少なかった。もちろん、ジャージャー麺の配達に回っている時よりはマシだった。

オ・ヨンミは、キム・イルの身体を洗って部屋に寝かせた。キム・ミングにひとしきり愚痴を言おうかと思ったが、気の毒になってしまった。オ・ヨンミは、キム・ミングを揺すって起こした。

「ちょっと、話があるの」

キム・ミングが寝返りを打ちながら、面倒くさそうに言った。

「聞いてるよ。話して」

「ちょっと、起きてよ」

「俺、本当に起きられないんだって。いいから話して」

オ・ヨンミは、キム・ミングが頭にもきたし、哀れにもなった。何度かさらに肩を揺さぶったが、途中であきらめた。

「わかった。じゃあ目だけ開けて」

キム・ミングが薄目を開けた。オ・ヨンミがキム・ミングの目の前に顔をにゅっと出して言った。

「あたしたち、イルにピアノを習わせよっか?」

「俺の稼ぎで、イルのピアノ教室代まで出せるか?」

「あたしが節約するから」

「突然どうしたんだ? 今、イルにピアノがうまくやれると思う? もう前のイルとは違うんだから」

「わかってる。だからって、いつまでもああして放っておけないでしょ」

「よくなるよ。病院で、何の異常もないって言われたんだし」

「何か刺激を与えたら、少なくとも前くらいには戻れるんじゃないかな? どう考えても、ピアノが一番いいと思う。そうしようよ、ね? あたし、本当に節約するから」

キム・ミングはオ・ヨンミをまじまじと見た。

「少しは余裕があるみたいだな。そんなこと考えるところをみると」

キム・ミングが目をつむって続けた。

「好きにすればいいよ。でも、さっきも言ったけど、無駄だと思うな。よく考えてみろって。前だって、今とそう変わらなかったんだ。あの頃だってうちのイルは……いや」

「イルが何よ?」

「いや」

「何?」

「すっかり忘れてるようだけど、うちのイル、もともと、足りなかったんだよ」

オ・ヨンミも隣に寝っ転がってしまった。汗だくの二の腕が、ビニールの床にぺたっと貼りついた。

「ろくでなし野郎」

「誰のこと？　あいつら？　忘れちゃえって。他のことはきれいさっぱり忘れちまうイルが、あのことだけ覚えてるはずないんだしさ。路頭に迷わずに、この程度でも暮らせてるんだから」

「あいつら、バチが当たるんだから」

「寝ろって。明日、イルを連れて一度病院に行っといでよ。俺の考えとしては、ピアノ教室より病院に通うほうが、いいと思うけどね」

　口ではそう言ったものの、キム・ミングも五億のことが忘れられなかった。スリに遭った気分だった。紆余曲折の末、こうやって身を横たえられる家を手に入れた時は、それだけでもありがたかった。だがキム・イルは良くならず、仕事はままならず、生活は遅々として前に進まなかった。

「もしも」という思いが、頭から離れなかった。

18

最後の生放送が事故で幕を下ろしたその夜、眠っているキム・イルを救急室に残して売店に行くと、オ・ヨンミとキム・ミングは、のんびりカップラーメンをすすった。

「本当に、大丈夫だよね？」

「大丈夫だって言ってたじゃないか。医者が大丈夫って言ってたんだから、大丈夫なんだよ」

「ところでパパ、あたしたちのお金はどうなるんだろう？」

「お前は、わが子が死にかけたってのに、もうカネの話か？」

「死にかけて生き返ったでしょ。生き返ったんだから、これから生きてく心配をしなくっちゃ」

「すっからかんになったんだって。まずはイルの入院費をどうやって払う？　旅館代もないしさ」

キム・ミングが箸を下ろした。カップラーメンの赤いスープに波紋が広がるほど、大きな溜息をついた。オ・ヨンミは空気が読めずに、明るく言った。

「イルが、答えを間違ったわけじゃないでしょ？」

「へっ？」

「考えてみてよ。イルが答えを間違ったわけじゃないんだってば」

「当てたわけでもないだろ」

「でしょ！　当てたわけでもないけど、間違ったわけでもない。ただ、事情ができて大会が中断しただけ」

「だから？」

「野球の試合をしてて大雨になったら、雨が止むまで休んで、また始めるよね。でなきゃ再試合をするとか」

「だから？」

「再試合を、要求しなくっちゃ」

キム・ミングはしばらく考えて、オ・ヨンミのバッグから皺くちゃになった参加申請書と同意書を取り出した。オ・ヨンミも頭を寄せて申請書をもう一度眺めた。「天変地異、主催者側の不可抗力により大会が中止となった際は、参加費を全額お返しいたします。個人の事情により本選に参加できない場合、参加費は返還されません」という文章にアンダーラインが引かれていた。

「今のこの状況って、天変地異か、主催者側の不可抗力による大会中止、って感じかな？」

「うーん……それじゃないよね」

「じゃあ、個人の事情により本選に参加できない場合？」

「参加はしたでしょ」

「とりあえず、イルの目がさめたら、様子を一度みてみよう。玉があるカップでも、ないカップでも、当てられるかをまず確かめて」

「万が一状態がよくなかったら？」

「そうだなあ」

「よくなかったら、参加費だけでも返してくれって言ってみようか」

「返してくれると思うか？」

「返さないってことはないでしょ。イルが本選に参加しなかったわけじゃないんだし。それに、考えてみてよ。あいつらが勝手にルールをかえたんだって。スリーカップは、明らかに玉があるカップを探すゲームであって、玉がないカップを探すんじゃないんだよ。玉が六個もカンカンいうから、あの子の頭がおかしくなっちゃったのよ」

キム・ミングは、これからどう生きなければならないかの心配はしていなかった。どう転んだって今より悪くはならないはずだ。このとんでもない事態の後始末はオ・ヨンミに任せて、自分はまた仕事に出るべきだろうと思った。いっそ外に出て稼いでくるほうが、お金をもらうより簡単な気がした。ジャージャー麵の配達を辞めてから一か月以上経っていた。心優しい店主は、きっとまた受け入れてくれるだろう。


オ・ヨンミは、まる十二時間眠って非常にすっきりした顔で目覚めたキム・イルを前に立たせて、エンジョイ・チャンネルを訪れた。エンジョイ・チャンネルでは、親切にネオプロダクションの住所とパク・サンウンの携帯電話の番号を教えてくれた。外注制作だの、プロダクションだの、スポンサーだのいうエンジョイ・チャンネルの話を全部理解することはできなかったが、番組の時に顔を合わせた作家やＰＤの姿を見かけないのは事実だった。とにかく、問題を解決すべき人物はパク・サンウンだと言われて、ひとまずネオプロダクションを訪ねた。

同じブロックを何周もして、ようやくネオプロダクションが入っているというビルを見つけた。

ネオプロダクションはエンジョイ・チャンネルのような放送局ではなかった。汝矣島《ヨイド》〔国会議事堂があり、放送局の本社や大手金融機関などが集まる地域〕にあるオフィスビルの三〇二号室と言っていた。そのビルを丸ごと使っているのでもなく、ワンフロアを全部使っているのでもなく、ぽつんと三〇二号室一部屋だけを借りて使っているのだ。オ・ヨンミは、なぜだか詐欺に遭ったような気分になった。建物に入ろうとするキム・ミングの袖を引っ張った。

「あたしたち、ちょっと作戦を立ててから入ろう」

「作戦？　何の作戦？」

「何を根拠に参加費を返してくれって言うか、もし再試合を進めようって言われたら、何て言うか」

　ショックを受けたせいか、キム・イルは玉を見つけ出せなくなっていた。カップを三つだけ置いてゆっくり混ぜても、キム・イルはずっと空振りだった。聞こえないと言った。キム・ミングの一番の心配は、オ・ヨンミの失言だった。

「お前はあんまり話さなければいいよ。言葉尻を摑まれるようなことを、無駄に持ち出すなってこと。いい感じで話が進んでるうちに、参加費を返してほしいってそっと切り出してみて、うまく通じなきゃその時は、突然ルールを変えたことを問題にしよう。サッカーでボールを十個蹴るのを見たことあるか？　野球で一回にボール十個投げるのを見たことあるか？　ありえないだろ。再試合は、子どものコンディションが戻ってないからできないって言ってさ。とにかく、再試合は避けなくちゃ」

「わかった。それはそうと、あのＰＤの目つきは並みじゃなかったよね。人を押さえつけるところがあって」

「だな。それに押さえこまれちゃダメなんだ。俺たちが先に、機先《きせん》を制して押し込まなきゃいけない」

昼を噛んでいたオ・ヨンミが、いいことを思いついたのか、手をパチンと叩いた。

「パパが、事務所のドアをパーッと開け放ってから、目の前にあるイスを一つ、とりあえず蹴とばすの！」

「えっ？」

「蹴とばしながらこう言うのよ、パク・サンウン、出てきやがれ！　喧嘩は先パンをかますのが大事だもんね」

「先パン？　先制パンチのことか？　お前、そんな言葉どこで覚えたんだ？」

「今そんな話はどうだっていいでしょ。するの？　しないの？」

「するから、するから」

そう返事はしたものの、キム・ミングは自信がなかった。

現実はシナリオ通りにはいかなかった。まず、事務所のドアを乱暴に開け放つことができなかった。しっかり施錠されたガラスのドアの前でインターフォンを押すと、スピーカーから女性社員の声が流れてきた。

「どちらさまでしょう？」

キム・イルの家族だ、パク・サンウンPDに会いに来た、と言うと、すぐさま女性社員がドアを開けてくれた。大声でパク・サンウンを探す必要もなくなった。女性社員の後についてちょこまか進んでいると、オ・ヨンミがキム・ミングの横っ腹をつんつんと突いた。イスを蹴りとばせ、という意味だった。しかし、事務所の入り口にはイスの代わりにソファーが置かれていた。蹴とばしてもビクともしない気がした。キム・ミングは他に蹴とばせるものがないか、慌てて目を動かした。鉢植え？　土がすっかりこぼれちゃうよな。本棚？　本が落ちたら人がケガしそうだけど。向こうのイスは、あまりに机の奥に押し込まれすぎだよな？　蹴とばしたって机の中じゃないか。イスをちょっと引いてから蹴とばすか？　それ、見た目マヌケだけどな。そんなことを悩んでいるあいだにパク・サンウンが現れて、家族三人を会議室へと案内した。

「ちょうどお電話を差し上げようと思っていたところに、こんなふうに直接お越しいただいて。連絡が遅くなって申し訳ありませんでした。実は、午前中にエンジョイ・チャンネルに行ってきたんですよ。ずいぶんと絞られました。イル君、大丈夫ですか？　病院の費用は気にせずに、もう少し休んでいたらよかったのに、どうしてもう退院したんです？」

パク・サンウンは予想外のやり方で機先を制した。パク・サンウンの丁重な態度と、一日で半分くらいのサイズになった顔を見ているうちに、さかんに意気込んでいたオ・ヨンミの気持ちがすーっと鎮まった。だが、ここで押されてはだめだと気を引き締めた。

「うちも、エンジョイ・チャンネルに行ってきたんですが。行き違いになったみたいですね。放送中は、イルと一度会いたいって何十回も電話をよこしていた人たちが、連絡もくれないし。時間のあるこちらがお邪魔する以外、方法がありますか？」

「お気を悪くされたのなら本当に申し訳ありません。お話しした通り、うちもバタバタしてまして」

「まあ、それは終わったこととして。どうされるおつもりですか？」

「イル君は、普段から体調がすごくいいというわけでもなかったですし、放送の準備で緊張して起きたことではありますが、いずれにせよ、うちの番組の途中で起きたことですよね。ですから、病院の治療費はこちらでなんとかしました。検査費用がかなりかかってましたね。検査結果に何の異常もないということで、本当によかったですよ」

オ・ヨンミがギクッとした。

「入院費用のことはお礼を申します。でも、おっしゃるとおり番組中に起きたことですから、そちらで出されるのが筋ですよね。じゃあ、うちのお金はどうなるんでしょう？」

「お金、といいますと？」

「大会が、中断したじゃないですか」

「番組は終わりましたよ。大会も終わりましたし」

「じゃあ、再試合はないってことですか？」

「そうです」

オ・ヨンミとキム・ミングは息をついた。

「大会が突然中断になったからには、有力な優勝候補だったイルに、一定の補償をしていただくべきだと思うんですけど？」

「どうしてですか？　主催側の準備に落ち度があったのではなくて、イル君の事情で中断したんじゃないですか。いわば、棄権したってことですよね」

「それ、誰のせいかって話ですか？　そうですよ、うちのイルが気絶したんです。でも、先に悪いことをしたのはそっちじゃないですか。スリーカップゲームは、あきらかにカップの中の玉を探すゲームですよ。玉がないカップを探すゲームじゃなくて、です。正直に言ってください。イルが一等になれないように、ルールを変えたんですよね？　うちが五億も持っていくことになりそうだから、惜しくなってそうしたんじゃないですか」

パク・サンウンはどきっとした。

「変えたんじゃありません。もともとそうするつもりだったんです。他のクイズ番組も御覧になってください。レベルが高くなるほど、難易度が上がるじゃないですか」

「あれは、難易度が上がるなんてもんじゃありませんでしたよ。考えてみてくださいよ。サッカーで決勝戦だからって、ボールを十個ずつ放り込んでゲームしますか？　野球で決勝戦だからって、投手がいっぺんに十個、ボール投げますか？　違いますよね。すべてのスポーツには、基本のルールってものがあるじゃないですか。なのに、カップの中の玉を当てるっていうスリーカップゲームの基本ルールが破られたんです。これは反則ですよ。放送局が、反則をしたんですってば」

オ・ヨンミがキム・ミングの言葉を引用してぶちまけた。何も言えなくさせるつもりだったが、意外にもパク・サンウンは、きちんきちんと言い返した。

「すべてのスポーツは、勝負の決着をつけるために、変形させたゲームもしますよ。サッカーではPK戦っていうのがありますよね。野球だって、走者を出しておいて打っていくタイブレークっていうのがあります。最終ラウンドは、いわばスリーカップゲームをさらにスリル満点にするために変形したものです。まったく問題にはなりません」

「事前に予告もなく突然ゲームのルールを変えて、それでなくても敏感なイルを気絶させたのは事実じゃないですか。考えてみてくださいよ。もしＰＤさんが全国のど自慢に出場して、司会がソン・ヘ〔三十四年間、韓国の公共放送ＫＢＳ『全国のど自慢』の司会を務めた〕じゃなくてホ・チャム〔二十六年間、ＫＢＳの看板番組『家族娯楽館』の司会を務めた〕だったとしますよね。ＰＤさん、驚きますか、驚きませんか？」

「驚きはするでしょうが、気絶はしないでしょうね」

「気絶はしないけど、自分の実力は発揮できないですよね。そしたら悔しいでしょ」

「悔しいから賞をくれ、とは言わないと思います」

「こっちは賞をくれって言ってないじゃないですか」

「じゃあ、何なんですか？」

オ・ヨンミとパク・サンウンの空回りするばかりの口論を見ていられずに、キム・ミングが口を挟んだ。

「うちは、全財産を賭けてたんです。実際の話、イルはカップを選びそこなって落ちたわけじゃありませんよね。カップを選ぶチャンスさえ、与えられなかったじゃないですか。だから、うちの立場としては、悔しく思わざるを得ないんですよ」

「私も、もう一度チャンスを差し上げたいとは思います。でも、放送局の編成は、こちらの勝手で番組を組んだり外したりはできないんですよ。もう他の番組の放送予定が全部決まっていますし、大会は終わったんです」

キム・ミングがパク・サンウンの手をぎゅっと握りしめた。

「参加費だけでも、返してください。申請書にもありましたよね、天変地異によって大会が中断されたら、参加費を返してくれるって。これは天変地異ですよ。うちは路頭に迷うことになるんです。

どうかお願いします。理由はともかく、結果的に大会が無効になったんなら、参加費も返してくれるべきじゃないですか？」

実は、パク・サンウンは午前中、セオ市場へ足を運んでいた。キム・イルの参加費の問題を相談するためだった。パク・サンウンは、五億も渡すところだったのが五千万ですみそうだと喜んでいた。放送事故による責任は免れないだろうが、責任がどんなに大きくても五億ウォンにはならなかった。むしろうまくいったというパク・サンウンの言葉に、チョン・ギソプは返事をしなかった。いまや球《コン》は、いやカネ《トン》は、チョン・ギソプにあった。

「ちょうど、うちのメンバーでその話をしてたところでしてね」

チョン・ギソプは、無駄にコーヒーを淹れ、テーブルを片付け、窓を開けて時間を稼いだ。パク・サンウンは急かしたい気持ちをグッとこらえた。

「考えてみてください、ＰＤさん。キム・イルに参加費を返したってわかったら、他の参加者たちも、みんな返してくれって言い出しませんか？」

「というと？」

「おわかりでしょうけど、こっちはカネがほしくてこうしてるわけじゃありません。ただ、こっちだって大会の準備で神経を使ったことも、一つや二つじゃありませんでした。撮影だっていっては、前触れもなく押しかけて来て、あれやこれや頼み事もいっぱいしていきましたよね？　商人会のメンバーは毎回店を閉めて、撮影の準備にかかりきりでした。何より、賞金のことでずいぶんと気苦労しましたし。苦労は苦労、それとは別にカネはまたすっかり返してやって。そしたら、こっちはどこで報われるんです？　金銭管理は全部僕に一任するって、言ってましたよね。大会の収益は市場の発展のために使うことにしたし。確認証、ありますよね?」

返す言葉がなかった。そしてパク・サンウンは、キム・ミングの頼みにも返事ができなかった。チョン・ギソプがおとなしく参加費を返すようには思えなかった。キム・イルの家族も、おとなしく引き下がる気配はなかった。パク・サンウンは、大会を企画し進行したのはすべてスリーカップ協会だから、協会に確認してみると言いつくろって家族三人をとりあえず追い返した。必ず電話を入れると約束するパク・サンウンに、オ・ヨンミは、明日までに連絡がなければ黙っていないと脅しをかけた。

キム・イル一家を見送って戻ると、パク・サンウンはめまいを感じた。柱につかまってガクガク震えているパク・サンウンの姿に、チェ・ギョンモが驚いて駆け寄った。

「大丈夫ですか? 社長」

「うん、ただ……貧血を起こしたらしい。血を吸い取られた気分だ」

チェ・ギョンモに支えられて席に戻ると、チョン・ヨンジュンから携帯メールが入っていた。

「行ったか? こっち来てたぞ。よろしく」。主語もない、前後がぷつぷつ切れている言葉だったが、すべて理解できた。パク・サンウンは溜息をついてチョン・ヨンジュンに電話をかけた。チョン・ヨンジュンはいきなり、どうするつもりだと詰めよってきた。

「VOD〔Video On Demand 動画配信サービス〕にも上げてなかったのに、もう動画が出回ってるってよ。みっともない、まったく。ファンカム〔ファンが推しのメンバーだけを撮影した映像〕だとさ。一体、どこのどいつが撮ったんだ? 俺は一〇〇%懲戒処分だ。おそらく、おまえんとこの会社もお咎めなしでは済まないと思うぞ。掲示板には、本当に大会は終わったのか、賞金はどうなるのかって文章がアップされ始めてるし。そうだ、キム・イル、大丈夫なのか？　朝、確かにこの目で見たんだが、今、重症患者の病棟にいるって画像が上がってて、あれ上げてるヤツはまたどういうつもりなんだ？　そいつのＩＤを追跡して、おれがサイバー捜査隊に訴えてやる。お前、なんで黙ってるんだ？」

「だから……質問は何でしたっけ？」

「キム・イルは大丈夫かって」

「ええ、さっきちゃんと歩いて帰りました」

「行ったんだな。それにしても、すぐに行ったもんだ。大会は終わりか？　賞金は？」

「終わりですよ。カネの問題は、協会と話して報告します」

「いつ？　時間がないぞ」

「すぐに動きますよ。今日やります」

「あっ、キム・イルの連絡先を教えてくれって、あちこちで大騒ぎしてるぞ。ヒューマンドキュメンタリーの作家もそうだし、新聞記者もものすごく食いついてるって。連絡先を教えてもいいか？　朝見たところただならぬ雰囲気だったから、問い合わせを受けるだけにして教えるなって言っておいたんだが」

「あ〜、ダメです！　ダメです！　あの人たち、余計な話を騒いで回るかもしれませんから」

「だと思って教えるなって言っといたんだよ。とにかく、お前が早く収拾しろな。まあ、あの子が気絶したのは誰の責任でもないが、幕引きはうまくしないと。今日中に報告するって言ったよな？　しなかったら、黙ってないからな」

　パク・サンウンの周辺は、ことごとく黙っていない人間ばかりだった。

仕方なく、またチョン・ギソプを訪ねた。オ・ヨンミとキム・ミングに会った、キム・イルは半病人の状態で、治療費がどれほどかかるかわからないと嘘をついた。チョン・ヨンジュンの「重症患者の病棟」発言でアイディアがひらめいた。掲示板に画像が上がっていたけど見なかったのかと訊くと、チョン・ギソプは驚いた様子だった。

「気の毒な人を助けましょうよ。こんなことをして、若い人にもしものことがあったらどうするんですか。そうしたら私は、死ぬまで逃れられないと思ってるんです。アイツの影に、一生付きまとわれるんでしょう。総務さん、私ら、そんな荷を背負うのはやめましょうよ。ポケットをはたいて助けるどころか、奪いとるっていうのはやめにしましょう」

チョン・ギソプがびっくり仰天した。

「奪うって、誰が奪ったんですか？　真っ当な人間をどうして泥棒扱いするんです？」

チョン・ギソプは、カネには目ヤニほどの未練もないと頭から否定し、とにかくこの問題は商人会のメンバーと相談して決めると突っぱねた。パク・サンウンはしきりに、小さい子が可哀想に、親がカネのために子どもを見捨てないかと心配だ、キム・イルの命は総務さんにかかっている云々並べ、チョン・ギソプの良心と人情に訴えた。チョン・ギソプのまなざしが揺れた。パク・サンウンは、この話がうまくいったら、病棟の画像をアップしたヤツのＩＤを追跡して、メシでも奢ってやらなければと思った。信じている、連絡してほしい、という言葉を残して立ち去った。

チョン・ギソプは、ただちに掲示板にアクセスして画像を確認した。画像の中の患者にはありとあらゆるケーブルやチューブがぶら下がっていて、誰だか見分けもつかなかった。本当に、キム・

イルにもしものことがあったら……ぼーっとした顔つきの若い霊が、自分に付きまといながら、ちりんちりんと玉を揺らし続ける場面が頭から離れなかった。一瞬ごとにドキッとして後ろを振り返った。しょっちゅう余計なものが見えるので、別れて一時間後にパク・サンウンに電話をかけ、キム・イルは生きているかと確認したりもした。パク・サンウンは溜息をつきながら、今のところは、と言った。

放送後はじめて、チョン・ギソプは商人会の会議を招集した。ホラーな時間にこれ以上耐えられなかったからだ。精一杯淡々と、キム・イルの事情を伝えた。自分がどんな幻想と恐怖に苦しんでいるかは言わなかった。意外なことに、精肉店のパク社長が参加費を返してやろうと言った。

「どうせ俺らのカネじゃないだろ。だまってカネを全部返してやって、この気まずいことから手を引こうや。あいつが泡吹いてひっくり返った時、尋常じゃなかったもんな」

しかし、他のメンバーは乗り気ではなかった。

「手を引くの引かないのって話か？　とっくにみんな終わった話なのに？」

「だから？　返してやらないってのか？」

「必ずしもそういうわけじゃなくてさ。ただ、俺らと関係のないことだから、気にしないでいようって」

「それは、返すなってことだろうが。お前さんにはガッカリだな」

「なに？　ガッカリだと？」

チョン・ギソプはいたたまれなかった。身動きもできずに寝たきりでいる子どものことが本気で心配でもあったし、商人会のメンバーが喧嘩をするのを見るのも嫌だったし、何より、キム・イルのお化けが頭から離れなかった。チョン・ギソプは会長に訊いた。

「会長はどうお考えですか？」

会長は、答える代わりに訊き返した。

「チョン総務はどう思う？」

「僕は正直、そのまま返してやったらどうかって思ってます。若者ですらない、まだ子どもなのに、もしものことがあって恨みにでも思われたら、どうしますか？」

「だよな？　オレも、そうは思うんだが」

会長は大きくて荒れた手で頬をごしごしと擦ると、慎重に付け加えた。

「セオ市場の人間の恨みは、これまたどうする？　穴のあいていたアーケードの屋根も直すことにしたし、事務所の建物も改修して、休憩室と託児ルームを作ろうって言ってたが……正確なところ、子どもの状態はどうなんだ？」

チョン・ギソプも正確な状態はわからなかった。ただ、半病人になって寝付いていると聞かされていた。今は病院で寝ているのか、退院したかも知らなかった。チョン・ギソプの幻覚の中で、ぼくの玉を返せ、ぼくの玉を返せ、と言っているだけだ。チョン・ギソプは適当に話を膨らませて答えた。

「頭のどこかやられたのか、植物人間になって、重症患者の部屋で寝たきりみたいです。病院代がどれくらいかかるかわからないそうです。親はカネを根こそぎ大会に突っ込んでるから、治療費がなくて。かといって、あきらめるわけにはいかないですよね。それでもがんばってる命なのに」

チョン・ギソプは少し誇張しすぎかと思ったが、一度出た言葉を回収するわけにもいかなかった。

結局、会議は事務所ではまとまらず、豚足の店まで続いた。みな、マッコルリをけっこうな量飲んだ。酒がある程度回ると、果物店のキム社長が、主張なのか繰り言なのかわからない言葉を吐いた。

「実際、五千万ウォンは惜しくない。それしき、返してやったらいいよ。でも、二億は惜しい。参加者みんなが押しかけて来て、カネを出せって言ったら、こっちはどうすればいい？　渡したくない。自分のカネでもないのに。人の心ってのは、本当におもしろいもんだね。さらにおもしろいのが何かわかるかい？　五千万ウォンは惜しくないことだよ。手元には五万ウォンもないくせに。自分のカネじゃないから、そうなんだろうけどね。自分のカネでもないもののことを、誰かの生き死にがかかってるカネを握って。惜しい、惜しくない、それしきくれてやるさ、やりたくないさ。それしきって。それしきって。それははした金なのかね？　人の命がかかってるカネなのに。みんな、返してやろうよ。こんなことやめよう」

誰かがガクッ、とうなだれて泣き出した。精肉店のパク社長が、なんで泣くんだと言いながら、空いていたグラスに酒を注いだ。酒は、平常心のときは眠っている脳のどこかを、ひょっとしたら心臓のどこかを、目覚めさせるらしかった。酔いに任せて、五千万ウォンの返金を満場一致で決めた。キム・イルに返金したことが他の参加者にどうしてわかる、というパク社長の肯定的な展望も一役買った。チョン・ギソプは決心ついでにパク・サンウンに電話して伝え、電話が終わると、即座にオ・ヨンミからありがたいという電話が入り、すぐさま口座番号が記された携帯メールが届いた。今度こそ本当に引き返せなくなった。よかった、これでこの話とはおさらばだ、と最後の乾杯をした。それでも残ったカネのほうが多いから、梅雨が始まる前にアーケードの修理から始めることにして、笑顔で別れた。

セオ市場は、アーケードを修理することができなかった。オ・ヨンミの口座に五千万ウォンがそっくり入金された後で、キム・イルがかなり前に退院し、元気に動き回っていることがわかった。チョン・ギソプはパク・サンウンを問いつめたかったが、その時間がなかった。すぐ翌日から、自分の参加費も返してくれという参加者たちの抗議電話が殺到したからだった。キム・イルの野郎、誰が携帯電話の番号をバラまけって言った？　チョン・ギソプは電話の電源を切ってしまった。すると、何人かがスリーカップ協会のホームページに記載された住所を頼りに事務所へとやってきた。急ごしらえのスリーカップ協会のホームページには、セオ市場の住所が書かれていた。スリーカップ協会がまさにセオ市場だったという事実を知って、参加者たちは驚愕した。スリーカップ大会参加者による抗議の訪問と乱闘で、セオ市場は静かな日がなかった。

最も大きな被害を受けたのは、市場の入口にある果物店だった。参加者たちは市場に足を踏み入れるなり、目についた果物籠を蹴りとばし、詐欺師どもみんな出てこい、と声を張り上げた。果物店は陳列台を片付けて衝立《ついたて》をめぐらし「スリーカップ協会事務所は、左手建物の二階です」と、親切に立札まで設置した。だが、衝立や立札も毎度蹴りとばされて転がった。前後見境なく蹴りとばすつもりの人間が、冷静に立札を読んで、ああ、スリーカップ協会の事務所は左手にあるんだね、と思うはずがなかった。果物店がセオ市場の顔にされて悪態をつかれ、死闘を繰り広げているあいだに、精肉店のパク社長は、孤軍奮闘する果物店を見物しながら不思議がっていた。

「デモだの抗議だの、することはあっても、自分たちがされることになるとは思わなかったよな」

19

まもなく、スリーカップ協会のホームページとエンジョイ・チャンネルのホームページには、セオ市場の詐欺劇について暴露する文章が書き込まれはじめた。チョン・ギソプは、すべてパク・サンウンの指示だと、いちいち返信のコメントを書き込んだ。コメントにコメントがつき、さらに書き込まれ、ようやく落ち着きかけたかと思うと、参加者だとか、観覧客だとか、バイトだったとか、そうでなければ放送について若干詳しいという人物が新たな掲示物をアップして、消えかけた論争の火種を再燃させた。

金曜の夜にエンジョイの観覧をしてました。あの時、舞台裏に、作業用の緑のジャンパーを着た中年の男の人二人が、ずっとうろついてたんですよね。出演者でもないし、スタッフでもなさそうで。来館証を提げていました。ずっとうろうろしながら、自分たちだけでこそこそ話してたんですけど。友達と二人で、あのおじさんたち何者って言ってたんです。もしかして市場関係の人だったんじゃないですか？　さっきから、「自分は名前を貸しただけ」ってものすごく一生懸命書き込みしてるんで、かえって変に思って質問しました。あと、これは別の話ですが、キム・イルが気絶したら、すぐに一人がキム・イルをおんぶして出て行って、司会者はエンディングに入ったんですよね。まるで練習してたような感じでした。友達は、キム・イルがおんぶされながら目を開けたのも見たそうです。全部出来レースっぽくて怪しいですよね。なんとなく気になったので書いてみました。

「気になるなら、一人で気にしてればいいだろ。なんで文章に書くんだよ、ちくしょー！」チョン・ギソプは、コイツら寝ないのか、若いヤツらが一晩中ネットなんかしてるから、国がこの状態、このザマなんだと罵りつつ、またコメントを書き込んだ。

セオ市場総務のチョン・ギソプです。放送局で見られた方は、市場関係者ではありません。私もテレビで番組を見ていました。放送局の見学もさせてもらえませんでしたから、その人たちが誰なのか、よくわかりません。最初に始まった時に名前だけ貸して、その後はまったく関わらせてもらえませんでした。

チョン・ギソプが両手の人差し指と中指、四本の指でのろのろと打っているあいだに、また別のコメントが書き込まれた。

この業界で仕事してたからわかるんだけど。おぶってくのがそのまんま放送されること自体が、シナリオってわけ。事故が起きたら、とりあえず放送を中断して、シマウマ出しとくのが原則〔一九九九年、新興宗教の実態を暴くドキュメンタリーの放送日に信者が放送局に乱入して番組が中断し、一瞬別番組のシマウマの映像が流れた。「ＭＢＣシマウマ事件」とも呼ばれる〕。マスターとかいうおじさんの顔を、どアップにもしてたし。制作サイド＋出演者＋市場、みーんなグル。

チョン・ギソプは頭を抱えつつ、再び四本指を活用してコメントにコメントを書き込んだ。

市場もグル、ですか？　制作側と出演者で示し合わせたのなら、こちらも被害者です。私たちは本当に知りませんでした。

瞬く間にチョン・ギソプのコメントにコメントがついた。

知らなかったはずなくね。知らなかったんならマジでバカ。ｗｗｗ

チョン・ギソプは、再び四本指を突き立てて「オマエいくつだ」まで書きかけた。午前三時に、子どもほどの年齢なのは間違いのない匿名の誰かと、オンライン上で口喧嘩を繰り広げることになるとは思ってもいなかった。いつだったか、ネットのゲームサイトでチャットをしていた高校生が、実際に会ってケンカをしたという記事を読んだことがある。本当に、それもありうるな。それでも一時間以上コメントを書き込んでいたチョン・ギソプは、あまりの頭痛にパソコンの前に突っ伏した。少しそうしているつもりが、そのまま寝入ってしまった。

翌朝、勤勉なチョン・ヨンジュンは早朝に出勤して掲示板にアクセスし、びっくり仰天した。ホームページの管理担当者はまだ出勤前だった。チョン・ヨンジュンは手をこまねいて、ひとり地団太を踏んでいた。九時きっかりに出勤した担当者は、なんでこんなに遅いんだと罵倒されつつ掲示板を閉鎖した。しかし、すでに多くの記者が記事を書いていたし、さらに多くのネット住民が掲示物をキャプチャーして別の掲示板に広めた後だった。掲示物はポリフォニーで伝播し、伝染病の感染のように、サイトからサイトへと彼方に広まっていった。人々はエンジョイ・チャンネルの別番組の掲示板に書き込みを始めた。なぜ『ザ・チャンピオン』の掲示板を閉鎖するのか、思い当たるフシがあるからそうなんじゃないか、といった抗議文がひっきりなしにアップされた。それもやはり数時間後に記事になった。

「スリーカップ協会はセオ市場！　嘘までチャンピオン」

「意図的な放送事故！　ザ・チャンピオン　放送事故はやらせ？」

「ザ・チャンピオン、疑惑が持ち上がるなり掲示板閉鎖で知らん顔」

ネット住民と参加者たちが疑惑を提起したというのが記事の内容だった。だがタイトルだけ見れば、詐欺もやらせも、責任回避と隠ぺいも、すべて事実のように感じられた。『ザ・チャンピオン』は、歴史的な放送事故に続いて、世紀のやらせ番組として記録されている真っ最中だった。一足遅れで記事を見たネット住民も、怒りにかられてエンジョイ・チャンネルのホームページに押し寄せた。番組放送日の夜と同じように、エンジョイ・チャンネルのホームページはまたアクセス不能になった。チョン・ヨンジュンはやりきれなかった。記者をけしからんと思ったし、自分と関係もないことにこんなふうに熱くなって暴れ回る人間が恨めしかった。エンジョイ・チャンネル広報チームのマンパワーをフル稼働して、記事をカットし、ポータルサイトの掲示物を削除し、釈明の報道資料を出した。

チョン・ヨンジュンが体系的に、かつ動じずに事の収拾に当たっているあいだ、パク・サンウンは何も手につかず、心もここにあらずだった。『ザ・チャンピオン』詐欺劇の中心人物であるパク・サンウンとネオプロダクションの前歴が、表沙汰になったからだ。今年初め、出演者やらせ事件で打ち切りになった子育て情報番組『アイ・マム』の問題の放送回を、ネオプロダクションが制作していたことが明らかになった。ネオプロダクション代表であり、『ザ・チャンピオン』の企画、総合演出を担当したディレクターのパク・サンウンは、当時もネオプロダクションの代表を務めており、『ザ・チャンピオン』の制作にあたったネオプロダクション所属のディレクター、アシスタント・ディレクターのほとんどが、当時『アイ・マム』の制作にもかかわっていたことがわかったと、正確かつコンパクトな記事が出た。パク・サンウンが一時、非常に勇敢で正義感に満ちたPDだったという事実も付け加えられ、ますます大衆を残念がらせた。

参加者たちはパク・サンウンを警察に詐欺罪で告訴した。エンジョイ・チャンネルも、責任を問うとしてネオプロダクション宛てに正式に文書を送ってよこした。チェ・ギョンモは警察の取り調べと訴訟に備えて、資料や放送番組映像、撮影のラッシュテープを整理し、廃棄した。ADたちは主要ポータルサイトの掲示板とエンジョイ・チャンネルのホームページをモニタリングした。見通しは明るくなさそうだった。家族の住民番号まで動員してIDをいくつか作り、関連記事が出るごとに、一心不乱にコメントを書きこんだ。

市場の人たち笑わせる。自分らも一緒に詐欺をしておきながら、被害者ぶって、お金はセオ市場でひとり占めしたらしいのに。なぜ叩かれるのはPDだけ？

PDが詐欺をしたかしないかもハッキリしてないのに、まず叩くっていうのはやめよう。警察で取り調べ中らしいから、見守ろう。


反応はよくなかった。今度はターゲットを変えて書き込んだ。


これ、力のない弱小プロダクションが悪いのか？　傍観してるエンジョイ・チャンネルのほうがもっと悪いよ！

友達が外プロのPDだけど、本社は制作費をまともに出さないくせに圧はハンパないらしい。どれだけひどい圧かけられて、やらせまでしたのか。残念。

一個人、一企業を責めるんじゃなくて、放送業界の構造を見るべき問題だと思います。


今度も、反応はよくなかった。


ウケる。オマエ、バイトなん？

大変だったら、みんな泥棒して詐欺するか？　まともなこと言えや。

放送業界の構造じゃなく、オマエの脳の構造でも見てろって。

それでも必死にキーボードを叩いていたＡＤの動きが、あるコメントにピタッと止まった。

パクＰＤさん、ここでコメント書いてちゃダメですよ。

コメントに、さらに鋭いコメントが続いた。

ＰＤがトチ狂って一晩中コメント書くはずあるか。ＡＤにさせてんでしょ。

スリーカップ協会のホームページを作成した夜のように、目と手に疲れが来た。世論はますます悪化するばかりだった。出しゃばりな誰かが、「やらせＰＤ、パク・サンウン退場」というオンライン署名運動まで始めた。ＡＤの一人が、悔しくもあり、腹も立ち、疲れてもいたために、八つ当たりでもするように手当たり次第罵倒する返信コメントを打ち始めた。基本は卑語や侮辱語で、どうでもいいことになんでも首を突っ込んでくる、それほどすることがないのか、こんなことして回ってんのオマエのカアちゃん知ってるか、カネをスッた参加者本人か、スペルぐらいちゃんと書け、とさんざん書き殴った。狂ったように通知が来て、サイト管理者からの警告メールも届いた。それでも悪態を打つのを止められなかった。すでに指が加速していた。

熱心に番組への悪質コメントを書き込んでいた一人が、この、最も情熱的に制作サイドを擁護しているＩＤの主が、三年前に「ペンション雲の花」のカップルルームを予約し、「中古王国」でゲーム機を売ったという事実を探り当てた。ありとあらゆるポータルサイトでＩＤを検索して見つけ出したのだ。ガキが女と遊び回って、一晩中ゲームをしていると人格攻撃を浴びせかけた。すぐにブログも荒らされた。名前と顔と出身校が明かされ、決定的なことに、ネオプロダクションのＡＤだという事実が白日の下にさらされた。これで、ＡＤのみならずネオプロダクション、エンジョイ・チャンネルまでもが、別人のフリでコメントを書き込むダメ集団、という烙印を押された。

ＡＤはパニック状態になった。目が合ったみんなが自分を知っていて、陰口を言っている気がすると言った。ＡＤが本当におかしくなってしまいそうで、パク・サンウンはなんの言葉もかけられなかった。事は次第に大きくなり、さらにひどくなった。

チョン・ヨンジュンは、今すぐ事務所へ来いとパク・サンウンに電話を入れたものの、会えなかった。パク・サンウンが警察の取り調べに行かなければならなくなったのだ。パク・サンウンは警察の取り調べに脂汗をかき、チョン・ギソプは参加者から身を隠すために店を閉めた。一刻も早く二人で会ってともに解決策を練るべきだったのだが、それぞれ別の用に忙しくて時間を合わせるのが難しかった。人目も多かった。チョン・ギソプとパク・サンウンは夜遅くに、劇的に再会した。

約束の場所は、セオ市場近くの古ぼけたコーヒーショップだった。カラフルな模様の布製のソファーが向かい合わせに置かれていて、真ん中の低いテーブルには、何の模様もない真っ白なテーブルクロスがかかっていた。窓辺に置かれたインテリアの鉢植えには、ヤシの木に似た茎が長くて葉の大きいニセモノの木が植えられていた。チョン・ギソプは何度か市場の人たちと来たことがあった。田舎くさいし古かったが、親切で教養を感じさせる店主がよかった。チョン・ギソプが一番隅の席に腰を下ろすと、すぐに出入り口に下がっているベルがカランコロンと鳴った。パク・サンウンだった。手を高く上げたチョン・ギソプに気がついて、パク・サンウンは足早に向かいの席にやってきた。疲れ切った体の緊張を解き、ソファーに身を投げ出すように座った。ばふ、とソファーが深く凹む音がした。埃が舞い上がって鼻先がくすぐったかったが、リラックスできた。

ピンクのエプロンを付けた中年の店主がメニューを持ってやってきた。パク・サンウンは喉が渇いていたのでアイスコーヒーを注文し、チョン・ギソプは梅茶を注文した。二人はしばらくのあいだ、口を開くことができなかった。誰かが誰かを責めるにはあまりにも事が大きくなってしまっていたし、相手がひどくやつれているように見えた。パク・サンウンが先に、どうしていたかと尋ねた。

「大変でしたでしょ?」

「平気です。何日か商売ができなくて、経済的な打撃が大きかったことを除けば」

「じゃあ、平気じゃないですね」

「僕はマシですよ。パクPDさんは、警察の取り調べまで受けたのに」

「こういうことを言うのもあれですが、総務さんにも、すぐに連絡が行くと思いますよ」

「あっ、ええ」

注文したアイスコーヒーと梅茶が来た。どうにか始めた会話は、またぷつんと途切れた。チョン・ギソプが梅茶をふうふうして一口飲み、わ、酸っぱ、と言いながら目をぎゅっとつむった。パク・サンウンはグラスにささった水色のストローを抜き取ってテーブルに置くと、口をつけてごくごく飲んだ。コーヒーをすっかり飲み干して、再び口を開いた。

「どうしたいか、先におっしゃってください。正直に」

「この騒ぎさえ収まるのなら何だってしたいですよ。参加費を全部返してやったら、静かになりますかね？」

「参加費を返してやったからって静かになるとは断言できませんが、参加費を返してやらなかったら、絶対に静かにはならないでしょうね」

「ですよね。僕もそう思います。とりあえず、参加費は返しましょう。ビタ一文手は付けていません。こっちは、カネに欲をかく人間じゃありませんから」

「わかってます。でも、欲をかいたって罪じゃありませんよ。カネに欲のない人間がどこにいますか？　ハッキリ言って、あの人たちだって、カネに欲をかいて参加したんだし、カネが惜しくて通報したんでしょう」

チョン・ギソプがパク・サンウンをじっと見つめ、首をすくめながら言った。

「でも、僕らがいけなかったんですよ。あの人たちは、被害者です」

パク・サンウンもうなだれて答えた。

「わかってます。よそではこんなこと言えないから、総務さんに言ってるんです」

二人は、参加者たちに告訴の取り下げを頼みつつ、参加費を返すことにした。これ以上問題にしない、もちろんネットにもアップしないという条件で。その前に、エンジョイ・チャンネルのホームページを通じて謝罪文を出すことにした。大会準備の過程で不適切な点があったことをお詫びする、大会は無効とし、すべての参加者に参加費をお返しする、くらいに簡潔にまとめることにした。

「僕が下の人間にアップさせますよ」

「ええ、お任せします」

チョン・ギソプは、もう一度顔をしかめて梅茶を飲んだ。カップを下ろしながら訊いた。

「うまく、いきますかね」

「うまくいかせないと、でしょう」

チョン・ギソプとパク・サンウンが別れた時刻は夜の十一時だった。パク・サンウンは迷ったあげく、チョン・ヨンジュンに電話を入れた。寝ていたかと訊くと、チョン・ヨンジュンはフッと笑った。

「パク・サンウンがそれほどふてぶてしいとは思わなかったな。お前、最近寝れてんのか？」

パク・サンウンは、警察の取り調べを受けるためにエンジョイ・チャンネルへ行けなかったことをまず詫びた。参加者には参加費を返し、事がさらに大きくならないよう最善を尽くすから、エンジョイ・チャンネルのホームページに簡単な謝罪文を出してほしいと伝えた。そして、一呼吸をおいてから付け加えた。

「僕に、本当に訊きたいことが別途あるのはわかってます。それは到底電話では話しきれません。事態の収拾がついたら、直接伺ってお話しします。包み隠さず詳細を話しますから、もうちょっとだけ待ってください。その時は、罵倒するなり、殴るなり、蹴るなり、好きにしてください」

チョン・ヨンジュンはクールに、オッケー、と言った。だが、エンジョイ・チャンネルのホームページに謝罪文を出すことは承諾しなかった。

「うちのホームページに謝罪文を出したら、うちがダメだったみたいだろうが。謝罪文を出すなら、スリーカップ協会だかセオ市場だか、その幽霊団体のホームページに出すんだな。おまえんとこのプロダクションのホームページに上げるとかさ」

「スリーカップ協会のホームページは閉鎖しました。それに、うちみたいな弱小プロダクションに、ホームページがあると思いますか?」

「あー知らん、知らん。だったら自分のブログかTwitterでやれ。それでなくても、会社はお前を告訴するって大騒ぎしてるし、それを食い止めようと、あいだに入って俺がどんなに苦労してるかわかってるのか? すっかりとばっちりを食らってんだよ。だから、これ以上俺に、何かをしてくれって言うのはやめろ」

言われてみれば虫のいい話だと思い、パク・サンウンはわかったと電話を切った。ブログやTwitterなんてやってないんだが。やっていたとして、そこに載せて誰が気づく? 公開懺悔でもあるまいし。意味がないと思いながらも、パク・サンウンは家に着くなりパソコンを立ち上げてTwitterにアカウントを作成した。こんにちは、エンジョイ・チャンネル『ザ・チャンピオン』の企画、制作を担当した、PDのパク・サンウンです、で始まる謝罪文を書いた。どう考えてもチョン・ヨンジュンに叱られそうで、エンジョイ・チャンネルを消し、『ザ・チャンピオン』の企画、制作を担当した、ネオプロダクションPDのパク・サンウンです、と修正した。修正しつつ、誰も見るはずがないのに、と思っていた。翌日午後、パク・サンウンのアカウントでアップされた謝罪文は記事になっていた。記事をまた別のメディアが記事にし、さらに別のメディアが記事にした。パク・サンウンは両目でしっかりと見ているのに、くらくらしてきた。

パク・サンウンとチョン・ギソプは、コーヒー専門店のイスに並んで座り、告訴人代表を待っていた。横並びに座る、それも、男同士で並んで座るのは初めてのことだった。目が合うたびに苦笑いが出た。『ザ・チャンピオン』の出演者たちは、ネットに被害者の会のサイトを作っていた。制作側を糾弾し、情報を共有し、告訴の件をどう進めるか意見を交わすサイトだった。どんな話が行き交っているかパク・サンウンも知りたかったが、どれほど徹底的に身元確認をしているものか、加入さえできなかった。タイトルだけざっと見て内容を推測するだけだった。

約束の時間を五分ほど過ぎてから、出演者の三人が現れた。乱暴にガラスの扉を押し開けて中をぐるりと一度見回し、一発でパク・サンウンを認めると、近寄ってきて腰を下ろした。一人は告訴人代表も務める大学生で、他の二人は一千万ウォンを賭けていた参加者だった。一人は宝くじで一等に当たった経験があるという三十代の会社員、もう一人は投資専門家と名乗ったが、単なる無職のようだった。パク・サンウンが先に名刺を渡して握手を求めた。

「ネオプロダクション代表の、パク・サンウンです」

「セオ市場商人会の総務をしてます、チョン・ギソプです」

チョン・ギソプも名刺を渡して握手した。意外なことに、大学生も財布から名刺を取り出した。名刺には名前と電話番号、ホームページのURLアドレスが書かれていた。パク・サンウンが名刺をしげしげと見ながら尋ねた。

「普通の学生さんかと思っていたんですが……?」

「学生ですよ」

じゃあ、このホームページは何だと訊きたかったが我慢した。会の代表の大学生は、背もたれにふんぞりかえって座ると、腕を組んでパク・サンウンとチョン・ギソプを順繰りに見つめた。何か言いたいことがあったら言ってみろ、といわんばかりの表情だった。自分もPD志望だと言ってADたちにわずらわしく付きまとい、副調整室まで押しかけ見学をしていた大学生だった。絶対にP

Dになりたい、先輩、先輩、と腰が低かったのに。パク・サンウンは苦々しく思った。いっそ顔を見ない方がマシだと考え、首をグッとすくめて話した。なんとなく謝っている感じも出て、悪くなかった。

「お騒がせして申し訳ありません。大会の進行過程に問題があった点を、謝罪いたします」

雰囲気をうかがっていたチョン・ギソプも、ワンテンポ遅れて頭を下げた。三人は足を組んで座り、黙ってずっと二人を眺め続けるだけだった。ガキが何をクソ生意気に、と思ったが、パク・サンウンはへらへら笑いながら苦しい言い訳を並べた。スリーカップ協会の構成と運営プロセスが誇張された部分はあるが、大会は公正に行われた。今、ネット上に出回っている疑惑は、すべて事実無根である。キム・イルが倒れたのは、自分たちにも予想できなかった結末で……ニセ投資専門家が、テーブルをバンバン叩いて言葉を遮った。

「だから、どうするつもりなんですか?」

「あ、ええ、ちょうどそのお話をしようと思っていたんです。全参加者に参加費をお返しして、こういうふうにお詫びもして、二度とこのようなことが起きないよう、注意することをお約束したいと思います」

彼が首を傾げた。

「参加費ですか?」

「はい」

「参加費でおしまいですか?」

「はい?」

「僕らが受けた精神的苦痛と、時間の浪費に対する損害賠償を、していただくべきだと思うんですけど」

言うじゃねえかよ。お前らのどこが、精神的苦痛を受けたんだ？　第一ラウンドで敗退したくせして。キム・イルが気絶してなかったら、お前らはただカネをスッてただけなんだよ。時間もたっぷりありそうなのに、何が時間の浪費だ。パク・サンウンは思ったことが顔に出るかと、意識的に口角を持ち上げながら返事をした。

「率直に申し上げますね。ちょうど、うちの顧問弁護士と相談したところなんですが、こうした場合、補償が可能な金額はさほど多くないそうなんですよ。参加費ぐらいだっていうんですね。うちとしては、出演者代表の方ときちんと合意して、複雑な手続きを踏んだり、いたずらに費用をお願いすることは避けたいと思っているんですが」

「出演者代表じゃなくて、被害者代表です」

「ええ、被害者ですよね」

パク・サンウンは言い直しながら覚書を取り出した。参加費の返金を受け取り、告訴を取り下げるという内容だった。三人はパク・サンウンが出した覚書を受け取って回し読みした。すでに話がついていたかのように目で合図を送り合ってうなずくと、大学生が代表して答えた。

「そうですね、お互い忙しい身ですし」

何が忙しいだ。パク・サンウンは、依然顔に微笑みを忘れなかった。被害者代表は覚書にサインし、告訴の取り下げを約束した。三人が帰るとすぐ、チョン・ギソプがパク・サンウンに言った。

「弁護士に会うとき、僕も一緒に会えばよかったですよ。訊きたいことがあるのに」

「うちに弁護士がいると思いますか？」

「前も、顧問弁護士から公証を受けたって言ってたじゃないですか」

「ああ、あれですね……」

パク・サンウンは答えられなかった。チョン・ギソプも、それ以上尋ねなかった。


『ザ・チャンピオン』は、扇情的で非倫理的という理由で、放送審議委員会の懲戒を受けた。エンジョイ・チャンネルは視聴者に対して謝罪放送を行った。野心的に準備を進めていた、思いつきの限界突破サバイバルゲームは白紙に戻った。あまりにも世論が厳しかった。エンジョイ・チャンネル内部では反省の声も出ていたし、パク・サンウンにくさい飯を食わせなければという怒りの声も上がっていた。訴訟は、チョン・ヨンジュンが本当に全力で食い止めてくれた。

当面の火消しが終わると、パク・サンウンはチョン・ヨンジュンの部屋を訪ねた。長々二時間にわたって、ネオプロダクション創立からプロダクションの栄枯盛衰、『アイ・マム』事件とセオ市場チョン・ギソプ総務との出会い、どうやってスリーカップ協会が誕生し、ホームページが作られ、『ザ・チャンピオン』という番組が世に出たかを事細かに説明した。はじめは、チョン・ギソプと出会った時の話からするつもりだった。だが、どう考えてもネオプロダクションが存亡の危機にあったことを説明すべきだろうと思った。そうなると『アイ・マム』事件の話まで持ち出すことになった。『アイ・マム』事件を言おうとすれば、ネオプロダクションを始めた時に話はさかのぼった。パク・サンウンの話は長くて退屈で、たまにつじつまが合っていなかった。チョン・ヨンジュンは辛抱強く最後まで聞いた。途中で話を遮ったり、聞き返したりもしなかった。パク・サンウンが、とにかくすいませんでした、言葉もありません、面目ないです、と説明を終えると、すぐにチョン・ヨンジュンは居ずまいを正した。

「言いたいことは全部言ったか？」

「はい」

「もう、俺が話すぞ」

「はい」

チョン・ヨンジュンは席を立って窓際へ進んだ。窓をチラッと開け、ポケットから煙草を出して咥えた。長い時間をかけて煙を吐き出した。外から風が吹きこんで、煙草の煙が本部長室の中に広がった。

「何とか、お前が訴えられるのを食い止めようと、俺はずいぶん頑張ったんだ。法廷闘争ってやつは何年かかるかもわからないし。判決がどう出ようが、結局、力があって、カネがあって、時間が多い人間が勝つもんさ。何年も泥仕合をしてたら、勝ったとしてもお前は廃人になるはずだしな。お前に何かすごい愛情があって、このポジションをかけてまで食い止めたんじゃない。ちゃんと確認しなかった俺にも、責任があるからだ」

チョン・ヨンジュンは、窓枠に置かれていた紙コップに煙草を押しつけて消した。新しい煙草を一本取り出して火をつけ、深く吸い込んでからまた話し始めた。

「俺は懲戒を食らった。停職三か月」

「すいません」

チョン・ヨンジュンは、気にするな、というように手を振った。

「だけどな、お前がだらだら並べたその説明だが。俺には、弁明みたいに聞こえたな」

パク・サンウンのみぞおちのあたりがチクリとした。チョン・ヨンジュンは口をつぐんでいるパク・サンウンをチラッと見ると席に戻り、腰を下ろしながら言った。

「二度と会うことがないようにと願うよ。行っていい」

パク・サンウンはしばらくそのまま立ちつくしていた。まだ怒りが収まっていないというポーズだろうか。すいませんでした、許してくださいと泣いてすがりつくべきだろうか。こんな答えが返ってくるとは思いもよらなかった。パク・サンウンがどうしていいかわからずに戸惑っていると、チョン・ヨンジュンが、心を見透かしたかのように説明を加えた。

「俺も、お前と会う前はいろいろ考えたんだ。胸倉をつかむか。一発お見舞いするか。それとも、会社に代わって俺が訴えちまうか。頭にもきたし、ムカつきもしたし、心配にもなった。とにかく、俺は最近よく寝れなかった。ところが、お前の話を聞いて、なんていうか、少し気が抜けるって言うかな。いっそのこと、「ふざけるな、お前らが偉いのか？　お前らはそんなに道徳的か？　俺がカネを受け取ったっていうのか、盗みをしたか？　てめえらはもっとたくさん稼いで懐に入れてるくせに！」そんなふうにパッとかかってこられてたら、顔を合わせるのがもっとつらくなかったと思う。とにかく、今の気持ちとしてはもうお前と会いたくないんだよ。帰れ。誤解があったとしても、生きてればそれを解く機会だってあるだろう」

パク・サンウンはゆっくり頭を下げて挨拶し、本部長室を出た。しばらく、廊下の壁に背中を預け、へたりこんでいた。

パク・サンウンはネオプロダクションの廃業届を出した。事務所があったオフィスビルの建物前の屋台で、一人で焼酎を飲んだ。いくら飲んでも酔わず、不思議に思いながらずっと飲み続けた。よろよろと帰宅したのは午前三時だった。服も脱がずにベッドにどさっと横になった。何か月も洗っていない枕カバーから、鼻につくにおいがした。ポケットをあさって携帯電話を取り出し、妻に電話した。電話は遠かった。すぐに切れそうなくらい、小さくて不安定な呼び出し音が続いた。今、地球の反対側に電話をかけているんだな。改めて気づかされる音だった。しばらくして妻が出た。今が韓国の明け方だとよくわかっているはずなのに、驚いてもいなかった。食事はしたかと平然と訊く妻に、酒なら飲んだと答えると、偉いわねと返してきた。

「今日、廃業届を出したよ。事務所も全部引き払ってね」

「おつかれさま」

「俺、商売でも始めようかな。喫茶店開くか」

「いいね。コーヒー好きでしょ」

「それでなんだけど……もう、生活費、送れそうにないんだ。授業料もそうだし」

「平気よ。いくつだと思って、私が自分で自分の面倒もみられないと決めつけてるわけ？　こっちの心配はいいから。だけど、喫茶店を開くお金、ある？」

「とりあえず、明日メシを食うカネはある」

ずっと明るかった妻が押し黙った。電話が切れたのかと思い、パク・サンウンは、もしもし、と言った。

「これまで私の口座に送ってくれてたお金だけどね。あれ、そのままだよ。通帳フォルダーの中にハンコが入ってるから、下ろして使って」

「え？　じゃあ、これまでどうやって暮らしてたの？」

「自分で稼いで暮らしてた」

「俺が送ったカネは、まったく手つかずってこと？」

「急ぎの用があるとき、何度かおろした。百万ウォンちょっと使ったと思う。とにかく、残ってるほうがはるかに多いから、それを商売の元手の足しにして。それでも足りなければ、家を売っちゃえばいいよ」

パク・サンウンは面食らったし、妙に胸がじーんともした。突然喉が締め付けられるようになって、声が出なかった。大きく深呼吸してから言った。

「できれば、家は売らないようにする。俺たちが一緒に住む場所はないとな」

「言われてみればそうだね。家は売らないで」

パク・サンウンはためらいがちに言った。

「ありがとう」

「わかればいいよ。恩返しはゆっくりでいいから。じゃ、お疲れさま」

妻が先に電話を切った。パク・サンウンは携帯電話を持ったままつぶやいた。恐ろしく手ごわいカミさんだ。そしてそのまま眠りについた。

20

ひとしきり騒動が終わると、チョン・ギソプは父の故郷の莞島《ワンド》〔全羅南道南部に位置し、アワビをはじめとした海産物の名産地として有名〕を訪れた。一人でじっくりと考える時間を作り、自分の人生とセオ市場の未来を新たに設計するつもりだった。だが、考えれば考えるほど絶望的だった。毎日毎日酒を飲んでいた。

塩辛い海の香りを肴に焼酎を飲んでいたはずが、目を開けると旅館の部屋だった。ちゃんとしたベッドはそっちのけで、靴を履いたまま床に寝ていた。煙草を探そうとポケットに手を突っ込むと、乾いてべたべたしたタコが出てきた。もちろん死んでいた。ゴマ油のにおいがプンプンして、ちらっと舌をつけたらしょっぱかった。前の晩の記憶が、蛍光灯をつけた時のようにチカチカとよみがえった。刺身屋で飲み、海辺の砂浜に腰を下ろして飲み、部屋に戻ってからもさらに飲んだらしい。ポケットにタコが入っているところを見ると、刺身屋から酔っ払っていたのだろう。なのに頭も痛くないし体も軽かった。やはり二日酔い解消には睡眠が一番だなと思いながら、靴を脱いで放り投げ、ベッドによじのぼって寝っ転がった。

もう妻は電話をよこさなくなっていた。今までは、いったいいつ戻るのか、その考え事とやらは、わざわざそんな遠い所まで出かけてしないといけないのかと、一日に何度も電話をかけてきていた。妻が電話をくれないから、今日が何日で何曜日か、見当がつかなかった。家を出てどれくらい経ったのかもわからなかった。においのする旅館の部屋のベッドに寝っ転がって天井を見ていると、場所についての感覚もあやふやになってきた。ここは自分の家か、病院か、旅館か、棺桶か。チョン・ギソプはベッドをはたいて立ち上がり、窓を開けた。

いいかげんに顔を水で濡らして目ヤニを取り、ドアのカギもかけずに外へ出た。階段を下りる途中、急に吐き気に襲われた。むかつきもなかったのに、一瞬でウッと込み上げてきた。チョン・ギソプはまた部屋に駆け込んだ。便器まで行く余裕もなく、トイレの床に吐き出した。黄色い胃液だけがたくさん出た。前の晩に結構刺身を食べたはずだったが、身は一切れも出てこなかった。チョン・ギソプは自分の消化力に感嘆しながら、シャワーでトイレの床に水を撒き、口をゆすいだ。苦味が残って、しきりに舌を鳴らしながら階段を降りていくと、宿の主人がチョン・ギソプを呼び止めた。

「チェックアウトは、十一時ですからね」

「はい?」

「明日、十一時までに部屋を空けてください」

「明日、出ろってことですか?」

「一週間もう経ちましたよ。だから、出なきゃならないでしょ」

チョン・ギソプはポケットを探って財布を取り出した。

「一週間延長します。宿代は今払ったほうがいいですか?」

主人は手を左右に振って拒んだ。

「いやあ、出て行ってくださいって! もともと一人客は遠慮してもらってたのに、部屋もガラ空きだったから受け入れたが、一週間ずっと不安で……毎日べろんべろんになって、夜中まで泣きわめいて。死体の後始末はごめんですよ。出て行ってください。余計なことは考えずに」

チョン・ギソプは、自分が毎晩泣いていたことをまったく知らなかった。飲みすぎで目が腫れているのだとばかり思っていた。恥ずかしいわみっともないわで、わかりましたと答えると足早に旅館を後にした。旅館の隣の雑貨屋で煙草を一箱買って出たところで電話が鳴った。カミさんだな！旅館からも追い出されたことだし、致し方なし、という体《てい》で家に帰ろうと思った。携帯電話の液晶画面に浮かんだ名前は「パク・サンウン」だった。出るか出ないかためらった末に、電話に出た。

「どうも、パクPDさん。また、何かありましたか？」

「ハハ、いいえ。何事もないですよ。総務さん、どちらですか？」

「いやあ、ちょっと出先でして」

「莞島ですか？」

「なんで知ってるんです？　市場に行ったんですか？」

「ええ、こっちも今、莞島なんです」

「はい？　莞島ですか？　莞島にどうして？」

「僕も、ちょっと風に当たりたくて来ました。ここ、鳴沙十里《ミョンサシムニ》〔鳴き砂で有名な海水浴場〕なんですけど、どちらにいらっしゃいます？　一杯やりましょうよ。僕が奢りますから」

パク・サンウンの最後の一言に、チョン・ギソプはすぐにタクシーを拾って乗り込んだ。

チョン・ギソプが刺身屋に入るなり、遠くからパク・サンウンが手を振った。チョン・ギソプはパク・サンウンの向かいの席に腰を下ろしながら、セオ市場の喫茶店で向かい合った時のことを思った。パク・サンウンは、初めて事務所でチョン・ギソプと顔を合わせた日を思い出していた。

「店長のおばさんのお勧めを、言われるままに頼んだんですが。サワラの刺身、食べましたか？」

「もちろんです。いいですね。ソウルでは食べられないんですよ、サワラの刺身は。サワラはせっかちだから、釣り上げられるとすぐに死んじまうんです」

「私はソウルを出たことがない田舎者なので、サワラの刺身っていうのがあるのも知りませんでした。莞島も初めてだし」

「実は、僕も昨日初めて食べたんですよ」

店員が運んできた刺身の皿を見て、パク・サンウンは一瞬後悔した。分厚く切られたピンク色のサワラの刺身が、豚の三枚肉を連想させた。ああ、これを火も通さずにどうやって食べるんだ。パク・サンウンがためらっていると、チョン・ギソプが、前日に刺身屋の主人から教わったというサワラの刺身の食べ方を教えた。海苔に昆布を置き、その上にヤンニョムジャン〔唐辛子、ニンニク、ショウガなどが入った薬味味噌〕をつけたサワラの刺身をのせて差し出すと、パク・サンウンはすぐにそれを照れくさそうに奪ってほおばった。チョン・ギソプ自身は、テンジャン〔韓国味噌〕をつけた一切れを口に入れた。

「でなきゃ、こうやってテンジャンをつけて食べるんです。一番ダメな刺身の食べ方は、コチュジャンをどぼどぼつけて食べるヤツですね。通はテンジャンで食べるんですよ」

当のチョン・ギソプは、刺身にそれほど箸をつけなかった。突き出しで出た串焼きのタコを串から外してつまみながら、休みなく焼酎ばかり飲んでいた。パク・サンウンが訊いた。

「どうして、ここでこうしてるんですか？」

「なんとなく、頭を冷やそうと思ったんですよね。自分はなんでこうできることがないのか、ちょっと反省もして」

「それでも、食っていく心配はないでしょう？　私みたいな人間もいるのに」

「パクＰＤさんがどうかしたんですか？」

「私、会社を廃業したんです。ＰＤ協会からは除名されましたし」

「じゃあ、これからＰＤの仕事ができないんですか？」

「私たちも作りましたけど、協会っていうのは単に気の合う人間の集まりじゃないですか。除名されたからって仕事ができないわけじゃないですが。まあ、これから楽ではないでしょうね」

チョン・ギソプが何も言わずにパク・サンウンのグラスに酒を注いだ。ひたすら飲み、互いのグラスに酒を満たし続けた。パク・サンウンがあれこれ訊き、チョン・ギソプが答えた。莞島にはよく来るのか。いや。故郷じゃないのか。オヤジの故郷だ。莞島に親戚はいないのか。親しくはない。それでもこの辺のことに詳しそうだが。オヤジからずいぶん聞かされた。刺身は好きか。実は好きじゃない……。今度はチョン・ギソプが訊いてパク・サンウンが答えた。最近何をして過ごしているのか。遊んでる。養うべき家族はいないのか。妻は留学してるし、子どもはいない。いいな。いいよ。会社を廃業したら、今後何をするのか。考え中だ。でも、こんなことを言ったら良心もないって言われるのかもしれないけれど、僕は本当にずいぶん考えてみたんだけど、僕たちって何を、そんなに間違ったんだろう？

「ですよね？　私もしょっちゅうそう思いますよ。ハアー。俺は、会社つぶして、除名されて、こうやって社会に生き埋めにされるほどの、マジで人間のクズなのか？」

すっかりろれつが回らなくなったパク・サンウンは、グラスをカタン、と下ろすと、本格的に愚痴を言い始めた。

「キム・イルに賞金出すカネがなくて、賞金をやらないために、一等になれないように、ずいぶんと工夫したんです。実際、だからアイツがあんなふうになったってとこも、あるだろうし。本当に、アイツには、申し訳ないことをしましたよ、俺は。でもね、俺たちを訴えるって言ってるそういう連中、俺を追い出した協会だの、エンジョイ・チャンネルだのの人たちに、俺は、何をそんなに迷惑かけたんだ？　協会がニセモノだから？　だからなんだよ？　なんなんだ？　それがどうかしたか？　ゲームをちゃんと仕切って、公正に進めたろうが。カネを一銭も抜くことなく、透明にちゃんと管理しただろうが。番組、うまくいっただろうが。協会のどこが、そんなにすごいんだ？　俺たちがあの協会の創立者だってのに、どうだってんだよ？　俺があの協会の会員で、くっそ、キムご老体が会長で、我らがチョン総務が総務だってのに。それが、ダメなのか？　何がダメなんだ？あのキツい日程で、くっそ、カネもよこさないで、くっそ、しこたま働かせやがって！」

　パク・サンウンとチョン・ギソプは肩を組んで店を出て、歌をうたいながら旅館に戻った。パク・サンウンの足がもつれて階段で転び、すぐにチョン・ギソプもバランスを崩してパク・サンウンの上に転がった。二人はそのまま階段に寝そべってしばらく笑い声をあげた。宿の主人が小窓を開けて悪態を吐《つ》いた。

「二〇一号室のお客さん、何やってんですか！　いい加減にしてくれよ、まったく。明日十一時のチェックアウトですからね。十一時に出て行かなかったら、警察呼びますよっ」

　チョン・ギソプがまず立ち上がって階段を駆け上がり、パク・サンウンは這うようにしてチョン・ギソプの後を追った。結局二人は翌日の夕方、さらに一日分の宿代を払って旅館を後にした。

莞島以降、ぐっと親しくなった二人は、たまに顔を合わせてグラスを傾けた。主にチョン・ギソプがパク・サンウンを誘った。市場の近くにイイダコ炒めとサムギョプサルの店が新しくできたからと、チョン・ギソプはまたパク・サンウンを呼び出した。遅刻しないで五時までに必ず来るようにと何度も念押しをした。パク・サンウンは、いくらすることがないとは言え、なんで日の高いうちから酒なんかと思ったが、到着してみたら四時半だった。むしろチョン・ギソプが五分遅れた。チョン・ギソプは、なんでこんなに早くに呼びつけるのかとブツブツ文句を言っているパク・サンウンの背中を押しながら店に入った。

「ここは先週オープンしたんですよ。オープン記念に、今週は五時前に注文すると、焼酎が一本おまけなんです。一本頼んだら、もう一本」

パク・サンウンが店を見回している間に、チョン・ギソプは従業員と焼酎サービスをめぐってひと悶着起こしていた。チョン・ギソプが焼酎二本を注文し、二本おまけしてくれ、と言ったのだ。従業員は、一度に二本を頼むのもダメだが、すでに五時を回っているから、一本おまけイベントは終了だと言った。チョン・ギソプは頑として譲らなかった。入ってきた時間は五時だったが、席を探すのに数分遅れた、わざと注文を遅く取りに来たんじゃないか、なんで二本注文しちゃダメなのか、じゃあ、肉も一人前ずつ頼むぞ、などと言いながら、ずっと店の社長を探していた。社長は厨房と個室を行き来するのに忙しく、こちらを気にとめていなかった。個室からは中年女性のハイトーンの笑い声が続いていた。パク・サンウンがチョン・ギソプを止めた。

「やめましょうよ。私たち、四本も飲めないじゃないですか」

「これは焼酎一本の問題じゃないじゃないですか。この店の社長はどこだ、社長は？　ん？　地元の人間相手の商売で、こういうやり方をしていいのか？　俺は、セオ市場商人会のチョン総務だ、開業式の時、挨拶をしたと思うが？」

商人会の総務、と聞いて社長が厨房から出てきた。まあ、総務さんいらっしゃいましたか、お久しぶりです、もっと早く来てくれたらいいのに何で今日なんですか、とやたらにはしゃいで、うれしそうにパク・サンウンのほうへ握手を求めた。パク・サンウンはチョン・ギソプを指さした。

「こちらが、チョン・ギソプ総務ですけどね」

社長はもう一度豪快に笑いながら、両手でチョン・ギソプとパク・サンウンの手をどちらも握って、ぶんぶん振った。

「お二人似てますねえ、そっくり！　お二人とも、よくいらっしゃいました！　ご注文はどうしましょう？」

いざ社長がこんなふうに登場すると、チョン・ギソプも勢いを失って言葉を濁した。

「タコと肉を二人前と、焼酎を一本お願いします。一本おまけで、もう一本……」

社長は厨房に向かって声を張り上げた。

「こちら、タコと肉を二人前、たーっぷりお出しして、焼酎二本はサービス！」

パク・サンウンは、商人会総務の権力はすごいと思った。社長は、一緒に焼酎でも一杯やりたいところだが、今日は撮影で忙しいもんで、と言ってにこやかに席を離れた。撮影？　商人会総務だからサービスがいいんじゃなくて、撮影のために浮かれて大盤振る舞いしてるのか？

まもなく、六ミリカメラを持った男性二人が来店した。男性たちはまず厨房に足を踏み入れた。料理が出てくる小窓から、厨房がちらりと見えた。男性たちは厨房のおばさんたちにあれこれ言って立ち位置を決めていた。パク・サンウンが何も言わずに撮影チームを眺めていると、チョン・ギソプが質問した。

「グルメ番組に出るんだな、でしょう？　パクPDさんもこういうの、たくさんやったんでしょうね？」

「私はまあ、レストランはあんまり……」

「最近は、テレビに出てない店のほうがうまいらしいですよ」

果たしてチョン・ギソプの言う通り、辛いばかりで味はイマイチだった。調味料をどれだけ入れたのか、辛いのに脂っこかった。パク・サンウンとチョン・ギソプが辛くて脂っこいタコとサムギョプサルを食べているあいだに、撮影チームは厨房のロケをすべて終え、客が待機している個室へと向かった。中年女性客のよく通る声が、ホールまで筒抜けだった。パク・サンウンは、他人のロケの様子を見ていて不思議な気分になった。痛々しくもあったし、羨ましくもあった。

中年女性に酒を飲まされたのか、顔を赤くした撮影チームが、社長と何か話しつつ個室から出てきた。社長は首をかしげてホールを見回した。そうしてパク・サンウンと目が合った。冷蔵庫から焼酎を一本出すと、社長はパク・サンウンとチョン・ギソプの座るテーブルにやってきた。

「うちがテレビに出るんですよ。それで、お客さんのインタビューがもう少し必要だそうで。カメラ目線で「おいしい」って一言、お願いしますよ」

社長が焼酎のキャップを開けてチョン・ギソプのグラスに注いでいるうちに、ついて来たPDがカメラを担いだ。すでに焼酎をもらってしまったチョン・ギソプは、パク・サンウンの顔色をうかがいながら、たどたどしく、おいしいです、と言った。若いPDがカメラを下ろした。

「もう少し実感を込めて！　単においしいっていうんじゃなくて、ヤバい、激ウマ、呆れるほどおいしい、ほら、そういう言い方、ありますよね。ここの常連だって一言入れてください。いいですか？」

「ここ、初めて来たんですけど？」

「これから常連になればいいことじゃないですか、別に。お父さん、ものすごくカメラ映りがいいですよ。声のトーンもいい感じですしね。だから、もっと大きな声で！　もう一回いきます！」

PDがカメラを再び担いだ。チョン・ギソプは、セオ市場の総務としてインタビューされた経験を思い浮かべながら、もの慣れた調子で答えた。

「向かいの市場の総務をしてるんですけどね。ここには毎日来てるんです、毎日。本当に、呆れるくらいおいしいんですよ。ヤバいです！」

PDは大きな声で、オッケーッ、と叫びながら満足気だった。今度はパク・サンウンにカメラを向けた。

「お味はどうですか？」

パク・サンウンは顔を背けて言った。

「辛いですね」

PDが溜息をついた。

「こっちを見て、笑顔で言ってもらわないと。それと、ただ、辛いですね、っていうのは勘弁してください。ヒリヒリしておいしい、そんな一言をお願いします」

「私は、取材は受けません」

「ただ一言いただければいいんです。別に、大したことじゃないですよ」

「とにかく、私はやりません。それと、まずいのに、どうしてうまいって言うんですか」

若いPDが苛立った。

「大したことじゃない、ただ、おいしい、ってちょっとお願いしますってば。焼酎だってサービスしてもらったのに」

パク・サンウンはガタッと立ちあがると、ポケットから財布を取り出した。PDの後ろに立ってたじろいでいる社長のポケットに、一万ウォン札をぐしゃぐしゃに突っ込んだ。

「社長さん、焼酎代は払いましたよ。この焼酎はサービスでもらったんじゃなくて、自分のカネで買って飲んでるんです！」

険悪な雰囲気になり、すかさずチョン・ギソプが立ち上がってパク・サンウンを止めた。

「どうしたっていうんですか、パクPDさん！」

PDという言葉に、撮影中だった若いPDは驚いたふうだった。パク・サンウンが荒い息で若いPDに言った。

「こっちにとっては、君が社員や後輩みたいなもんだから言うけどな、まずいものをうまいって言うのが、どうして大したことじゃないんだ？　初めての客に常連だって言わせることが、どうして大したことじゃないんだ？　ん？　君、それは詐欺だし、やらせだよ」

チョン・ギソプがパク・サンウンとPDの間に割って入った。パク・サンウンを座らせて、PD

を追い払った。ＰＤが帰った後もパク・サンウンはハアハア言っていて、なかなか怒りが鎮まらなかった。チョン・ギソプがパク・サンウンのグラスに焼酎を注いだ。

「忘れちまいましょうよ、もう。それに、パクＰＤさんも新しい出発をしなきゃ」

パク・サンウンは、チョン・ギソプに心を見透かされたようで恥ずかしくなった。箸を手に取ってテーブルをトントンと叩いた。チョン・ギソプがにっこり笑った。

「そこで、なんですけどね。実は一つ、ビジネスのネタがあるんですよ。一緒にやりませんか？」

「もう商売はやめたんですか？　別の事業をするつもりですか？」

「商売は実は、これまでもカミさんが全部やってたんです。これ、本当に大ヒットのネタなんですけど、僕一人では手に負えないんですよ。パクＰＤさんの助けが、絶対に必要なんです」

パク・サンウンは事業をするつもりもなかったし、チョン・ギソプを信用してもいなかったが、礼儀上質問した。

「何が、そんなに大ヒットのネタなんですか？」

チョン・ギソプは、ひどく腹黒そうな笑いを浮かべた。

「スリーカップです」

スリーカップ？　まさか、俺が知ってるあのスリーカップ？　ハハッ、と笑いが漏れた。呆れて言葉を失っているパク・サンウンに、チョン・ギソプが顔を寄せてきた。

「『ザ・チャンピオン』が、なんであんなに人気があったと思います？　あれが、いけるネタだってことでしょう」

「番組は当たりましたよ。最後の最後でメチャクチャになりましたけどね。でも、スリーカップで何のビジネスをするんですか？」

「本物のスリーカップ協会を作るんです、僕らで。だからスリーカップ大会も開催して、関連グッズも作って売って、スリーカップアカデミーを立ち上げてマスターも養成して。放送局と手を組んで、大会を中継して、参加費もとって。どうです？　カネになるでしょう？　場所は僕らが提供しますよ。商人会の事務所を使ったっていいし、隣の事務所も一つ空いてるんです」

パク・サンウンは酔いが一気に醒めた。

「それ、本気ですか？　ここまで呼びつけておいて、からかってるんですか？」

「どうして冗談だって思うんです？　パクPDさんが言ってたじゃないですか？　協会のどこがすごいんだって。商人会と変わらないって。気の合う者同士で集まって、好きなことをするのが協会なんですよね。その協会をちゃんと作って、一度まともにやってみましょうって言ってるんです」

パク・サンウンは、やらない、嫌だ、しっかりしろ、という言葉さえ口にせず、出よう、と言って席を立った。服を羽織り、互いに自分が払うと押し問答になり、結局、パク・サンウンのカードで決済した。タクシーを拾いに大通りへ出るあいだ、チョン・ギソプは休むことなくパク・サンウンを説得し続けた。冗談を言ってるんじゃないんだけどな、真面目に考えてみてください。これ、本当に大ヒットですから。協会は登録しなくていいけど、ショッピングモールの事業者登録はしなきゃですよね？　アカデミーも別に登録しなきゃならないかな？　収益は七対三？　パク・サンウンがフッと笑った。

「まさか、僕が三じゃないですよね？」

「パクPDさんが三で、僕が七でしょ。あるいは、パクPDさんが四で、僕が六」

「結構です。一人でやって一人で十、全部持ってってください」

「もう、わかった！　五対五。代わりに、番組と広報のほうは責任をもって引き受けてもらわないとダメですよ」

チョン・ギソプは閉まるタクシーのドアを掴みながら、最後まで、考えてみてくれと言った。


早くから飲んだせいで、家に帰るとまだ九時だった。パク・サンウンは一人でさらに缶ビールを一本飲んだ。ビールをすすりながらパソコンを立ち上げ、『ザ・チャンピオン』の放送動画を探した。放送事故の動画の人気は、衰えることがなかった。この間《かん》、さまざまな出来事があった。有名タレントの夫婦が離婚して、芸能プロダクションの代表がタレント志望生にセクハラをして、中年の映画俳優が飲み屋で女性従業員を暴行した。『ザ・チャンピオン』よりもっと衝撃的な事件が次々に起こったのに、関心は一瞬だった。何行かのインターネットの記事も、資料映像と留守宅のチャイムを押す映像ばかりの芸能情報番組も、つまらなかった。それらとは逆に『ザ・チャンピオン』には、生々しい現場の映像があった。出演者が泡をぶくぶく吹いて倒れ、慌てたカメラが揺れ、人々が叫び声を上げ、負ぶって駆け出し。『ザ・チャンピオン』の放送事故の動画は、国内のサイトはもちろん、海外の有名動画サイトにもアップされて記録的なアクセス数を稼いでいた。「私の耳に盗聴装置」〔一九八八年、地上波放送局ＭＢＣのニュース番組に突然男が乱入し、キャスターのマイクで「私の耳に盗聴装置が入っています」とつぶやいた放送事故〕をしのぐ、放送事故のレジェンドと位置付けられていた。

「だから現場が大事なんだな。メッセージだののメールだのは全部無駄なんだって。現場を押さえなきゃなんないんだ、現場を」

パク・サンウンは、何が面白いのか動画を繰り返し見ながらつぶやいた。思い出しついでに、「ザ・チャンピオン」「スリーカップ」「パク・サンウン」で検索してみた。人々の分析によれば、事態の原因は四つほどだった。視聴率至上主義の弊害、サバイバル番組の限界、外注制作システムの弱さ、制作側のモラル。理由はともかく、二度と起きてはいけない大災害くらいに結論づけられていた。それでも番組は面白かったと残念がる人たちもいた。パク・サンウンは、出演者が本人のブログやサイトにアップした感想、自分を知っているという人による、パク・サンウンはもともと意識が低かったという文章、ADたちが書いたとみられる断固たる擁護文を探して読んだ。そのうちに、ある大衆文化評論家が書いた、「『ザ・チャンピオン』はいったいどこが捏造だったのか？」という記事を発見した。

サバイバル番組『ザ・チャンピオン』の余波が尋常ではない。『ザ・チャンピオン』ほど多くのことが語られている番組は、他にあるだろうか。ケーブルチャンネルでたった四回放送されただけなのに、さまざまな事件、事故や裏話が引きも切らない。

『ザ・チャンピオン』は始まりから、破格のルールと進行スタイルで賭博疑惑を巻き起こしていた。やがて、高額の参加費を賭けた発達障害の少年を主人公にして注目を集め、主人公が生放送の最中に気絶するという場面をそのまま流す放送事故で幕引きとなった。しかし、話はそこで終わらなかった。大会を主催するスリーカップ協会は幽霊団体であるとの主張が提起されたのだ。その根拠は、スリーカップ協会の所在地が、もう一つの主催者であるセオ市場と同じこと。出演者たちは制作側を詐欺罪で告訴もした。

すでに該当の番組と関係者は懲戒を受け、視聴者に公式に謝罪している。制作側と出演者の間の告訴の件は示談がまとまった。したがって、それらの問題についてはこれ以上言及しない。筆者が注目するのは、スリーカップ協会が本当に捏造された団体か、という点だ。

匿名を条件にしたある協会関係者は、スリーカップ協会が最近組織されたことは確かだが、幽霊団体ではないと、悔しい心情を打ち明けた。協会は、「イカサマ」「スリーシェル」「玉探し」など、それぞれだったゲームの名称をスリーカップに統一し、スリーカップゲームを広く普及させるとの趣旨にのっとって今年初めに設立され、運良く最初の公式大会をテレビ中継するチャンスに恵まれたという。確認の結果、会長と副会長は番組制作陣でもセオ市場の商売人でもなかった。実際に、スリーカップゲームをかなり前から趣味としてやってきた一般人である。会員はスリーカップゲームに大きな関心を持つ人々で占められ、その過程で、制作側とセオ市場の商売人の比重が高まることになったという。

テレビ番組として、『ザ・チャンピオン』がいくつかの問題点を抱えていたことは事実だ。だが、歌、ダンス、演技等、何かしらの才能もなしに挑戦できる、真に大衆的なサバイバル番組だったという点、ごく普通の出演者の姿を通じて、同時代の庶民の暮らしや悩みが垣間見られた点で、明らかに意味のある番組だった。魔女狩り的な世論に追い立てられ、番組が伝えていた真のメッセージを見失ってしまったのではないか、考えるべきである。

パク・サンウンは、目の前がぴかっと光ったかと思うと、視野が三六〇度まるまる広がるという神秘的な体験をした。これだ！　これがまさに、目を開かれるってことだ！　莞島で酔った自分が吐いた愚痴、協会を本当に作ってみようというチョン・ギソプの説得、評論家の文章が、パク・サンウンの頭の中で緯糸《よこいと》と経糸《たていと》になってしっかりと織り合された。そして一つの絵を描き出した。そうだ、スリーカップ協会をよみがえらせてみよう！

セオ市場商人会の隣の事務室に「スリーカップ協会」のプレートが貼られた。チョン・ギソプが看板屋に頼んで作らせた、臨時の看板だった。パク・サンウンは毎日協会の事務所にやって来て、チョン・ギソプと事業計画を練った。名前こそ協会だが、協会を笠に着た放送プロダクション兼オンライン通販サイトだった。ひとまずスリーカップ協会をよみがえらせ、次に『ザ・チャンピオン』をよみがえらせ、『ザ・チャンピオン』をシーズン制の番組として定着させて固定収入を生み出し、関連グッズ及び教材を製作、販売するというのが、おおまかな事業計画だ。

チョン・ギソプは、事業者登録をするために税務署へ立ち寄った。商号を「スリーカップ協会」にすることでパク・サンウンとは話がついていたが、いざ申請書に書きこもうとすると気に入らなかった。協会、協会ってか。どうにも会社の感じがしなかった。ペンのキャップをはめたり外したりしながら悩み、「スリーカップ・コンサルティング」と書きこんだ。コンサルティング？　何をコンサルティング？　スリーカップ協会をコンサルティングすると言えるか？　チョン・ギソプは、コンサルティングの概念を包括的に考えることにした。俺はセオ市場をコンサルティングして、うちのカミさんは俺をコンサルティングして、スリーカップ・コンサルティングはスリーカップ協会とスリーカップ大会をコンサルティングするのさ。代表者の名前に「チョン・ギソプ」と書き入れながら、ソクのことを思った。ソクとまた会ったら、自信を持ってコンサルティング会社社長と名乗れるのに。

商号をスリーカップ・コンサルティングで登録したと言うと、パク・サンウンは、コンサルティングですか？　と訊き返した。そして、チョン・ギソプの返事も待たずに、いいですね、と言った。

「お疲れ様でした。ホームページのドメインは、前に私が登録してありますから、それを使えばいいでしょう。ホームページをまた復活させて、内容だけいじれば大丈夫だと思います。オンライン通販のページも作って。それは、あの時ホームページを作ったＡＤに、バイトでやれと言えばやるはずです。今、ブラブラしてますから」

「急いで通信販売業の申請もしなきゃですね」

「それと、前に『アイ・マム』をやってた時に顔見知りになった幼児教材の会社がありましてね。そこの社長も、スリーカップに関心があるんだそうです。自分のところの研究チームと一緒に、ゲームグッズを開発しようって言ってて。その人とは、来週一緒に会いましょう」

「そうなんですか？　実現したら、おもちゃ事業のほうに拡大もできそうですね？」

「私もそう思ってます。いくら『ザ・チャンピオン』をシーズン制にして、シーズン2、シーズン3と続いたとしても、シーズン１００、シーズン１０００までは放送になりませんからね。何度か番組を放送すれば効果も薄れるはずです。大会をやって、番組を放送して、その収入だけでやっていこうと考えるんじゃなくて、大会を通じてスリーカップゲームへの認識を高めるってことを目標にしないといけません。長期的な事業アイテムの開発を、あわせて進めていくべきでしょう。幼児向けグッズや教材の方面でも研究を続けて、ボードゲームカフェみたいに、お茶も売ってゲームもできる文化空間を作る、というのもよさそうです」

「僕、オンラインのスリーカップゲームの開発に勝算があるんじゃないかって思ってるんですよ」

「ああ！　いいですねえ。そちらも調べてみましょう」

チョン・ギソプは、スリーカップ協会の会長、副会長と会うつもりだと言った。どうにも副会長のことが気にかかった。ぬけたところのある会長は、そうかそうかと名前だけ貸してくれているが、副会長は違った。事業をこんなふうに手広くすると知ったら、なんとかして便乗したがるのは目に見えていた。チョン・ギソプは、ポジションをハッキリ明記した任命状を渡すつもりだと言った。

「そうだ、会長、副会長はそのままでいくってことでいいんですよね？」

「それがいいと思います。事業の部分だけ僕らの名義でやって。協会は、純粋にスリーカップゲームを楽しむ人で構成されてるってことを強調するべきでしょう。記事でも、会長、副会長は一般人で、制作サイドとは関係なかったたって出てたし」

プリントアウトして壁に貼った記事をじっと眺めていたパク・サンウンは、その時になってようやく、「匿名を条件にしたある協会関係者」が誰か知りたくなった。

「総務さんは記者のインタビューを受けましたか？」

「いやいや、あの時私がインタビュー受けられる精神状態だったと思います？」

「じゃあ、記者が市場に来たのかな？」

「どうでしょうね。市場の人間の中で、そんなふうに冷静に説明できる人はいないけどな」

チョン・ギソプはささいなことと思っているようだった。市場関係者でなければプロダクションの人間しかいない。パク・サンウンはチェ・ギョンモに電話を入れた。

「匿名を条件にした協会関係者って、お前か？」

「何の話ですか?」

「ひょっとして、記者とか、大衆文化評論家とかいう人間から、インタビューされたことはないか?」

「ああ、アレ。ええ、僕が話しましたよ。記事、今ごろ読んだんですか? 結構前ですよ。廃業直後に会って」

「そうか。だけど、あの評論家はどうやってお前を知って連絡よこしたんだ?」

「あいつ、僕の友達なんです。どこが評論家なもんか。単なるブロガーですよ、ブロガー。自分一人で評論家って触れ回ってるんです。でも、記事は結構よく書けてましたよね? もう少し有名だったら、ポータルサイトにもピックアップされたんだろうけど」

パク・サンウンはしばらく虚脱状態になった。しかし、あの誤解がなければ事はここまで進まなかったはずだ。人類の歴史というのは、しょせん誤解と錯覚の連続ではないか。


スリーカップ・コンサルティングは、ある幼児教材メーカーと業務提携を結んだ。生まれた瞬間から新生児でも遊べるおもちゃの布絵本をさんざん与えられる近頃の子どもと、子どものそんな状況を不安に思う親をターゲットに、さまざまな本や教育用玩具を販売している会社で、常に業界第二位だった。数学、科学、美術など、分野別に全集を編集して刊行した時も、知能開発玩具を作った時も、出荷の直前に類似の商品がライバル会社から先に出た。配本の学習誌と教育機関向けの学習誌も開発していたが、親たちは認知度が高いライバル会社の教材を好んだ。今回は、スリーカップの人気を追い風にして業界第一位へ躍り出ようという、並々ならぬ覚悟だった。

スリーカップ・コンサルティングは、そのメーカーの研究所とともに教材を開発し、『ザ・チャンピオン』の放送を通じて商品をオープンにするかたちで広告を打って、収益を分けあうことにした。パク・サンウンと親交のある幼児教育専門家たちを監修に迎えると、メーカーは、そのアドバイスをもとに新たな教育玩具の開発に着手した。約束の期限を一か月ほど過ぎてから、二種類の教材サンプルができた。チョン・ギソプは、さえなかったら全部ひっくり返してやるというつもりで、鼻息荒く研究室を訪ねて行った。

一つは、生後一年未満を対象にした無垢材製のスリーカップ。接着剤を使わずに原木を丸ごとくりぬいて作成し、塗料の代わりに植物性オイルをコーティングしたものだった。子どもが触ったり舐めたりしても安全な高級知育おもちゃ、というコンセプトで作られていた。カップのサイズは子どもの手にぴったりおさまるほどこぢんまりとしていたが、玉は子どもが飲み込む恐れがあるため、安全基準より一回り大きく作られていた。どうせ子どもだから、カップを混ぜるよりは隠した玉を見つけるくらいの遊びになるはずで、大して問題はなさそうだった。カップに玉を入れて振ってみたチョン・ギソプは、下の娘が手に持って遊んでいたガラガラを思い出した。

「カップに蓋をつけて、中に玉を入れてガラガラとしても使えるようにしたらどうでしょう？　高級な木だからか、音もいいですしね」

研究員の一人が、カップの口に溝を作って、カップ同士をはめこめるようにしようと意見を出した。中に玉を入れてカップを合体させればガラガラになるし、また分離させればスリーカップの道具になるのだ。会議内容を反映した二次サンプルは、一週間以内にできるという話だった。

もう一つは、さらに大きい子ども向けのプラスチックの知育おもちゃだった。十二個のカップと二つの玉、動物のキャラクター六組で一セットだった。カップと玉でスリーカップゲームもできるし、カップの中に動物キャラクターを隠して、同じキャラクターを当てる記憶力向上ゲームもできるようになっていた。ケチをつけたかったが、専門知識のないチョン・ギソプの目には、ケチのつけどころがないように見えた。社長は意気揚々としていた。

「早く開発を終えて、幼児教育博覧会に出すつもりなんです。お母さん方が、なにせたくさん集まって見ていきますから、そこで口コミが広まれば、売り上げがグッと上がるんですよ。博覧会まであと三か月もないんですが、『ザ・チャンピオン』の放送日程は決まりましたか?」

チョン・ギソプは、以前パク・サンウンがそうしていたように、ほとんど確定しているが、放送局との調整が残っている、とはぐらかした。

実は、教育玩具の一次サンプルより、番組の企画書が先にできていなければいけなかった。パク・サンウンは、『ザ・チャンピオン』の企画書と実際の放送内容を土台に修正作業を続けたものの、納得できずにいた。社会的にあれだけ大きな物議をかもした番組をまたやろうという勇気を呼び起こすには、もっと強力な武器が必要だった。どんなに頭をひねっても浮かばなかった。教材メーカーの社長に放送日程を尋ねられたと聞いて、パク・サンウンは昼から缶ビールを開けた。キーボードを一文字も叩けずにビールばかりすすっているパク・サンウンに、チョン・ギソプが言った。

「今、キム・イルって何してんでしょうね?」

「さあ、わかりません。わからないけど、母親と父親がうるさくて大変だろうと思いますよ」

「アイツが出演したら、みんな見そうだけどなあ」

糸口はキム・イルだ! 惜しくも五億の賞金を逃したキム・イルが、再びスリーカップに挑戦する。あの日、キム・イルに何があったのか。キム・イルが直接語る、『ザ・チャンピオン』の秘話。キム・イルが伝授する、スリーカップの秘法。パク・サンウンは昼酒もそこそこに、ぴょんぴょん飛び上がって喜んだ。

「これでいける、いけるぞ！　キム・イルさえ引っ張ってくればいいんだ！」

21

オ・ヨンミは、ごはんを食べているキム・イルをじっと見つめた。ずいぶんと痩せて哀れだったが、目鼻立ちはいっそうくっきりした。オ・ヨンミはキム・イルの頭を撫でた。確かに、見た目は悪くないと思った。

「イル、あんた、最近も聞こえない？」

キム・イルは答えなかった。聞いていないのか、聞こえないフリをしているのか、聞きたくないのか。応えてくれないと知りながら、オ・ヨンミはカップをひっくり返すと中に玉を入れ、ぐるぐる混ぜた。

「イル、一回当ててごらんよ。聞いて当てるんでも、見て当てるんでもいいから、一回やってごらん」

今度もキム・イルの答えはなかった。水をかけたご飯をすっかり食べ終わって、オ・ヨンミが用意した栄養剤を二錠飲むと、席から立ち上がった。オ・ヨンミは、簡単に気持ちが決まらなかった。子どもをまた番組に出すのは、いいことなのだろうか。それも、こんなふうにますますばかになった状況で。でも、参加費も貸してくれるし、出演料も別に用意してくれるって言ってるのに。番組に出たら、ひょっとしてそれが刺激になって、少しはよくなるんじゃないだろうか。オ・ヨンミがたらいの前に立って洗い終わった皿を洗い、さらに洗いながら思いにふけっているところへ、キム・ミングが仕事から戻ってきた。

「メシ、もう食べた?」

オ・ヨンミは答えなかった。

「ただいま」

今度もオ・ヨンミは答えなかった。キム・ミングは、何してんの、と言いながらオ・ヨンミの肩をぽんと叩いた。オ・ヨンミはびっくり仰天して、手についた泡を四方に撒き散らした。

「帰って来たなら来たって口で言えばいいのに、なんでこそこそ入ってきて人を驚かせるのよ、陰険なんだから」

「こっちは何度も呼んでたのに。何そんなに考えこんでんだよ? カネのこと? イルにピアノを習わせること?」

オ・ヨンミは水道の蛇口をひねってさっと泡だけ流すと、キム・ミングを呼んで座らせた。

「今日ね、誰から電話がきたか、わかる?」

「俺がなんでそんなことわかるんだよ」

「パク・サンウン」

「あの詐欺野郎か?」

「うん、あの詐欺野郎」

オ・ヨンミは、パク・サンウンとセオ市場の総務という人が、正式にスリーカップ協会を再結成して大会を準備中だという事実をキム・ミングに伝えた。キム・ミングは、笑わせる、人に血の涙を流させたヤツらがすることなんてうまくいくはずがない、と憎まれ口を叩いた。パク・サンウンがキム・イルの出演を切実に求めており、参加費を貸すつもりもあるし、賞金以外に出演料もたっぷり用意することにしたらしいと聞かされて、キム・ミングの怒りはやや下火になった。だが、キム・ミングもオ・ヨンミと同じ理由で躊躇した。キム・イルは、以前のキム・イルではなかった。

「イルが最近どんなか、話したの？」

「詳しくは言わずに、ただ、前みたいじゃない、ってだけ話した。もう大会に出たって、他の人と同じくらいの実力だって。一等は無理だろうって」

「そしたら？」

「関係ないって。イルはハンサムだから」

「冗談はいいからさ。あの野郎は何て言ったんだよ？」

「本当だってば。イルはハンサムだし、もう有名だから関係ないって。出てさえくれれば文句なく人気が出るって。その代わり、前みたいにあんなにお高くとまらないで、撮影にはちゃんと協力をしなきゃだめだって」

日が暮れて広告板のライトがつくと、イルが家に帰って来た。キム・ミングは、トイレに寄ってから自分の部屋に入ろうとするキム・イルを注意深く眺めた。部屋のドアが開かないのか、キム・イルはしばらく両手でドアノブを握ってうんうん言っていた。やっとドアが開いて入っていったかと思うと、今度は閉まらないのか、またドアノブをガチャガチャやっていた。キム・ミングは首を大きく左右に振った。洗濯物を畳んでいたオ・ヨンミに言った。

「正直に打ち明けるっていうのは、どうかな？」

オ・ヨンミは洗濯物を畳む手を休めずに、何の話かと訊き返した。キム・ミングはオ・ヨンミにぐいっと近づいた。

「正直に打ち明けようよ。子どもがこういう状態だって。だから、前みたいな実力は見せられないって。だけど番組の裏話とか、コツみたいなのは伝えられるんで、そういうことだったらするって。また、番組に出てカネさえ稼げればいいんだよな」

持っていたキム・ミングのトランクスを置くと、オ・ヨンミが溜息をついた。

「それはそうなんだけど……あの子の状態が、あんまりでしょ。ばかな子を育ててるって自慢しにいくんでもあるまいし。出演料をくれるって言ったって、たかがしれてるよね？　そのお金欲しさに、子どもを売るっていうのもなんだか。五億ぐらいくれるって言うんならわかんないけど」

「でも、今回こっちの投資はないよな。損する商売じゃなさそうだけど」

そうかな、と言いながら無心に洗濯物を畳んでいたオ・ヨンミが、突然明るい調子になった。

「番組に出たら、助けてやろうっていう人が現れるんじゃない？　少なくとも治療してやろうっていうお医者さんが、一人くらいは出て来るでしょ？　本当に一回だけ、やってみようか？」

『ザ・チャンピオン』の行き当たりばったりドリームチームが、再び結集した。ブラブラしていたチェ・ギョンモは当然合流したし、別の職種で就職活動をしていた新人AD二人は、悩んだ末にもう一度放送の仕事に挑戦することにした。最年少作家は、月給をさらに十万ウォンやると言われて、関わっていた番組を辞めてきた。ネオプロダクションの元社員一同は、『ザ・チャンピオン　シーズン2』の企画書を完成させた。優勝者に掛け金の十倍の賞金が与えられる奇怪なサバイバルと、キム・イルの更生プロジェクトが組み合わされていた。スリーカップゲームを進行すると同時に、キム・イル一家の飾らない日常や、キム・イルのリハビリのプロセスも番組に盛り込むのだ。オ・ヨンミとはすでに契約書まで交わしていた。『ザ・チャンピオン』は、サバイバル・ヒューマンドキュメンタリー・リアリティショーへと生まれ変わった。前作とは違って、制作費の内訳書は金額を最大限膨らませ、参加費と協賛などで発生したすべての収益は協会で管理するという但し書き条項も付けた。明らかに「乙」に有利な、歴史的な企画書だった。企画書が完成すると、すぐにパク・サンウンは作戦を開始した。

月曜の朝、各日刊紙ならびにスポーツ新聞、ネットのニュースサイトの記者は、問題のスリーカップ協会が公式に発足したという報道資料をメールで受け取った。『ザ・チャンピオン』を企画したパク・サンウンPDが協会顧問に任命され、セオ市場のチョン・ギソプ総務が事業チームを担当、関連事業を活発に進めている。かれらは、放送事故によってスリーカップゲームが消滅の危機に瀕していることに責任を感じ、協会の再生に乗り出したことを明らかにした、と、報道資料と助詞一つ違わない記事が出た。悪質なコメントが、あっという間に数ページぶん書き込まれた。

火曜の朝、今度は数人の記者が、キム・イルについての情報提供を受けた。事故の後で状態が悪化したキム・イルが、近所のバス停で、毎日ばかみたいに座っているというのだ。メールには、携帯のカメラで撮った粗い画像のキム・イルの写真も添付されていた。まもなく、目元を隠したキム・イルの写真がポータルサイトのメイン画面を飾った。頰がこけ、実年齢より何歳か老けて見える姿だった。すると、キム・イルが今こんな状態なのに、制作側は協会ごときにしがみついている、とまた非難が殺到した。キム・イルの目撃談が次々に上がって、数時間でスリーカップ協会のサイト加入者数は数千人増え、無関係のエンジョイ・チャンネルのホームページにまでネット市民の攻撃が及んだ。

「かかったぞ！」

パク・サンウンは、準備していた企画書を各放送局の編成担当者に送りつけた。もちろんチョン・ヨンジュンも含まれていた。お金をくれるというから来て働いてはいるが、実のところチェ・ギョンモは半信半疑だった。自信満々のパク・サンウンに訊いた。

「あんなに騒ぎになったのに、放送しようってところがありますかね？」

「見てろって。すぐに連絡がくる」

チェ・ギョンモが確信を持てないことが、もう一つあった。

「だけど、今僕らがしてることとって、いいことなんですかね？」

「死ぬか、気絶するか、だ。〔後には引けないことを意味する韓国の慣用句〕。こっちが死ぬか、世間が気絶するかだよ」

『ザ・チャンピオン　シーズン２』の放送が決定した。開局が予定されているケーブルテレビの総合エンターテイメントチャンネルで、編成されることが決まったのだ。全国に百以上の売り場を持つフランチャイズ外食産業と、高金利ローンを主な業務としている消費者金融が、賞金と制作費のスポンサーになった。両社は、ただもう宣伝になるという理由で、『ザ・チャンピオン　シーズン２』にがぶりと食いついた。パク・サンウンは、放送局との契約書でもスポンサーとの契約書でも、何一つ譲歩しなかった。ケーブルチャンネルの編成部長は、自信に満ちていて気持ちがいい、いい番組を期待していると、パク・サンウンの要求事項すべてを快諾した。だが、パク・サンウンが退室するなり、ああやっていい気になってたら酷い目に遭う、ここまでしてあんなゴミみたいな番組を出さなきゃならないのが恥ずかしい、と企画書を放り投げた。

22

『ザ・チャンピオン　シーズン２』の制作発表会兼記者会見が開催された。キム・イルはオ・ヨンミの手を握って、制作発表会が開かれる映画館へと足を踏み入れた。赤い壁、赤い床、赤いイス、赤い舞台。出入口にまで赤いカーテンが下がっていた。大きな心臓の中に吸い込まれる気分だった。キム・イルは息が苦しくなって、胸をどんどん叩きながら大きく深呼吸をした。キム・イルが姿を見せたとたん、記者たちは色めき立った。司会者はキム・イルの手を引っ張って何か言った。キム・イルにはそのすべての音が聞こえなかった。代わりに、四方を取り囲む赤い色が語りかけていた。ここは不健康だ、不安だ、危険だ。パク・サンウンからは、か細い鳥の足が折れる音がしたし、編成部長からは、新聞紙みたいな薄い紙が炎に燃えていく音がした。記者会見場に集まった人々からは、砂壁が崩れたり、枯れ葉が落ちたり、鉄が錆びるような消滅の音がした。

舞台の上には、赤いベルベットをかけた長テーブルが置かれていた。その横に、さまざまな大きさの銀色のカップと玉がクリスマスツリーをかたどって重ねられ、スクリーンを覆った赤いカーテンには、『ザ・チャンピオン　シーズン２』の巨大ポスターが貼られていた。キム・イルの写真だった。夕暮れ時、暗くて人けのないバス停の広告板の前に、キム・イルが座っている。顔を上げ、カメラを見つめる瞳はひどく真っ黒だった。記者たちはうまく演出されたイメージカットだと思っていたが、そうではなかった。キム・イルが毎日毎日、自分の足で訪れ、座っているバス停で撮られたものだった。

編成部長とパク・サンウン、キム・イルとオ・ヨンミが並んでテーブルについた。床、舞台、テーブル、バックのカーテンまで丸ごと赤だから、黄色い服を着て真ん中に座るキム・イルはますます目立った。キム・イルが首を回すたび、カメラのフラッシュが光った。記者は、キム・イルのささいな動作一つも見逃さなかった。髪をかき上げたり、顔を触ったり、首を回したりすると、また一斉にフラッシュがたかれた。オ・ヨンミはキム・イルの手をぎゅっと握っていた。イルは、反抗もせずに記者会見場へついてきて、おとなしく座っている。言葉は発しないものの奇妙なマネもしないでいてくれることが、ありがたくもあり不安でもあった。

パク・サンウンが、企画意図と番組全体のコンセプト、進め方などについて、細かく説明した。

「何より重要なのは、今回の番組が、単に優勝者を選ぶサバイバルゲームではないということです。スリーカップゲームの大会であると同時に、キム・イル君の挑戦記録です。前のシーズンをご覧になった方はよくおわかりだと思いますが、キム・イル君はコミュニケーションと学習の面で、若干の困難を感じています。私たちは、精神科のカウンセリング、ならびにピアノ、水泳、美術といったさまざまな芸術治療プログラム、また、脳の発達のためのスリーカップゲームなどを多彩に試みる予定です。それらを通じて、キム・イル君が飛躍を遂げる姿を確認していただきたいのです。私たちの目標は、キム・イル君が再びチャンピオンに挑戦し、すばらしい成功を収めることです。キム・イル君は私たちの番組の主人公であり、挑戦者です」

誰も関心を持って耳を傾けてはいなかった。すでに報道資料に書かれている内容だった。パク・

サンウンは長い説明を終えて咳払いを一度すると、テーブルに置かれた水を飲んでから、ご質問どうぞ、と言った。待ってましたとばかりに記者たちが質問を浴びせかけた。正確なところ、キム・イル君は今、どのような状態なんでしょうか？　放送以降、キム・イル君はどんなふうに過ごしてたんですか？　前の番組はやらせや詐欺問題で大騒ぎでしたが、キム・イル君はどう思ってらっしゃるでしょう？　キム・イル君、前のシーズンで驚くべき実力を披露してくれましたが、秘訣はありますか？　それを明らかにするつもりはありますでしょうか？　また番組に出ることにした理由は何ですか……。

――ブォーン

記者席のマイクから突然異音がした。マイクを持っていた女性記者が、丸いヘッドの部分をトントンとたたいた。タタッ、と音がして、また記者がマイクを口元に持っていき、話し始めた。だが、音は出なかった。記者はマイクを握ってブンブン振った。

――キーーーーン

轟音が記者会見場に鳴り響いた。記者はもちろん、舞台の上に座っていた編成部長やパク・サンウン、オ・ヨンミも顔を顰め、反射的に耳を塞いだ。マイクを握っていた記者は、感電でもしたかのようにマイクを放り投げた。電気が飛ぶ音がブチッとして、マイクはまったく反応しなくなった。そのあいだ、キム・イルは一切表情を変えずに、前方に見える映写室の小窓を見つめていた。キム・イルには何の音も聞こえていなかった。女性記者が青筋を立てながら大声で質問を始めた。声を張り上げるせいで眉間にすっかり皺が寄り、量の多い眉毛が松毛虫のようにのたくった。女性はぎゅっと拳を握って、一言ひとこと、力を入れて話した。キム・イルは気の毒に思い、顔をグッと前に突き出して目を合わせた。女性は一瞬戸惑ったが、質問を続けた。声は聞こえなかった。代わりに、女性の長い首と濃い眉毛、小さな拳が語っていた。体の動きに合わせて前後する肩や、同じ方向に揺れる乾燥した髪の毛、突然吐き出される深い溜息が語っていた。悲しい。可哀想。情けない。これから君はどうなるのか。何になるのか。

キム・イルは、もっとちゃんと聞こうと前かがみになった。そして、ゆっくりと立ち上がった。キム・イルの手を握っていたオ・ヨンミの手も、一緒に持ち上がった。びっくりしたオ・ヨンミがキム・イルの手を急いで引き寄せたが、キム・イルは中腰になった状態で動かなくなってしまった。PDさん、PDさんっ！　泣きそうな表情でオ・ヨンミがパク・サンウンを呼び、パク・サンウンはガタンと立ち上がって、舞台下にスタンバイしていたADたちを呼んだ。記者は夢中でフラッシュをたいた。舞台に駆け上がる途中、ADがカップを重ねて作った装飾に軽くぶつかった。石の塔のようにうず高く積み上げられていたカップが、騒々しい音を立てて崩れ落ちた。カラン、カラン、カラン、カラン、カラン！　そのタイミングを逃さず、記者がまたシャッターを押した。カシャ、カシャ、カシャ、カシャ。四方からフラッシュが光る音がした。

その瞬間、キム・イルは、ここがどこで、自分がなぜこの席に来たかを忘れた。光の入らない、暗くて赤い部屋。出口は見当たらなかった。悲しい。可哀想。情けない。これから君はどうなるのか。何になるのか。その時、遠くのどこかでピカッと大きな光が炸裂した。同時にキム・イルの心臓もグシャッと破裂した。心臓が破裂して、胸の奥から音が聞こえた。

逃げろ！

キム・イルはイスを踏みしめてテーブルに上がった。そして、きらめく大きな光目がけて、体を放り出した。

日本の読者のみなさんへ

私は、今でもテレビのサバイバル番組をよく見ています。デビューするグループを決める歌手のオーディション番組は相変わらず人気ですし、ダンス、スポーツ、クイズ、ゲーム、模擬戦闘まで、分野も多彩になりました。優勝者を選ぶだけでいいのに、脱落する過程まですべてさらすのは残酷だとも思ったりします。ですが、サバイバルという方式が、より多くの参加者にスポットを当てているという面も確かにあるでしょう。可能性や魅力をアピールして、脱落した人がまた別の機会を手に入れるケースをよく見かけますので。過程を目にすること、背景を知ること、起きた出来事を読み取ることは、だから重要なのだろうと思います。結果だけで、すべてを説明することはできませんから。

『耳をすませば』は、私の初めての小説です。この小説でデビューできたから成功作だともいえますし、その後長く新作を発表できなかったので、失敗作だと言われても返す言葉はありません。結果だけで、すべてのことを説明はできないですよね。ひょっとしたら、生きるということは、一瞬一瞬がサバイバルなのかもしれません。不安な気持ちで空白の原稿を埋めていた十数年前の時間も、受賞の連絡をいただいて本が刊行された瞬間も、予想もしなかった幸運と絶望を経てたどり着いた今も、そうです。だから、できるだけ長く生き残りましょう、私たち。ダメでも次の機会があることを、忘れずにいましょう。

チョ・ナムジュ

ソウルにて

第十七回文学トンネ小説賞　受賞作家インタビュー（二〇一一年収録）

プリンターのトナーを使いきる前に

ファン・ヒョンジン（小説家）

1

いいから、プリンターを一台買おうよ。どうせお金はかかるんだしさ。

ネットカフェでのプリント代をもったいながっていた夫が言った。軽い気持ちで口にした言葉ではないはずだった。「どうせかかるんだし」とは。夫の言う通り、全く的外れな話でもなかった。それでもナムジュは申し訳なく思った。ナムジュが小説を書かなければ、プリンターなど無用の長物なのだ。だからだった。気の進まないふりで夫の後をついていき、大型スーパーでレーザープリンターを買った日。とても高価な宝物のように胸にプリンターを抱えている夫に、ナムジュはいきなり、頼まれてもいない約束をしてしまった。

このプリンターのトナーを使いきるまで、挑戦するのは、きっかりその時までにするから。

夫は、止めようとはしなかった。ナムジュが放送作家を辞めると言った時も、彼はこころよく同意した。思えば彼は、ナムジュに言われるとすんなり納得するほうだった。だから、人からはよくウブと言われていたようだ。

プリンターのトナーを使いきるまで。ふと浮かんだ決心を口にした瞬間、ナムジュは少し怖くなった。他方夫は、前のめり気味のナムジュの言葉がよからぬ事態を巻き起こすのでは、というようなことは、それほど心配していないふうに見えた。ナムジュは内心、なにもそこまでしなくていい、トナーなんかいくらでも交換できる、と言ってほしかった。

スーパーからの帰り道、プリンターのトナーの印刷枚数はどれくらいか、あたりをつけた。A4用紙で千枚くらいかな？　一万枚までは厳しいだろうな。ひょっとしたら、プリンターを買う前より印刷ボタンが押しづらくなるかもしれないと思った。思わず夫の手を握っていた。彼からすれば、ナムジュの約束は無謀だったり、突拍子がなかったりするものではまったくなかった。初めて出会った二十歳の時から、ナムジュは小説を読んでいたし、書いていた。社会学科の学生が小説なんて。彼がいぶかしむと、ナムジュはこう言った。

歌を歌うのが好きな人がカラオケに行くのと同じよ。私みたいに物語が好きな人が、面白半分に物語を書くのは当たり前のことなの。

生まれ持っての歌唱力で、『スーパースターK』〔韓国のケーブルテレビMnetで放送され、多くのスターを輩出した音楽オーディション番組〕に挑戦する人がいる。だが、それよりはるかに多くの人は、近所のカラオケボックスで、レパートリーを増やすのを楽しみに暮らしている。『スーパースターK』を見ながらたまに審査員ごっこもして、挑戦者の熱唱する歌を一緒に口ずさみながら、自分だってあのくらいはできると、肩をそびやかして見せもする。たまには空気の読めないカラオケ機器に「もっと練習しましょう」と傷つけられ、あるいは「歌手になれるでしょう」と希望を吹き込まれ、いずれにしろ、カラオケボックスに行けばマイクを手放せないという人は必ずいるものだ。ナムジュは自分を、そういう中の一人だと言った。

日に日にトナーは減っていった。どんなに節約してもそうだった。プリンターを見るたび、ナムジュより夫のほうが緊張している様子だった。書く時間は足りていないにもかかわらず、プリンターが吐き出す紙は今年に入ってさらに印字がかすれた。これ以上の習作は無理じゃないだろうか。ナムジュは思った。何より、三歳の娘に申し訳なかった。毎朝決まった所に出勤するワーキングママでもないのに、この春から娘を保育園に通わせていた。小説を書く時間を確保するためだった。

子どもは泣いた。ナムジュもやはりそうだった。三歳になったばかりの幼い娘を保育園に送るたびに、涙がこみあげた。そのくせ、早く子どもに保育園に行ってほしかった。ナムジュは一人でパソコンの前に座ってカップラーメンをすすり、千ウォンの海苔巻きをもそもそと口に押し込んだ。子どもが保育園から帰ってくるまで。その半日のあいだ、ラーメンの赤いスープが飛んだキーボードを、休みなく叩き続けた。それ以上の時間を確保するのはほぼ不可能だった。ナムジュは毎日毎日、ほんの少しずつ、物語を綴っていった。プリンターを買って二年目、トナーは思いのほかしつこく粘っていた。

去年の冬のことだ。夫は、ナムジュの小説が最終選考に残ったことを知った。それだけで十分だった。彼女の小説をただの一度も完読したことはなかったのに、彼は確信した。ナムジュは、本当に小説家になるんだな。

2

幼い頃、ナムジュの家は山のふもとの町にあった。人々はその場所をタルトンネと呼んだ。ある日、町にマンションが建った。合わせて遊び場も造られた。ナムジュは、町で唯一の遊び場に毎日出かけて行った。滑り台に乗って、シーソーに乗って、ブランコに乗った。幼いナムジュは、これほど楽しい遊びをしたことがなかった。やがて、同じ町内の子が群れを成してその遊び場へと押しかけた。マンションの住民は顔を顰めた。迷惑がっている気配がありありだった。小さい子どもでも、誰が自分を嫌い、誰が自分を好ましく思っているかはすぐにわかる。それでもナムジュはひるまず遊び場に行った。町に他の遊び場がないから、自然と足がそちらへ向くのだった。すると、人々は壁を作った。ナムジュの町とマンションをつなぐ道を、完全に塞いでしまった。

「部外者立ち入り禁止」

その部外者が、まさに自分と自分の町の人々を指していることに、ナムジュは気がついた。この、義理なき者たちめ。義理のある人たちなら、近所の子どもに、ここまでやたらな真似はしないはずだった。悪事はすべて「義理を欠くこと」から始まるのだ。

遊び場に背を向けながら、ナムジュは、生まれて初めてある夢を抱いた。マンションに住む、という夢。必ずマンションの部屋を手に入れてやるという夢。マンションに住みながらも義理を守って暮らす姿を、まざまざと見せつけてやりたかった。確かにあの日からだったと思う。世の中を動かす二つの力があるとすれば、それはまさに義理と復讐であると信じるようになったのは。復讐は、最低限の義理も守れない者に対する処罰だ。もちろん、復讐それ自体にも義理と配慮は適度に必要である。あまりやりすぎてはいけない。たとえば、ナムジュが最も痛快だった復讐は、こんなふうだ。

収録の日だった。司会を担当する男性出演者は、なかなか台本の下読みをしようとしなかった。どんなにナムジュが頼んでも、一切聞く耳を持たなかった。しょっちゅう発音で噛むくせに、常にそうだった。当然ミスを連発した。ともすれば収録が長引いた。スタッフは苛立った。そのたびに、PDは大声で担当作家であるナムジュを呼びつけた。男性司会者は、大急ぎで駆けていくナムジュの後ろ姿を見ても知らん顔だった。練習してもらわなかったのか？　PDに怒鳴られてナムジュがもじもじしていると、男性司会者は「練習しろとは言われてませんね」と言って、そそくさとその場を離れていった。一言でいえば、ナムジュに対して義理を欠く行動をしたのだ。ナムジュは、非常に用意周到に計画を立てた。録画放送ではなく生放送の日を、指折り数えて待った。

ついにその日がやってきた。司会者はいつも同様、台本の下読みを全くせずに現れて舞台に上がり、マイクを握った。一行、一行、上手に読み進めていた司会者が突然息をのんだ。「結核、テェティ、ティ、ティティムティムダン」。それは、ナムジュが何日も悩んだ末にようやく見つけた単語だった。あまりに珍しい言葉でなく、それでいて発音が難しい単語。義理に欠ける司会者の舌をさんざんもつれさせる、まさにこの単語。「結核退治チーム長《テエチテイムジャン》」。司会者は顔を真っ赤にし、ナムジュは腹を抱えて笑った。あー、すっきりした。ナムジュの口から、自然にそんな言葉がもれていた。

だったら、義理とはどんなものか。ナムジュは、誰より夫に、一番知ってほしかった。義理がどういうものか、義理を守らなければどうなるのか。

さかんに恋が燃え上がっていた頃だった。若い彼に入隊通知書が届いた。とうとうナムジュが義理を見せる時がやって来たのだ。短くない軍服務期間のあいだ、彼女は真のゴムシン〔入隊した恋人を待つ女性を指す言葉。ゴムシンはゴム製の靴のこと。「ゴム靴を逆さに履く」＝入隊した恋人を待てずに浮気する、という慣用句から派生した〕女性になると彼に誓った。軍にいる恋人を待つというのは誰にでもできることじゃないとも、忘れず伝えた。ナムジュの言葉に、夫はざりざりの坊主頭で大きくうなずいた。幸い、彼は比較的休暇が多い義務警察〔防犯や交通に関わる業務やデモの鎮圧を行う警察官。通常の軍隊に比べて休みが多く、長期の外泊も可能なことから志望者も多かった〕で兵役を終えた。それを聞いたある人は、義務警察のゴムシンもゴムシンと言えるのか、とつっかかってきた。そういう発言が、特に大韓民国陸軍の現役ゴムシンからだった時は、ナムジュの顔も多少赤くなった。だが、心の中でつぶやいていた。義務警察には、義務警察なりの苦労があるんです、と。

義理で結ばれた縁は結婚につながった。人は二人をバカだとからかった。だが、ウブでバカだから決めた結婚ではなかった。結婚は当然の手順だった。一人の人と出会って、愛すること、最後まで、愛しぬくこと。ナムジュが夫に「義理」という名で見せたかったものは、まさにそれだった。

夫がナムジュに見せたかったことも、まさにそれだった。義理はすなわち、愛だった。

結婚と同時に、ナムジュは幼い頃に夢見ていた夢を一つ叶えた。小さなマンションを買ったのだ。そのせいで、いくら返しても減らない借金を背負った。「借金帳消し」にするため、ナムジュは一攫千金を夢見ている。夢に龍が出て来て「アンニョン、ぼく龍だよ」と言ったら、すぐに宝くじを買う。五千ウォン以上当たったことは一度もない。それでも、いつかその龍が義理を果たしてくれるだろうと信じている。一等とまではいかなくても、三等当選くらいまではがんばってくれるのではないか。蛇でもミミズでもない、龍ならば。

3

実は、放送作家を辞めたのにはそれなりの理由があった。いくつかの番組を転々とした末に、ナムジュは時事教養番組の構成作家になった。大学で社会学を専攻して、いっときは「部外者」と締め出しを食らい、世間の真の正義は義理と人情ではなく義理と復讐であると信じる彼女にとって、社会の闇の一面を暴き、不合理な扱いを告発することは適性に合っているように思われた。少なくとも初めのうちはそうだった。

その日のロケ場所は定食屋だった。六千ウォンの定食屋。スタッフが数台の隠しカメラで、定食屋のみすぼらしい厨房で起きるすべてを、一つ残らず撮影していた。テンジャンチゲは特に問題がなかった。キムチチゲも特に問題はなかった。正直おいしかった。厨房の衛生状態もそれほど悪くなかった。六千ウォンの定食にしてはおかずもたくさんついていた。台ふきだって、ものすごく汚いわけではなかった。少なくともナムジュの台所と変わらなかった。

問題はおこげだった。定食屋の店主のおじさんは、客が残したごはんを集めておこげを作った。それを炊いて、おこげスープにしていた。みんな、香ばしい、おいしいと言っていた。とりあえず、ナムジュと他のスタッフが押しかけてくる前までは。親切にも、警察官まで同行してくれた。客と無駄話をしていた店主は、何が起きたかわからずに全身を震わせていた。警察官が冷蔵庫を開け、すべての食材を引っ張り出した。店主は両手を宙でばたつかせた。おこげを指さしながら警察官たちが怒声を上げた。店主はびしょ濡れの厨房の床にへたりこむと、何事かをつぶやいていた。客たちが厨房の周りに集まってきた。かれらは、警察官よりさらに大声で店主を責め立てた。ついさっきまで、熱いおこげスープをふうふう言って飲んでいた者たちだった。

ナムジュはじりじりと後ずさりした。本当に告発したかったことは、六千ウォンの定食屋の店主が作るおこげスープではなかった。残りごはんを捨てるよりは、おこげスープでも作ったほうがずっとマシだと思っていた。おまけにナムジュは、店主のおこげスープをいくらでもおいしく食べることができた。実は好みにぴったりの味だったこともある。もっと言えば、よその客が残したごはんで作ったおこげスープとわかっていても、とてもおいしかった。にもかかわらず、ナムジュはいかにも深刻そうに、断固とした語調で、台本を書き進めた。これでいいのか？　おこげスープ。タイトルはそのあたりにすればいいと思った。ナムジュの台本の中の店主は、雀の涙ほどの良心も見当たらない、金儲けに血眼になっている破廉恥な人間だった。

ふとナムジュは、自分の配慮のなさ、義理のなさを痛切に感じた。あの、あつあつのおこげスープを残さず平らげた人間として守るべき義理について。当の告発すべき何かについては、近づくことすらできなかった。これは思いやりでも、義理でも、何でもなかった。


小説を、書くべきだった。

ただもう小説だけが、本当の物語、本当の現実を見せることができた。

隠しカメラの映像ができることでは、決してなかった。

ナムジュが思うに、「見える物語」と「伝えたいこと」がぴったり合致する唯一無二のものが、小説だった。


再びパソコンのモニターの前へ、机の前へ戻った。まもなく娘が生まれた。このあいだに大統領が変わり、気がつけばナムジュは三十歳をはるかに超えていた。大学を卒業して、結婚して、子どもを産んだ。過ぎた日々をじっくりと振り返った。中学・高校時代は、もっぱら「クラスで一番居眠りしている子」で通っていた。クラスメイトにはそうとしか記憶されていなかった。運よく女子大に進んだ。その女子大にしたのは、キャンパスがきれいで、大学の名前もきれいという理由からだった。実際に入学してみると、みんな勉強がよくできた。ナムジュはついていくのも大変だった。恋愛をして、小説を読んで、小説を書いた。小説家になろうとは思わなかった。大学を卒業すると放送局にフリーランスで勤めた。フリーランサーを純粋な韓国語に言いかえれば、非正規労働者だ。契約書もなしに、似たような境遇の人が、机代わりに会議用の丸テーブルに集まって座り、終日業務をこなしていた。何かが不当だとずっと思っていた。でも、一日中社会的な物議を醸している人々の過ちを暴き立てていると、当のナムジュ自身を掘り返す時間は、とんでもなく足りなかった。

毎日居眠りしているから、記憶もうっすらしか残っていない受験生時代、先生が、突然みんなにこんな質問を投げかけた。

貧乏って、どういうことだと思う?

生まれたての赤ん坊と向き合っていたある日のこと、ナムジュは、改めてその問いを思い出した。あの時、思春期を過ぎた別の友人たちはこう答えていた。心が貧しいこと。それが貧乏だと言った。先生は違うと返した。貧乏というのは、とてもお腹が減っているのに食べる物が一つもない時のことだと。なぜ、大学入試の準備中の生徒に貧乏を教えようとしたのか、ナムジュは先生の真意をはかりかねた。あれから、瞬く間に十数年が経った。ナムジュは十代後半の生徒ではなく、一人の子の母親になっていた。一時はメディアの手や口となって稼いでもいた。漠然としていた何かが、突如としてクリアになった。数年前の定食屋の店主のことが頭に浮かんだ。ナムジュは、貧乏だから、食べていくのがしんどくて犯す過ちに、これ以上怒ることができなかった。代わりに、同時代に青春を生きる若い世代に向かって「おまえたちは若いんだから貧乏だって耐え忍べ、それがどんなに美しいことかわかってるのか」と虚偽広告をしている社会に、大きな声で言ってやりたかった。

頼むから、貧乏を理想化するな。

それは、ナムジュが娘のために真っ先にしたいことだった。娘には絶対に、部外者立ち入り禁止という立札の前で引き返させたくなかった。親の貧しさを気遣わせたくなかった。別の社会の不条理には簡単に怒りながら、自分が属している社会の不合理な部分には無関心にさせたくもなかった。子どもをうまく育てることも大事だが、それ以前に、これから子どもが生きる社会を変えたかった。だから、ほんの少しだけ。やや目につく程度に。

4

密室で一人歌うようにして文章を書くという趣味は捨てた。人に聞かせたい話を、直接伝えたいと思った。みんなに読まれる文章を書きたかった。それには本が必要だった。ナムジュの名前で、ナムジュが伝えたい話で埋めつくされた、一冊の本。そうしてナムジュは、一編のとても長い物語に取り組む決心をした。

お金もなく、コネもなく、おまけに知的にも欠けた部分のある、一人の子どもの物語。

みんなが聞きとれない音を聞く、世界でたった一人の子ども。

その子の名は、キム・イルだ。

原稿用紙千枚の物語を完成させるのに、二年余りかかった。プリンターのトナーがきれるのが怖くて、必要に応じてプリントアウトして読むこともできなかった。そのあいだに、物語の中の子どもは、だんだんと無口になっていった。イルが丸一日バス停に一人でいるようになった日、ナムジュはイルと同じように、一人でバス停に座ってみた。たくさんの人がやってきてはちらばっていった。それぞれ忙しそうだった。イルのように、何もしないでいる人はめったにいなかった。数分も経たないうちに、つらくなってきた。少しずつ移動している最中でも、人々はしきりに横目でこちらを窺っていた。ナムジュは見知らぬ人の視線に必死に耐えた。まるで、映画の一シーンだった。自分だけがストップモーションのよう、残りの人々はバタバタ動き回っている、カメラの中の画面。停滞しているものは何もなかった。誰もがそれぞれのスピードで、慌ただしくしていた。

ナムジュはイルを思った。ねえ、イル、あんたは本当に変わった子だね。こんなにつらい一日に、どうして耐えることができるの。繰り返しイルに尋ねた。だが、ナムジュにはイルのような「ここにない音」を聞く才能はなかった。何の答えも聞けなかったが、にもかかわらずナムジュは、正直いえばイルの世界がとても、ものすごく、羨ましかった。

受賞の電話をもらった時、ナムジュはくたくただった。娘と一緒にミュージカルを見て来た後だった。久しぶりの外出だったから余計に疲れた。まだ日も暮れていないのに、子どもを早く寝かせようと思っていた。そうでなければナムジュも寝られなかった。

子どもを寝かしつけているところに電話のベルが鳴った。受賞を知らせる電話だった。賞金が出ると言われた。借金を返せると思って気分が上向いた。もっとも、ローンはいまだに残っている。

望んでいた本もすぐに刊行されるという話だった。聞けば聞くほど、ますます信じられなかった。受賞の言葉を語るインタビューの席でも同じだった。

デビュー間もない新人作家が、インタビュアーだと言って向かいに座った。実はすごく戸惑ってるんです、ナムジュは打ち明けた。すると、その新人作家も同じ言葉で返してきた。ええ、私もまだ戸惑ってます。

インタビュアーがしきりに面白い話をしてくれとせがむので、ナムジュは締め切りの前日の話をした。日が変わったらすぐに郵便局に駆け込む予定だった。プリンターは、文字がかすれかけてはいたが、千枚の原稿用紙すべてを印刷しきった。イルの物語が印刷された紙の束を脇に置いて眠りについた。夢に、また龍が出てきた。毎回夢の中の龍に裏切られてきたナムジュである。半信半疑だった。期待なんかしていなかった。いや、していないフリをした。

龍は、これ見よがしにナムジュとの義理を守った。これからも龍の夢を見るようなら、迷わず宝くじを買わなくちゃ、そう心に決めているナムジュ。出産の頃にサポートを始めたアフリカの少年と娘のドユンが早く大きくなって、手紙のやりとりをすることを夢見るナムジュ。すべての人が欠かさず選挙に参加することを願うナムジュ。大韓民国の医療制度と教育の現実は早く変わってほしいと思うナムジュ。そんなナムジュがついに、さほど願っていたわけではない「小説家」という呼称を手に入れた。

5

インタビュアーは不意に、今までした中で一番の悪事は何かと訊いてきた。何かを盗んだこと、ないですか？　ギャンブルをしたことってないですか？　道に唾を吐いたことはないですか？　信号無視をして横断歩道を渡ったことはないですか？　立て続けの質問に対するナムジュの答えは、いえ、いえ、いえ、だった。ボールペンをとるのは盗みのうちに入らない。花札はギャンブルのうちに入らない。唾はもともと吐かない。横断歩道の信号無視は、子どもがいるから最近まったくできていない。たまりかねたインタビュアーが、最後の質問をした。

道に財布が落ちています。小切手ではなく現金が入った財布です。さあ、どうします？

ちょっと意地悪な質問だった。最後まで正義漢ぶるんですか、と言っているようなものだった。

だがナムジュは少しもためらわず、こう答えた。

最近は、監視カメラがすごく多いですからね。

そうだった。彼女は過度に正しすぎるとか、倫理的だとかいうよりは、近頃めったに見かけないくらいに、とても人間的な人だった。

ナムジュよりわずか一歳年下の新人作家は、インタビューを終えた帰り道、心の中でそっと、こっそりと、ナムジュを「オンニ〔女性が、親しい年上の女性を呼ぶ呼称。血縁関係の有無は問わない〕」と呼ぶ練習をした。そして、この冬が過ぎた後も、彼女の最初の本が出た後も、それからずっと後も、彼女のプリンターのトナーがなくならないことを、さらに長くもちこたえてくれることを、心の底から祈った。

訳者あとがき

本書は、二〇一一年に第十七回文学トンネ小説賞を受賞した、作家チョ・ナムジュのデビュー作『耳をすませば（귀를 기울이면）』の全訳である。原書では、作家ファン・ヒョンジンによる小説仕立ての受賞インタビューも掲載されている。このインタビューは、チョ・ナムジュという作家とチョ・ナムジュ作品を知る上で非常に貴重な内容なので、この日本語版でも収録している。

『耳をすませば』の主要な登場人物は三人だ。勉強やコミュニケーションに難しさを抱える一方で、他の人々には聞き取れないかすかな音を感じ取るキム・イル。昔ながらの在来市場で商人会の総務を務めるチョン・ギソプ。そして、かつては名ディレクターとして鳴らしたものの、今ではジリ貧の番組制作会社社長、パク・サンウン。それまでまったく重なり合うことのない日常を生きていた三人の運命は、チョン・ギソプが市場の再起をかけて企画した「イカサマ大会」にパク・サンウンが食いついたことで、大きく動き出す。

ここでいう「イカサマ」とはゲームの名前である。原語の「야바위（ヤバウィ）」は、辞書的な意味では「（中国式の）いかさま賭博」や「（人をだます）手品、ペテン、まやかし」となり、日本語とほぼ同義だが、そこから派生して、いわゆる「当てもの」のゲームの呼び名にもなっている。複数のカップのうち、一つだけに玉を入れる。玉の入ったカップと他のカップをシャッフルして、

どれに玉が入っているかを当てるもの。当てる側はカップがシャッフルされる瞬間から、ひたすら玉の入ったカップを目で追うことになる。集中力、洞察力、瞬発力などが問われるし、金銭を賭ければ立派なギャンブルにもなるから、射幸性を刺激するゲームだ。実際、物語の中には、そうしたイカサマ賭場で稼ぎを得るプロのイカサマ師も登場している。かつての韓国の市場には、イカサマをする露天商の姿がよく見られたという。

その、郷愁あふれる市場の催し物「イカサマ大会」が、かつての名ディレクター、パク・サンウンの発案によって、勝ち抜いた最後の一人が掛け金の十倍の賞金を手にするサバイバル番組へと生まれ変わる。そこに、息子の聴覚を利用して賞金を手に入れようとする両親がキム・イルを送り込むのだ。

果たしてキム・イルの「聴く力」はどこまで通用するのか。大人たちの俗っぽい欲望は、キム・イルの行く手にどんな影響を与えるのか。韓国で庶民の台所となっている在来市場の窮状や、韓国テレビ業界でのパワーバランスなどをリアルに盛り込みながら、気が付けば読者は、三人の人生の悲喜こもごもに夢中になってしまう。本作はいわばコリアン・ラプソディだ。命は落とさないかわりに尊厳を奪われる可能性がある、小説版『イカゲーム』と言ったら言い過ぎだろうか。

チョ・ナムジュは、本作でデビューした五年後の二〇一六年に『82年生まれ、キム・ジヨン』を発表して、一躍ベストセラー作家となった。『キム・ジヨン』は韓国国内で百三十六万部、日本でも単行本と文庫版合わせて二十九万部を突破し、世界三十二の国と地域で翻訳出版されている。

そうした華やかな記録とは裏腹に、『キム・ジヨン』に対するアンチフェミニズムを標榜する人々からのバッシング、文壇の「文学性が低い」という軽視はただならぬものがあった。特に後者については、主人公キム・ジヨンの内面描写の少なさや、カルテ形式の淡々とした語り口が理由に挙げられ、それがあたかもチョ・ナムジュという作家本人の個性のように語られていた。

だからこそ、である。『キム・ジヨン』を小説として物足りない、と思った方にこそ、本書を手に取っていただきたいと思う。この物語を味わえば、当然のことながら『82年生まれ、キム・ジヨン』の語り口は意図的に練り上げられた作品の個性であって、作家の個性ではないことがよくわかるだろう。登場するさまざまな人物には、韓国社会の一市民として生きる人の息遣いが投影されている。善と悪は簡単には切り分けられず、本音と建て前をうまく使いわけなければならない社会の複雑さ。必死に生きているのにうまくいかず、うまくいかないのに最後の最後まで希望を捨てられない人々の姿が、いきいきと描かれているのだ。

チョ・ナムジュは、デビュー当時、メディアへのインタビューでこんなふうに作家としての抱負を語っている。

「私は、文才に恵まれた人間でもなければ、小説について専門的に学んだ人間でもありません。それでも、私に語れる物語があると信じています。誰かがかろうじて吐き出した小さな声に耳を傾け、世の中に向かって、慎重に話しかける作家になりたいんです」

（韓国のオンライン書店yes24のウェブサイト「CHANNELyes」インタビューより）

小説家になりたいと望んでいたわけではなく、自分の語りたい物語を伝えるための表現手段が、小説であったこと。決して裕福ではなかった幼年期の強烈な記憶や、第一線の放送作家を退くことにした理由など、過去の彼女の歩みを知れば、小説家になる運命はどこか必然にも感じられる。併せて収録されている受賞インタビュー「プリンターのトナーを使いきる前に」で、ぜひ確かめていただければと思う。

そのインタビューの中で、チョ・ナムジュという人が「義理」を大切にしているという部分が登場する。この「義理」という言葉について少しだけ補足しておきたい。

日本語での「義理」は、心からそう思ってはいないのに形式上しなければならないこと、いわば「義務」のような響きをまとっているが、それに対して韓国語の「義理（의리）」は、もう少し倫理的なニュアンスが強い。人として守るべき道理、人との関係において守るべき正しい態度、といえばいいだろうか。つまり、義理を守る、ということは、正しさを貫けるかどうか、ということでもある。

本作の内容に戻れば、はたして主人公のキム・イルに義理を尽くした存在は誰なのだろうか、と気にかかる。それぞれが各人の事情によって動き、それによって回っていく社会。その社会で、「普通」「あるべき」「ノーマル」という物差しから逸脱しているのがキム・イルだ。逸脱する存在だからこそ、かすかな何かを感じ取れるイルは、だから炭鉱のカナリアに似ているのかもしれない。今間違っていることは何なのか。向かうべき方向はどこか。深い残響を感じるラストシーンからは、じつにさまざまな含意が読み取れるだろう。

最後に、翻訳上のおことわりを。

韓国では、二〇二三年六月に、伝統的な年齢の数え方である「数え年」を廃止し、国際的によく使用されている満年齢の使用を定めた法律が施行された。だが、日常生活では相変わらず数え年が使われることが多い。数え年は誕生日によっては満年齢と最大二歳の差が生じるが、本作が発表された二〇一一年当時は数え年が一般的であり、登場人物たちもその年齢で自分の人生の年輪を自覚していることから、原文通り訳出している。また、実在する組織名の中には、日本語版刊行段階の二〇二四年までに名称変更が行われているものも複数ある。こちらも、刊行当時の社会の空気感を伝えるため原文どおり訳出している。ご了承いただきたい。

訳者からの質問にいつもあたたかく、時にユーモアも交えてお返事をくださるチョ・ナムジュさん、翻訳チェックをしてくださったすんみさん、『彼女の名前は』『私たちが記したもの』に続いて担当してくださった編集者の井口かおりさん、そして、テレビ業界の用語についてご教示いただいた日本の放送関係者のみなさんに、この場を借りてお礼を申し上げます。ありがとうございました。

二〇二四年早春

小山内園子

著者　**チョ・ナムジュ**
1978年ソウル生まれ。梨花女子大学社会学科を卒業。放送作家を経て、長編小説「耳をすませば」で文学トンネ小説賞に入賞して文壇デビュー。2016年『コマネチのために』でファンサンボル青年文学賞受賞。『82年生まれ、キム・ジヨン』で第41回今日の作家賞を受賞（2017年8月）。大ベストセラーとなる。2018年『彼女の名前は』、2019年『サハマンション』、2020年『ミカンの味』、2021年『私たちが記したもの』、2022年『ソヨンドン物語』刊行。邦訳は、『82年生まれ、キム・ジヨン』（斎藤真理子訳、ちくま文庫）、『彼女の名前は』『私たちが記したもの』（小山内園子、すんみ訳）、『サハマンション』（斎藤真理子訳）いずれも筑摩書房刊。『ミカンの味』（矢島暁子訳、朝日新聞出版）。『ソヨンドン物語』（古川綾子訳、筑摩書房）が近刊予定。

翻訳者　**小山内園子**
1969年生まれ。東北大学教育学部卒業。NHK報道局ディレクターを経て、延世大学などで韓国語を学ぶ。訳書に、『破果』（ク・ビョンモ、岩波書店）、『大仏ホテルの幽霊』（カン・ファギル、白水社）、『女の答えはピッチにある――女子サッカーが私に教えてくれたこと』（キム・ホンビ、白水社）など。すんみとの共訳書に、『私たちにはことばが必要だ』（イ・ミンギョン、タバブックス）、『彼女の名前は』『私たちが記したもの』（チョ・ナムジュ、筑摩書房）などがある。

耳《みみ》をすませば

二〇二四年三月二十日　初版第一刷発行

著　者　チョ・ナムジュ
訳　者　小山内《おさない》園子《そのこ》
発行者　喜入冬子
発行所　株式会社筑摩書房
東京都台東区蔵前二―五―三　〒一一一―八七五五
電話番号　〇三―五六八七―二六〇一（代表）
印　刷
製　本　中央精版印刷株式会社

ISBN978-4-480-83220-7 C0097